么女的逆襲 2

風文創 297

昭華 著

目錄

第十三章

榮寶珠跟榮家女眷回了榮府，一路上榮灩珠面色冰冷，心裡卻焦急不已。

說實話，榮寶珠覺得如今的太子還不是無藥可救，大概是身邊的人太寵著他，這才養成這種性子，只盼著他能聽她的勸，慢慢改正。

回了榮府，榮慧珠立刻把葉姚的事情稟告了狄氏，狄氏歡喜得立刻派人找大夫來，大夫一把脈，診出是懷上了，且已經一個多月，脈象很穩，又說若是有些害喜的反應，吃些酸辣的東西便好。

狄氏笑咪咪地讓丫鬟塞銀子給大夫並把人送出去，一回頭瞧見葉姚茫然不知所措的模樣，就拉著她坐下。「傻丫頭，這是好事，只要有了孩子傍身，妳還怕甚？」

葉姚捧著小腹，神色漸漸放開，笑道：「祖母說的對，只要有了孩子，我還怕什麼。」

這是高氏的第一個孫兒，高氏知曉葉姚懷孕後很是歡喜，平日裡的冷言冷語成了噓寒問暖，竟讓葉姚每日早上不必請安，只管好好休息便可。

葉姚低眉順眼地道：「娘，如今我懷了身子，到底還是有些不穩，不如我和夫君分房睡，這樣對孩子也好些。」

高氏笑道：「好，好，都依妳的，待會兒我就讓人去收拾房間，不用妳搬出去，讓珂兒搬出去就是了。」

葉姚道：「多謝娘。」

榮寶珠回去後，岑氏得知她碰見了太子，有些擔心，不過因為兩人年紀還小，她不好說什麼，只提醒道：「太子名聲不好，少跟他接觸。」

榮寶珠點頭。「娘放心，我知道的。」

「對了。」岑氏忽然歡喜地道。「最近我在給妳四哥相看姑娘，相看了幾家，比較中意蘇家的嫡出長女蘇青霞。」

榮寶珠一頓，心情變得低落了。說起來，她兩個姊姊的親事還算不錯，兩個哥哥卻真是……四哥榮琅是個聰明的人，性子也穩重，上輩子娶的就是蘇家姑娘，蘇青霞在外的風評很好，長得又貌美，但娶進門後才知日久見人心。

四嫂剛嫁進門的時候，跟哥哥也是相親相愛，等她清醒後，岑氏對她太寵愛，要什麼給什麼，就連名下好多鋪子都給了她，就為了日後給她傍身用。哪曉得四嫂心裡有意見，覺得女孩子出嫁多給些嫁妝就成了，不需要這麼多東西，家產到底是留給兒子的。

四嫂聰明，不跟榮琅和岑氏說，只哄著寶珠給她不少東西，甚至連田產、鋪子都哄去不少。榮寶珠那時候才清醒，什麼都不懂，只覺得這四嫂願意天天陪自己，還跟自己說話，是好人，要什麼就給什麼了。

後來還是讓岑氏知道了這事，岑氏氣到不行，把四嫂要的東西全給收了回去，四嫂就去跟四哥哭訴。即使四哥很疼愛她，但兩夫妻之間還是產生了嫌隙，之後鬧得家宅不寧，岑氏很是懊悔，說是識人不清，哪想到當初那個彬彬有禮的姑娘會成為如今市儈的樣子。

後來四嫂收斂了一些，可背著哥哥跟娘親，嫂子對她再也沒好臉色。

她出嫁後，四嫂倒慢慢消停了，日子總算能過下去。

榮寶珠現在回想起來，突然記起鬧得最嚴重的那段日子，好像聽娘說過，原本娘看中了幾家姑娘，並沒有特意想選蘇青霞，可有次帶著榮琅去拜菩薩的時候，巧遇了她。當天有下雨，幾人躲在大樹下，蘇青霞被雨淋濕了身子，衣裳裹在身上，那時只有岑氏、榮琅和兩個小丫鬟在，蘇青霞紅著臉，都快羞哭了。

回去後，榮琅就跟岑氏說，都撞見人家這副模樣，且她在外面的名聲還是不錯，不如就挑她吧。

岑氏以為兒子是中意蘇青霞，想著兩情相悅是好事，就同意此事，未料卻被坑了。

榮寶珠之所以對四哥的事情沒這麼深的印象，是因為五哥的事情太震撼了些，五哥是生生被一個女人毀去的，那女人的家世並不如意，長得卻極美，五哥初見後就對她著了迷，非她不娶。

岑氏就找人打聽，哪曉得那女子不僅身世不好，之前還跟幾個世家子弟不清不白。

岑氏找兒媳從來不求身世如何，只要人品好、孝順，那她就沒話說了，可這種女人她怎會讓她進門？五哥卻鐵了心非要娶她，甚至在外面跟那女子買了間宅子住下來。

岑氏也是鐵了心，就是不同意，這種女人就算是給兒子做妾她也不會同意的。那時候榮寶珠快出嫁了，勸說過五哥幾次，但五哥完全不聽，她只知道一直到自己死的時候，五哥都沒回過榮家。

岑氏為了五哥的事情簡直操碎了心，榮寶珠想著這次一定不能讓五哥再重蹈覆轍了。五哥的事情還不急，但榮寶珠不想讓四哥娶蘇家姑娘，四哥明年就要秋闈，蘇家姑娘的事情對他的影響還是很大的。

榮寶珠想了想就道：「娘，姑娘家的品行如何還不是外人傳的？外人傳言我又胖又醜，我真是又胖又醜嗎？娶媳婦兒這種事情肯定是要相看好的，要是娶個禍害回來，那可是禍害三代的事。」

「我兒還知道什麼叫禍害三代呀！」岑氏忍不住笑女兒，不過她也知道女兒說的是實話，娶兒媳是件大事，要是娶了個不賢慧的人，那真是一家都沒個安寧日子了。

岑氏把這話聽了進去，打算多相看相看幾家姑娘，笑道：「那正好，蘇家下了帖子，後日妳陪著我一起去看看，也能瞧見這蘇家大姑娘品行到底如何。」

岑氏打算多帶女兒出去見世面，反正太子都見著了，還有啥好擔心的，而且她打算早點給女兒挑選對象。

蘇家其實是有意榮家四房這門親事的，這才下帖子給榮家四房的人，好讓人上門相看相看。蘇家對自己養的女兒很自信，自幼就是嚴格要求，每月的月錢、首飾衣裳都是固定的，沒有半分大小姐的架子，絕對謙和有禮。

後日一早，榮寶珠早早起來讓人打扮，不用胭脂水粉，光是素著臉就已讓周圍的人暗淡，一頭黑髮梳好後，碧玉本打算按照姑娘平日的習慣插上一支玉簪，寶珠卻從首飾盒子裡取出一根最為貴重華麗的五鳳朝陽桂珠釵來。「就這支吧。」

碧玉也不多言，幫忙戴上後又問其他首飾怎麼戴。榮寶珠挑選了一對珍珠耳環，一對藍寶石祥雲紋飾手鐲跟一塊羊脂玉珮，就連腳上都穿了一雙珍珠繡鞋，那珍珠有嬰兒拳頭大小，光澤瑩潤，隨著寶珠的走動露出熠熠生輝的光澤來。

一身上下倒顯得華麗得很。

榮寶珠很是滿意。「不錯，就這身了。」

等見了岑氏，岑氏差一點沒認出女兒來，女兒平日極少戴首飾，頂多頭上戴支素色的玉簪，這會兒真是跟換了個人一樣。不過這幾樣首飾雖精簡卻樣樣精貴，隨便一件就要上千兩銀子。

岑氏笑道：「今兒這身挺精神的，怎麼突然想打扮了？不過妳們小姑娘家就該這麼打扮，看著多朝氣，好看。」

榮寶珠笑咪咪地挽上岑氏的手臂。「既然是去相看嫂嫂，自然該打扮得好一些才是。」

岑氏覺得女兒年歲到底小了些，不一定能看出什麼，就把榮明珠也叫上。

榮明珠一來，瞧著榮寶珠的模樣也笑了起來，柔聲道：「姑娘家的就該多打扮打扮。」

三人上了馬車直奔蘇府而去，今兒請的都是京城裡的一些世家夫人們，宴會無非就是這些流程，帶一些消息、聽一些消息，說說後宅的事情，替兒子女兒相看兒媳女婿。

蘇家本就有意跟榮家結親，這會兒蘇太太柳氏親自在外面迎接，等瞧見馬車上走下來的三人，笑咪咪地迎了上去。「榮四太太來了，快，快請進。喲，這是妳家的明珠跟……」柳氏一頓，榮家其他幾位姑娘她都知道，可後面那個膚白得耀眼的美貌姑娘她卻從未見過，這會兒腦子根本沒反應過來，只以為是榮家的親戚。

「這……這位是？」

岑氏笑道：「是我家小七，這丫頭以前不常出門，認識的人不多，蘇太太怕是都沒見過她吧。」

榮寶珠乖巧地上前叫了人。

柳氏哦了兩聲應下來，腦子還有點沒反應過來，先帶著幾人進了府中。好一會兒，她才算是回了神，拉著寶珠的手笑道：「這丫頭瞧著就讓人喜歡得緊，要不是我家兒子還太小，肯定要把這丫頭給搶來做兒媳了。」

柳氏育有一女一子，女兒蘇青霞十五了，兒子不過五、六歲的模樣。雖然還有些庶子、庶女，但那些人如何上得了檯面跟榮家嫡出的姑娘相提並論？柳氏自然不會幹這麼蠢的事情，也不提傳聞的事，就這麼帶著幾人進了院子。

到了院子裡，這些夫人太太們得知榮寶珠的模樣，也是好一番驚嘆，都拉住她的手說委屈她了。

不一會兒，太太夫人們在院子裡賞花吃茶，女孩們則讓蘇青霞引著在屋裡喝茶吃點心。今兒來了不少姑娘，榮寶珠拉著榮明珠在蘇青霞旁邊坐下，榮寶珠轉身對蘇青霞露出一個大大的笑臉，喊了聲蘇姊姊。

蘇青霞的目光在寶珠身上快速掃過，笑容越發大了。「寶珠妹妹，以後妳可要多出來走動走動，好好給那些傳妳謠言的人打臉！」

榮寶珠笑道：「無礙，總不能因為他們說了，我就變得又胖又醜，之前不出來是因為身子有些虛弱，這幾年養好了些，也就能跟著母親和姊姊出來應酬了。」

其中一位姑娘瞧見榮寶珠露在外面的繡花鞋，忍不住道：「寶珠妹妹，妳這繡鞋上的珍珠是哪兒得的？我也想尋一對這樣的珍珠做雙繡鞋，奈何這珍珠太珍貴難尋了，一直找不到。」

榮寶珠笑道：「這是母親尋到的，只有三對，我跟明珠姊和海珠姊一人一對都做了繡鞋，聽說在南海那邊還好尋一些，京城就有些難了。」

那姑娘神色坦蕩，不見半分貪婪，因她家境也是富裕，平日裡都是富養著，對這些東西只有羨慕，沒有嫉妒。

蘇青霞的心緊了緊，心裡有些難受，同樣都是世家女，她們就是富養，母親卻總是窮養著她。

「蘇姊姊，妳這是怎麼了？」榮寶珠瞧見蘇青霞難過的樣兒，忍不住擔憂地道。「姊姊可是不舒服？」

「無礙。」蘇青霞抬頭笑道。「只是想到一些事情而已。對了，寶珠妹妹……」蘇青霞笑著從手腕上取下一對赤金纏絲手鐲遞給榮寶珠。「今兒第一次見面，總要送妹妹一些禮物才是，妳莫要嫌棄。」

榮寶珠接過。「姊姊的心意我哪會嫌棄。」

大家都是第一次見到榮寶珠，她年紀也是幾人中最小的，遂都取了身上的首飾送她。

榮明珠笑道：「她這出來一趟還成小富婆了。」

蘇青霞則笑道：「大家都是第一次看見寶珠妹妹，自然疼愛著她，明珠莫非吃味了不成？」

一番話惹得姑娘們都笑了起來。

幾個姑娘們說著話，蘇青霞看了一眼寶珠身上的首飾，神色暗了暗，發誓一定要嫁到榮家四房去，這種苦日子，她真是受夠了！

姑娘們開始聊珠寶首飾，只有蘇青霞插不上話，默默地在一旁陪笑，眼神到底還是有意無意地在榮寶珠身上轉了幾圈。

榮寶珠佯裝無心地把身上那幾件樣式精緻、價值昂貴的首飾給露出來，姑娘們的話題就在上面打轉。榮寶珠瞧見蘇青霞的目光落在她的首飾上，知道今兒的目的已經達到了。

在蘇府用了膳，岑氏才帶著兩個孩子回去。

馬車上，岑氏笑問道：「妳們覺得那蘇姑娘如何？吃飯的時候我覺得她很好，彬彬有禮，大方端莊。」

蘇青霞的儀態規矩方面肯定是沒半分問題，岑氏覺得這姑娘還不錯。

榮明珠卻是搖頭。「娘，蘇姊姊這些方面不錯，可……我瞧見她好幾次眼神都落在了寶珠的那些首飾上頭。」

榮寶珠驚訝。「她看我首飾做什麼？早知道就送她兩樣了，方才蘇姊姊才送給我一對鐲子。」

岑氏一聽，沈默了下。「姑娘家的，對漂亮的首飾沒法抗拒很正常，我聽聞蘇家在教養子女方面特別嚴格，蘇姑娘年紀又小，會喜愛這些也沒什麼。」

榮明珠搖頭。「我倒是覺得不妥，姑娘家的總要富養才好，蘇姑娘這樣的以後對錢財肯定沒抵抗力，其他姑娘瞧見寶珠的首飾只有羨慕，可我瞧著蘇姑娘眼中有了點不一樣的意思……咱們家不同於其他人家，光是娘賺的那些就足夠讓人眼紅了，娘又自幼寵愛著我們三姊妹，我們房中的家具、首飾都價值連城，蘇姑娘若是嫁了過來，遲早會心生不滿。娘，這門親事不如意。」

榮寶珠覺得四姊真是一針見血！

岑氏能撐起四房自然不是個愚笨的，知道榮明珠說的在理，笑道：「幸虧今天有帶妳們出來見見，既如此，蘇家姑娘就算了吧，再給妳四哥挑選一個，我這兒還有幾個人選。」

榮寶珠鬆了口氣，卻知道還有一場仗要打，這幾天她肯定要緊緊黏著娘和四哥才成。

回榮府後，岑氏把這事跟狄氏說了，狄氏道：「明珠說的沒錯，這種姑娘以後對錢財沒有任何抵抗力，這樣絕對不成，再挑其他姑娘吧。挑媳婦這事不能急，總要選個好的，能撐家的。」

岑氏點頭。「我再讓人去打探打探其他幾個姑娘吧。」

狄氏笑道：「我方才瞧見寶珠這樣打扮挺好，姑娘家身上總要戴幾樣漂亮首飾，這小丫頭，總算開竅了。」

榮寶珠怕被母親懷疑，之後天天都會選些精緻的首飾戴著，岑氏越發覺得女兒漂亮了。

這日做功課時，四哥榮琅跟五哥榮琤過來看望寶珠，榮琤一來就朝小八那邊跑去，不一會兒就把小八領到前頭正房裡。

榮寶珠佯裝吃味，道：「五哥，原來你是來看小八的呀，看來小八在你心中比我還要重要了。」

小八哼哼兩聲，跑過來舔了舔寶珠的手心。

榮琤笑嘻嘻地道：「妳跟隻狗兒吃什麼醋，妳是我妹子，我這輩子最疼愛的就是妳了……」

瞧著現在無憂無慮的五哥，一想到五哥日後竟會為了一個不檢點的姑娘跟家人鬧翻，榮寶珠心頭就有些酸酸的。她曉得五哥自幼性子頑劣，總覺得娘管著他，又不受勸，性子也不夠堅定，若是五哥的性子能夠堅定一些，再碰上那姑娘就不會被迷得連家人都不要了。

榮寶珠笑道：「我這輩子也最愛哥哥姊姊，還有爹娘，以後哥哥可不許做傷家人心的事情來。」

榮琤忍不住用手捏了捏七妹白嫩嫩的臉蛋一把。「小丫頭瞎說什麼，我這輩子都不會做傷你們心的事情，你們就是我最愛的人了。」

榮琅頭疼道：「五弟，七妹大了，不許再捏她臉頰，讓外人瞧見了成何體統。」

兄妹們聊了會兒，榮寶珠問起四哥明年秋闈的事情，榮琅笑道：「準備得差不多了，應該是沒什麼問題。」

榮寶珠又問榮琤。「五哥，四哥考了科舉以後可以跟爹爹一樣進翰林院，出來能做大官，那五哥呢？五哥將來有什麼打算？」

「我啊。」榮琤摸著下巴。「還沒想好，現在年紀小，誰管那些事，先玩痛快了再說。」

榮寶珠道：「五哥，這樣怎麼成，你如今也快十一，不小了，該為之後著想了，總不能還讓爹娘操心。前些日子我瞧見端木將軍進京的時候真是威風極了，聽說端木將軍鎮守邊關時立下不少功勞，我瞧著五哥完全不輸給端木將軍，榮府裡功夫最厲害的就是五哥，五哥的箭術自然也是沒話說。我想著五哥若是願意去軍營，將來的成就肯定不會比端木將軍差。」

榮琤也覺得每日困在府中唸書，還不如去邊關打仗來得爽，要是混得好，七妹可就更加崇拜他了。

榮琅也覺得七妹的建議不錯。

榮寶珠笑道：「五哥不是一直很喜歡小八嗎？若是五哥喜歡的話，可以帶著小八一起去，小八的味覺和嗅覺比一般的犬靈敏多了。小八能打得過野豬，帶去的話肯定能幫不少忙，且五哥若是得了軍功成了大將軍，想必爹娘也會相當高興。」

軍營是最能鍛鍊人的地方，上輩子五哥性子不夠堅定，總覺得岑氏管著他，說白了還是五哥經歷過的磨難太少，前世他衣食無憂地過了小半輩子，沒有堅定的毅力，縱使他深愛著家人，可遇到選擇時總在無意間做出傷害家人的事情來。他若是能去軍中鍛鍊，憑著國公府跟鎮守邊關的安國公的交情，肯定會照顧五哥，至少性命無憂。

說起安國公端木家，那也是跟著先帝一起打天下，立下不少戰功的，先帝登基就封了國公，如今繼承安國公爵位的是世子端木大老爺，跟榮家大老爺很是相熟。榮寶珠說起的端木將軍則是端木家的小兒子，年歲跟榮四老爺差不多。

讓五哥帶上小八，一是為了五哥著想，小八能幹，能幫不少忙，二是小八跟在她身邊實在太浪費了，整日被圈在府中，還不如去更廣闊的地方。

榮琤想了半天，目光落在小八頭上。「唔，七妹讓我想想吧，這條件太誘人了。」

榮寶珠知道五哥心裡有些動搖，也不多說什麼了。

這段日子鬥狗風靡整個京城，榮琤狂熱一陣子後就消停了下來，大概是覺得有點殘忍。榮寶珠問過他一次，他只說是無趣，不想玩了，又迷上了打獵，這幾日常往城外的山中跑，偶爾還會帶上小八。

聽了寶珠的提議，榮琤很是費腦筋地想了一晚上，第二天帶著小八去山中狩獵，跟著一起去的還有鄭二少爺、袁六少爺跟盛大少爺。

盛名川笑道：「寶珠的提議很好，我覺得琤弟可以去試試。」

榮琤嗤笑一聲。「我七妹說什麼你不都說好，我七妹要是讓我去死，你肯定也覺得好吧。」

盛名川微笑。「那是自然。」

鄭良峪和袁秈開始傻笑，幾人都是親兄弟般的情誼了，自然知道盛名川對寶珠的情思。

榮琤哼笑一聲。「我七妹年紀小，說親還不知道要等到什麼時候，你可有得等，我看你乾脆別等我七妹了，你在她身邊都湊了幾年，她就一直把你當親大哥一樣，何必呢？」

「不礙事。」盛名川溫聲道。「我年紀也不大，只比寶珠年長四、五歲而已，我等她長大就是。」

「那你可要把我七妹給守好了，如今她跟著我娘和姊姊們出去應酬，那模樣，京城哪家的姑娘比得上，只怕以後榮家的門檻會被踏破。」榮琤嘴上雖這麼說著，可心裡卻覺得盛大哥真是不錯，倒也希望自家的傻妹子以後能跟盛大哥在一起，就憑著盛大哥這樣，以後肯定會好好寵著七妹。不過七妹年紀太小，現在說什麼都沒用。

幾人調侃了幾句，過了一會兒，盛名川道：「琤弟，我是真覺得寶珠的提議很好，你自幼不愛讀書，不如去軍營謀個軍功，混點軍職，總比你拿銀子捐個官強多了。說實話，有了小八，你在軍營肯定能混得風生水起。」小八那味覺和嗅覺實在是太靈敏了，好好訓練一下絕對比斥候厲害。

榮琤沈默，過會兒才道：「我再想想。」他只是不想離開家人而已，可也該為以後想一想。

近日榮寶珠不敢太過勸說五哥，那樣顯得太刻意了，她瞧五哥的模樣似乎有些心動，若無意外，五哥應該會同意。

暫放下五哥一事，卻說榮寶珠這幾日很怕娘親帶四哥去寺廟拜菩薩，若是撞見蘇青霞被雨淋濕的模樣，她之前做的功夫就白費了，這幾天她一定要跟緊他們。

幾天過去，榮寶珠還沒等到娘親帶四哥去寺廟拜菩薩，倒是等到了景恒府的消息，說是已經給小姨母岑芷定了一門親事，是景恒侯手下的武將。

榮寶珠不知那武將家到底是什麼樣的人家，只知道小姨母嫁了就好，省得被皇上看上，禍害岑家和榮家。

岑氏說話沒那麼避著寶珠，中午幾個兒女陪著爹娘用膳的時候，岑氏就把這事告訴榮四老爺了。「父親給阿芷說的那戶人家我是知道的，是父親手下的武將，人是不錯，不過有個厲害的老娘，應該是能壓制得住阿芷。阿芷嫁過去若是願意好好過日子，相信婆家也會好好待她，若她再驕橫，自有她婆婆收拾她。」

榮寶珠忍不住道：「娘，小姨母到底是景恒侯家的女兒，要是在婆家驕橫了點，婆家不給她臉面，不怕被外祖父知道嗎？」

「嫁出去的女兒，潑出去的水。」說到這句話時岑氏還是有些傷感。「總不能經常回娘家，雖然娘家會為妳撐腰，那也是要妳做對了、婆家做錯了的情況下。妳要是無理取鬧，鬧到娘家又如何，還不是丟臉？」

榮寶珠點頭。「娘，我曉得了。」

「妳曉得什麼呀。」岑氏被女兒逗笑了，女兒年紀還小，她想那麼多也是沒用的。

榮寶珠嘿嘿樂著，轉頭跟榮四老爺道：「爹，您最近辛苦了，我釀了些果子酒，到年關應該就能喝了，到時候爹每天喝一杯，這東西不會醉人，不耽誤爹爹的事。」

榮四老爺笑道：「我閨女最貼心了。」

用了膳，丫鬟把膳食撤了下去，幾人喝了一會兒茶，榮四老爺才笑道：「我大概要離開翰林院了，前幾日上頭透了話下來，說是吏部郎中的位置有空缺，皇上屬意我，興許過段日子就會上任。」

岑氏跟幾個孩子都歡喜得很，岑氏笑道：「那可真是謝天謝地，你在翰林院熬了這麼些年，是該出來了，這可是天大的喜事。」

榮四老爺在翰林院待了五年多，從翰林院五經博士做到了從五品的侍講學士，如今總算是熬出頭了。吏部郎中雖只是正五品，卻是正式官職，以後要一步步往上爬就容易多了。

榮四老爺又道：「這事先不忙著告訴爹娘，等落實下來再說吧。」

岑氏點頭。

榮寶珠為爹爹歡喜不已，上輩子爹爹到現在還在翰林院做個庶起士而已，到她出嫁時也不過是個五經博士，這輩子總算有個不一樣的開頭了。

榮寶珠高興沒兩天，岑氏一大早起來就跟她說要帶榮琅去拜菩薩，求個好姻緣。

「娘，娘，我也要去！」榮寶珠慌了，她真是完全沒準備啊。「娘，您昨兒怎麼不說，我也想去拜拜菩薩，替四哥求個好姻緣。」

「妳這丫頭去做什麼？」岑氏笑道。「妳哥哥和我去就好，要妳哥哥誠心叩拜才成，妳就不要去了。」

榮寶珠急得臉都白了。「娘，我也想去，您讓我去吧，我一直希望哥哥娶一個溫和有禮、端莊大方的四嫂回來，我要去跟菩薩娘娘誠心叩拜。」

岑氏倔不過她。「成，那妳趕緊把衣裳換了，穿厚點，天氣有些涼了，記得帶件披風，我讓丫鬟過去跟先生說聲，今日就不必上課了。」

榮寶珠忙去換了衣裳，知道會下雨，就穿了件薄襖，又讓丫鬟帶了件披風，打算屆時給蘇青霞用的！

好不容易折騰好了，她跟著岑氏去了府門口，榮琅已經在那兒等著，瞧見寶珠也不覺意外，笑道：「七妹也要跟去？我瞧今兒天氣不好，怕是待會兒要下雨，到時妳可別抱怨路難走。」

榮寶珠擺手。「四哥放心吧，肯定不會的。」為了找個好嫂子她才不理這些。

「好了，時辰不早了。」岑氏道。「別耽誤了拜菩薩的吉時，趕緊走吧。」

三人只帶了一個丫鬟柳兒，寶珠把小八也帶上，四人加一隻狗坐著一輛馬車朝城外行去。

到寺廟的時候是午時初，岑氏帶著一兒一女進去拜菩薩，柳兒跟小八則待在寺廟門口等著，大眼瞪小眼。

岑氏誠心地拜了菩薩，才讓榮琅先拜，榮琅乖乖地跪在蒲團上，等輪到榮寶珠的時候，榮寶珠誠心誠意地跪了下來，心裡念叨著：求求菩薩保佑四哥一定要娶個賢慧的媳婦，不求容貌家世如何了得，只要對四哥好，對爹娘好就可以了，千萬不要跟上輩子一樣娶了蘇家大姑娘，求菩薩保佑。

榮寶珠相信這世間肯定是有神佛的，不然她的重生和瓊漿又是怎麼回事。

幾人拜過菩薩上了香，岑氏又添了香油錢就領著兩人出去，喊了柳兒跟小八打道回府。

榮寶珠這會兒有些不安心了，總覺得蘇青霞應該在附近，忍不住四下看了一圈，什麼都沒瞧見。

岑氏問道：「妳這丫頭看什麼吶，趕緊回去吧，我瞧著要變天了。」

榮寶珠笑道：「那咱們趕緊回去吧。」

一行人朝著山下走去，眼看著天色越來越陰，不一會兒就嘩啦啦地下起了大雨，幾人慌忙朝一邊的大樹下躲去，這古樹枝繁葉茂，能躲上一會兒。

岑氏嘆氣。「到底是下雨了，沒想到雨勢如此大，即便帶了傘也無法用，咱們等會兒吧，等雨勢小些再回去。」

榮寶珠摸了摸身上，忽然哎呀了一聲，岑氏道：「這是怎麼了？」

她苦著一張臉道：「娘，我的玉珮好像掉了。」方才她趁著大家不注意的時候，把玉珮丟在寺廟旁邊的草叢裡，娘不會讓她現在去找，柳兒一個女兒家肯定也不好隻身前往。

由於玉珮關係著姑娘家的名聲，就怕被人撿去會傳出什麼話來，娘肯定會讓四哥去找，方才小八瞧見她丟玉珮，只要四哥帶上小八去尋，她的玉珮絕對不會弄丟。她倒不擔心四哥路上會碰見蘇青霞，四哥是很端正的人，碰見姑娘家絕對會避開，且蘇青霞為了名聲也不可能在路上把四哥給攔下來，她只能在樹下來個偶遇而已。

岑氏頭疼。「妳這丫頭怎麼丟三落四的，這可怎麼好，萬一被人撿去了……妳今兒帶著的是刻著妳名兒的白玉吧，得趕緊找回來。」

榮琅道：「我帶小八去找吧，估計就在去寺廟的那條路上，現在下雨了，人不多，應該很好找，娘跟妹妹在這裡等著。」

岑氏點頭。「那你趕緊去吧，把傘帶上，別淋出病來了。」

榮寶珠心裡有些過意不去，不敢看四哥，只摸了摸小八的頭。「乖小八，快帶四哥幫我把玉珮找回來，玉珮，知道嗎？」說著摸了摸腰間掛玉的位置。

榮琅很快就帶著小八消失在雨中，榮寶珠站在古樹下期盼著，這次四哥一定要有一門如意的姻緣。

這廂榮寶珠擔憂蘇青霞會撞見榮琅，卻忘記了蘇家自恃清貴，自然不會讓家中的姑娘見外男。蘇青霞只聽過榮琅的名聲，卻並未見過他。

蘇青霞這幾日有些慌了，她知曉岑氏似乎中意她，可等了這幾天，岑氏並未讓媒婆上門，她心中便知這門親事怕是要懸了。她聽聞榮琅一表人才，榮家四房又會賺銀子，對榮琅的管教也嚴格，身邊連個通房都沒有，這麼好的夫家去哪裡找？

不管如何，蘇青霞想著自己總要試一試，她覺得岑氏還是挺喜歡自己的，便遣人買通了岑氏身邊的一個外院小丫鬟，得知岑氏今日一早要帶榮琅去拜菩薩，她便設計了一番。

遠遠地跟著岑氏他們，蘇青霞不大敢上前，直到下起了大雨才鬆了口氣。半途她碰見了個身姿修長的少年帶著一隻黑狗沿路找著什麼，蘇青霞遲疑了下，最後還是朝著岑氏她們的方向前進。

雨越來越大，她瞧見古樹下站著幾個人，知曉是榮家四房的人，便滿心歡喜地跑了過去……

榮寶珠瞧見蘇青霞帶著一個丫鬟跑過來的時候鬆了口氣。岑氏自然也瞧見了她們，上前道：「這不是蘇家丫頭嗎？真是巧了，妳今兒也來寺廟上香？」

蘇青霞隨意抹了把額頭上的雨水，哪怕此刻狼狽極了，仍是挺直著身子，笑道：「是榮四太太和寶珠？真是巧了，前兩日母親有些不舒服，我便想著要來拜拜菩薩，沒想到會碰到妳們。」又轉頭朝寶珠柔聲道：「寶珠妹妹，今兒又碰見了，改日有空去蘇府找我玩可好？」

榮寶珠點頭，瞧著蘇青霞的目光在四周轉了一圈，沒有點破，只笑道：「改日若是有空去就叨擾姊姊了。姊姊真是不注意，這般冷的天兒還穿得這麼單薄，幸好我今兒穿得厚，還帶了件披風。」說罷，朝旁邊的柳兒道：「把我的披風給青霞姊姊披上吧。」

蘇青霞心裡焦急，面上不動分毫。「我若是穿去了，寶珠妹妹可怎麼辦？」

岑氏瞧了女兒一眼，穿得真夠厚實的，便笑道：「她連襖子都穿上了，用不上這件披風，妳穿得單薄，趕緊披上吧，千萬別涼著了。」

蘇青霞笑著道謝，把披風披上了，看了眼瓢潑大雨，擔憂道：「這雨勢太大，也不知何時能停。」

岑氏笑道：「這雨急，過不了多久就會停的。」

蘇青霞心中焦急不已，不是說榮琅跟著岑氏一塊出來的嗎？這會兒怎麼不見榮琅？

她突然想起方才那帶著黑狗的少年，心裡一驚，那少年莫非就是榮琅？可這時候他出去做什麼？

蘇青霞到底有些沒忍住，笑道：「今兒就四太太和寶珠妹妹一塊兒出來嗎？怎麼沒瞧見明珠妹妹跟海珠妹妹。」

岑氏的笑容淡了兩分。「她們今兒沒來，我只帶著寶珠跟榮琅過來。」

蘇青霞不好提起外男，不敢再接話，只看了眼雨勢，瞧見小了些才道：「只盼著這雨快點停了。」

幾人在古樹下待了半個時辰，雨勢越來越小，寶珠站在樹下伸長脖子盼著，不一會兒就瞧見四哥和小八的身姿出現在小雨中，榮寶珠忙朝著榮琅揮了揮手。

榮琅瞧見古樹下還站著另一名女子，不好上前，只給岑氏和寶珠打了個手勢，表示玉珮已經找著了，他先帶著小八下山。

岑氏揮了揮手，榮琅就帶著小八朝山下走去。

蘇青霞這會兒急了，她今兒跟了半天就是為了這一刻，終究忍不住開口。「四太太，那便是榮四哥吧，這還下著雨，不如讓榮四哥過來躲雨吧，這般走下山去，只怕會生病了。」

岑氏淡聲道：「男兒家的，淋點雨也沒什麼，畢竟是有些不方便。」

蘇青霞聽懂了這話，臉色緋紅，實在沒臉面繼續說下去了，默默站在一邊不吭聲。

雨漸漸停了下來，岑氏才道：「蘇姑娘，咱們要下山了，妳呢？」

蘇青霞咬了咬唇。「我也正好要回去了，不如跟四太太和寶珠妹妹一塊兒吧。」

幾人一起朝著山下走去，路上泥濘一片並不好走，花了半個多時辰才下山，榮琅早就在馬車上等著。

岑氏先讓榮寶珠上了馬車，朝蘇青霞笑道：「蘇姑娘，咱們這就別過吧，我們先走了。」

蘇青霞點頭，就這麼眼睜睜地看著岑氏上了馬車，馬車漸漸駛出了她的視線，不由得紅了眼眶。

她是個聰明人，瞧得出來經過這次的事岑氏只怕會對她不喜，她還有身為女兒家的矜持，不好再做出什麼過分的事來，只好告訴自己趕緊歇了這個心思吧。

馬車上，榮寶珠向岑氏撒嬌。「娘，身上黏黏的，不舒服。」

「妳這丫頭。」岑氏摸了摸女兒的臉蛋。「先忍著，回去好好洗個熱水澡就舒服了。」

想起方才那一幕，岑氏當然有看出蘇青霞是別有用心。幸好榮琅去尋玉珮，要是在古樹下等著，撞見蘇姑娘那般模樣，豈不是只能迎娶蘇姑娘？這麼有心計的一個姑娘家，娶回來那真是禍害，幸好今兒帶了寶珠出來。

岑氏這麼一想，越發覺得榮寶珠是福星。

因榮家四房的人經常服用瓊漿，榮琅淋了這麼大的雨，回來洗個澡就沒事了。

榮寶珠也是如此，躺在浴桶裡的時候都忍不住舒服地直哼哼。

碧玉笑道：「姑娘，瞧您這模樣，莫非有什麼高興的事？」

榮寶珠的笑容大大的。「就是想著去寺廟替四哥拜了菩薩，四哥肯定能得一門好姻緣，我心中自然歡喜得很。」

妙玉的肚子大了，榮寶珠讓她回去好好養胎，身邊就由碧玉這個大丫鬟伺候著。岑氏原本還擔心她身邊的丫鬟不夠，本想再調個大丫鬟過來，榮寶珠卻拒絕了，她身邊的丫鬟加起來已經有二十多個了，這麼多人只照顧她一人，實在浪費了些。

「姑娘的心腸最好了。」碧玉抿嘴笑了起來。

榮寶珠洗過澡後就過去岑氏那邊，岑氏正在為兒媳的人選頭疼，除了蘇青霞，她還有兩個人選，找人打探過了，都還不錯，可有了蘇青霞的先例，岑氏有點沒底。蘇姑娘在外的名聲多好，結果還不是不如意。

榮寶珠趴在旁邊的小桌上問岑氏。「娘，是在給四哥挑媳婦嗎？蘇姊姊不好嗎？」

岑氏笑道：「蘇姊姊不合適，娘這裡有兩個人選，倒是不知該挑誰了。」

榮寶珠好奇道：「是哪家的姑娘？」

岑氏沒瞞著，直說了出來。「是戚家戚玉柔和江家江懷青，一個性子溫柔一些，一個沈穩些，在外的名聲都很不錯，真是難選得很。」

榮寶珠知道這兩家的姑娘，家世雖比不上國公府，卻也都是世家女，高門嫁女，低門娶媳，娶媳婦低些的門戶反而好些。兩人都是家裡的嫡出長女，戚家姑娘的性子十分溫柔，她記得上輩子這姑娘嫁了個不錯的人家，跟夫君很是鶼鰈情深。

對於江家姑娘的事情，榮寶珠反倒記得清楚一些，因為實在太解恨了。江家姑娘性子沈穩，上輩子嫁得並不如意，前幾年與夫君恩愛，奈何嫁過去三年後還未能懷上，婆婆就往她夫君房中塞了不少妾室，夫君漸漸冷落她，最後還把她給休了。不過這姑娘是個敢愛敢恨、性子耿直的人，說是房中的通房妾室一個都沒懷上，指不定到底是誰的身子有問題，不肯要休書，只肯和離。

江懷青的娘家肯上門為姑娘撐腰，夫家不得已只能同意和離。和離之後，江家請了擅長這方面的大夫送去夫家，說是讓他們好好把把脈，看看到底是誰的問題。

夫家到底有些心虛，就看了下，結果還真是男方的問題，這事本來傳不到外面去，還是一個通房說溜了嘴，最後傳得整個京城都知道了。接下來幾年，那夫君仍是沒能讓一個通房或妾室懷上。如此，京城哪家的姑娘還敢嫁給他？最後只好挑了家落魄戶的女兒娶了，從兄弟房中過繼了一個孩子。

因為榮寶珠那時候對她挺佩服的，對她的關注多了些，曉得她並未再嫁。

這社會對女子本就要求嚴格些，和離的女子要再嫁是極難的，就算一個男人真心喜歡妳，他娘不見得也會喜歡妳，他的家族不一定會接受妳，嫁過去還不是矛盾重重？

這兩個姑娘，榮寶珠都覺得很好，但更加中意江懷青一些，畢竟戚玉柔上輩子是有一門好姻緣的。

得知岑氏這幾日要相看戚家和江家姑娘，榮寶珠就沒打算跟去了。

幾日後，岑氏相看得差不多，把幾個女兒叫來問了問，說是看中了江家姑娘。

榮明珠笑道：「我和懷青有些交情，她性子沈穩，不驕不躁，雖比一些姑娘家少了些柔情，卻更顯得真誠，若是她給我做四嫂，我自是沒意見。」

榮海珠也表示沒意見，榮寶珠笑道：「四姊、五姊看中的姑娘肯定是沒錯的，快讓四哥娶回來做嫂嫂吧。」

岑氏決定好就沒耽擱，過兩天立刻讓人上門去求親，江家很滿意鎮國公府這門親家，雖知道鎮國公寵妾滅妻，可架不住他們對榮琅的看中，榮家管得嚴，榮琅又聰明，身邊連個通房都沒有，以後的仕途興許不錯，所以江家很爽快地答應了這門親事。

江家答應後，岑氏笑得合不攏嘴，後面的問名、納吉、納徵、請期都要好好地核算核算，人家姑娘嫁過來，肯定不能委屈人家，她便歡喜地去忙著準備聘禮了。

榮寶珠得知江家同意了這門親事，也是歡喜不已，她快有親嫂嫂啦。

因心裡開心，榮寶珠翌日一早去上課的時候特別積極，女先生還未到，她就把今兒該上的課溫習了一遍。說起來這幾年讀書是有用的，至少她比上輩子多懂了許多東西，上輩子她頂多會認個字而已，現在都能磕磕巴巴地作幾首詩了，雖然並不出眾，可她已經很滿意啦。

榮灩珠坐在榮寶珠後面，聽見她脆生生的唸書聲，心裡煩悶不已。她已經知道四哥定下的親事，倒也沒多想什麼，上輩子她只知道四哥娶的是蘇家姑娘，其餘具體細節並不大清楚，因為在四哥成親前幾個月，他們二房就被送到邊關去了。

時間越來越緊迫，可跟蜀王卻不見半點希望，這些日子就連功課都拉下不少，好在她上輩子已學過一遍，對這些不怎麼在意。

第十四章

榮寶珠在榮府過得快快樂樂，卻不知宮裡已經有人惦記上她了。太子整天跟太后嚷著要見她，就連長安公主對榮寶珠也很是掛念。

沒過兩日，榮寶珠竟接到長安公主下的帖子，說是宮中御花園的花開得正豔，想邀請榮家姑娘們進宮賞花。

榮寶珠對這個沒興趣，也不想見公主跟太子，這兩個她惹不起，只想躲著他們。公主的邀請，榮家姑娘不得不去，可榮寶珠不願意，那日就稱病躲在家裡了。

晚上姊姊們回來後，只說公主有些不開心，似乎埋怨寶珠不給她面子。

榮寶珠心裡是叫苦連天，她不願意跟皇家人沾上關係，下次公主要是再開口了，去還是不去？若是不去，公主肯定要惱了。

不過接下來的日子她忙了起來，大姊的親事越來越近，榮家的女孩們都放了假，預計等榮慧珠的親事過後再繼續上課。姑娘們平日沒事就在家陪著榮慧珠，或到後花園逛逛，此時榮家花園的花開得豔麗，連宮裡的御花園都比不上。

榮海珠捧著一杯暖茶，懶洋洋地曬著太陽，舒服地嘆了口氣。「這日子過得真是太舒坦了，誰樂意去勞什子的宮裡看什麼花，還沒我們榮家的花開得豔。」榮海珠也是極不喜去宮裡，前幾日去還不是聽著別人奉承長安公主，每次去差不多都是老樣子，聽得耳朵都快起繭子了。

榮明珠低聲喝斥。「妳又忘記了規矩不成！不許議論公主是非。」

榮海珠撇嘴。「說實話還不成了？再說我沒說公主什麼，不就是說宮裡的花兒沒咱們家開的豔嗎？」又轉頭問三房的榮平珠。「三姊，妳說，我說的對不對？」

榮平珠捂嘴偷笑，榮慧珠道：「好了，快別貧嘴了，趁著這幾日好好歇會兒。」

榮海珠唔了一聲。「大姊，妳才是該趁著這幾日好好休息才是，不然出嫁做了兒媳，要伺候公公婆婆，到時候可就沒這麼多清閒日子了。」

「五姊，妳這話就不對啦。」榮寶珠一臉嚴肅。「大姊要嫁的是岑大表哥，舅母跟舅舅都是很好的人，大姊嫁過去肯定和在家裡一樣，舅舅跟舅母都會寵著她的。」她又轉頭朝榮慧珠笑。「大姊，妳莫擔心，舅舅家的人都很好，表哥也會疼妳的，到時候還多幾個人疼妳，多划算吶。」

榮慧珠羞紅了臉，忍不住捏了捏寶珠的臉蛋。「瞧這小丫頭多甜的嘴兒。」

幾個姊妹曬著太陽，賞著花兒，說著閨中話，別提多愜意了，榮寶珠也是昏沈沈地坐在籐椅上，捧著一杯熱呼呼的茉莉茶，想著一輩子都能過這種舒坦日子就好了，兄弟姊妹友愛，家人疼著，不長大該有多好哇！

到底還是到了榮慧珠成親的這日，一大早榮寶珠跟著大家一塊起來，去大姊的屋子看新娘子梳妝打扮。

大伯母魏氏的眼睛紅紅的，在旁邊道：「岑家是好人家，能得這門親事是妳的福氣，嫁過去後一定要孝順公公婆婆。」

榮慧珠的眼眶也紅了。「娘，我都曉得。」

三伯母駱氏道：「大嫂放心吧，慧珠嫁過去是好事，岑家是知根知底的，安赫那孩子是我們看著長大的，對慧珠也好，大嫂應該高興才是。」

想著女婿的人品，魏氏露出笑容來，怕把女兒弄哭了不敢再說傷心話。

一屋子姊妹跟長輩們說著話，過了一會兒，魏氏把人都趕出去，跟榮慧珠說點私密話。

榮寶珠默不作聲，經歷過前世，她知道那些私密話是什麼，裝糊塗地跟著姊姊們出去了。

吉時到了，喜婆揹著榮慧珠從榮家大房出了榮府，上了花轎，姊姊們都有些傷感，榮寶珠也跟著難受了起來。想起自己出嫁的時候，她第一次離開家，怕得不行，在花轎上哭得不成樣子，拜了堂之後被送進洞房裡，一個人縮在床頭，終於等來了蜀王掀開蓋頭，她就瞧見蜀王愣了下，又恢復面無表情，接著他讓人送熱水進來，替她擦去臉上不成樣子的妝容。

那時候她還挺感動的，覺得夫君是個好人，後來，呵呵……證明那完全只是自己的錯覺而已。

晌午榮府擺了宴，用過膳後，榮寶珠就回去休息了。

三天後，岑安赫帶著榮慧珠回門，瞧見慧珠臉上嬌羞的樣子，榮家人總算是放心了。

榮慧珠剛出嫁後不久，就輪到岑芷的婚事，景恒侯怕她又惹出什麼事端，訂親還不到一個月就打算把她嫁出去了，榮家四房的人自然也要去。

翌日一早，榮寶珠穿上丫鬟挑的衣裳，又選了幾樣首飾戴上。

碧玉道：「姑娘，天兒越來越冷了，您披件披風吧，待會兒坐在馬車上肯定會冷。」

榮寶珠忍不住打了個哈欠。「成，妳幫我拿出來吧。」要是能不去，她還真不想去。

榮寶珠今兒穿了一身海棠色衣裳，披了一件白狐披風，本來皮膚就白，這樣的打扮襯得她越發出眾，連碧玉都忍不住盯著自家姑娘發呆。

怕待會兒去岑府太忙，顧不上吃東西，榮寶珠就先在家用了一碗紅棗燉雪蛤才跟著大家一塊兒出門。

外頭果然冷，榮寶珠的瞌睡被凍醒了，興致缺缺地縮在一邊聽著姊姊們說話。

明天是岑芷出嫁的日子，今兒是娘家人過去添妝。很快一行人就到了岑府，被管家迎進後院，女眷跟男客待的地方自然不一樣。

張氏這段日子消瘦不少，這會兒看見岑氏她們連裝都不願意裝，在她眼中，女兒嫁到那種人家去都是因為榮家四房的人，叫她如何歡喜得起來。

岑氏帶著女兒們添妝後說了幾句吉祥話，就在一邊坐著了。

身為明日出嫁的新嫁娘，岑芷今日當然還是要見客，女眷們客套地說著恭喜的話，岑芷扯著嘴角笑，手心卻緊緊地攥了起來。

榮寶珠坐了不久就禁不住扭動了下身子，早上喝了碗紅棗雪蛤湯，這會兒想去方便一下，於是她叫上碧玉便去了。

回來的時候碰見了岑芷，榮寶珠只當沒看見她，一路朝前走去。

岑芷不由得怒道：「榮寶珠，妳是沒瞧見我還是怎麼回事？我再怎麼樣也是妳的小姨母，是妳的長輩，妳害得我要嫁給那樣一個莽夫，我……我恨死妳了。」她身上的疙瘩雖好了，卻有幾處留下了疤痕，如今又得了這麼一個姻緣，真是想死的心都有了。

榮寶珠回頭，警惕地道：「不是我不跟小姨母打招呼，而是小姨母做的事情實在太狠了些，我都有些怕小姨母了，妳若是再對我使壞可怎麼辦？」這種人她躲都來不及，哪會湊上去。

「妳！」岑芷眼都紅了。她曾偷偷讓人去打探夫家的情況，知道那人壯得跟頭熊一樣，就忍不住想哭，她也沒忍著，直接放聲哭了起來。

榮寶珠傻眼了，原本還以為這小姨母又要對她使壞，哪曉得說兩句就這麼哭了起來，這會兒她倒是手足無措了。「哎，哎，妳別哭啊，我都沒哭，妳哭什麼呀？再說了，這事怪誰？誰叫妳做了壞事，外祖父對妳已經夠好的了，妳做了這種壞事，外祖父還為妳著想，給妳挑了這麼一門姻緣。」

「妳懂什麼。」岑芷哭到妝都花了。「妳知道那武將是什麼人嗎？他都二十一、二了，長得跟隻熊一樣，要多可怕有多可怕，我嫁過去後可該怎麼辦啊，我爹這哪是為我著想，根本是想毀了我。」

榮寶珠道：「那人雖然年紀大了些，可那是為了給他祖父祖母守孝，這一守就是六年，這樣的人多難得。我娘說了，他雖然木訥些，可人很好，即使有個潑辣的老娘，但也不是不講理，只要妳嫁過去好好過日子，人家肯定會好好對妳。妳是景恒侯府最小的嫡出女兒，只要不做壞事，他們還不得把妳當寶一樣地供起來？」

連榮寶珠都覺得景恒侯這樣真是用心良苦，這女兒心思不好，要真是嫁到高門大戶去，那些後宅的鬥爭遲早會弄死她。這戶人家雖比侯府差了許多，卻是景恒侯的手下，男方是個老實有本事的人，只要這小姨母嫁過去不折騰，願意好好過日子，那小姨母以後的日子肯定不會差，男方既不會納妾，也沒通房，比在皇宮裡爭一個男人好多了。

榮寶珠不願意跟她多說，跟著碧玉一塊兒回去院子裡。

岑芷在原地哭了好久才慢慢地擦乾了眼淚，目光有些茫然，她真要這麼順從地嫁過去嗎？可是不嫁過去，名聲就毀了，以後誰還會娶她？這次要是再鬧出點什麼，只怕爹會把她活活打死吧。

可一想到那熊一樣的男人，岑芷就想哭，耳邊響起寶珠方才說的話，她嫁過去真能好好過日子？跟那樣的男人？

岑芷幾乎是雙腳發軟地回去了，她沒到院子裡，而是直接回到房間，張氏跟著女兒進去，岑芷又開始哭了起來。

張氏心疼地道：「我的乖女兒，這可怎麼辦啊！妳爹爹真是狠心，就讓妳嫁給那麼一戶人家，妳以後還不被人笑死。」

岑芷哭道：「娘，那我該怎麼辦啊？」

張氏也跟著哭了起來。「能怎麼辦？這次要是不嫁，妳爹會打死妳的。」

岑芷心裡越發茫然。

榮家人待到了申時，等客人都離去，岑氏帶著兒女見景恒侯，說了一會兒話後，才一塊兒回榮府。

翌日一早，岑芷就出嫁了，景恒侯對這個女兒到底是不薄，準備了一百抬的嫁妝，迎親隊伍一路吹吹打打地把新娘迎到了楊家，騎著高頭大馬的新郎身姿魁梧，面容剛毅，坐得挺直，嘴角都快彎到耳後根去了。

岑芷坐在花轎上還是茫然無措，稀裡糊塗地拜了天地，被送進了洞房，等到夜色漸深，沈穩有力的腳步聲停在她的面前。感覺額前的蓋頭被掀開，岑芷就看見那面容剛毅的男子正對著她笑，瞧他一個人都快頂她兩個人的身姿，岑芷越發想哭了。

楊家大郎只覺得心跳如擂，看著漂亮的媳婦半天才結結巴巴地說了句。「媳婦，妳真漂亮，妳是我這輩子見過最漂亮的姑娘了。」

岑芷瞧他這樣心裡既是想笑，又覺得委屈。等到這魁梧漢子覆在她身上的時候，岑芷就真的絕望了。

二姊榮佩珠明年開春出嫁，至今還有幾個月的時間，因嫁妝嫁衣都準備妥當了，榮家姑娘們恢復以往的日子，二姊繼續學禮儀規矩，其他幾個榮家姑娘則去上課。

榮寶珠的日子過得好極了，最讓她高興的事就是在小姨母成親後沒幾天，五哥決定要去軍營了，不過說是會在家裡陪她過完年，明年再走。

榮寶珠歡喜，笑道：「五哥，那你帶著小八去，小八機靈得很，還能陪著你，你要是想我們的時候就多看看小八。」

榮琤咧嘴大笑，捏了捏寶珠的臉頰。「那等我回來，妳只許崇拜我，不許再崇拜那端木將軍了。」

榮寶珠點頭。「我哪有崇拜端木將軍，只是那日看著端木將軍回京覺得他威風極了，我最崇拜的當然還是五哥啦。」

榮琤要去軍營的事情得到榮家人的支持，榮老爺子很是贊同，他本就出身軍旅，幾個兒子都沒繼承他的衣缽，就是這小五最得他的真傳了，一身武藝在兄弟中也是最好的，榮老爺子還把當年先帝送他的一柄鋒利寶劍給了榮琤，讓他在軍中好好混出個人樣來。

岑氏雖然不捨，卻也贊同，她覺得這調皮的小兒子終於長大了，心中甚感欣慰。因為明年開春就要走，榮琤這些日子就在家陪著榮家人，不出去亂跑了，幾個兄弟姊妹當中他最心疼的就是七妹，幾乎每天都要往七妹的院裡跑。

岑氏這段日子很忙，忙著榮琅的親事，問名、納吉，準備聘禮。岑氏覺得人家嬌養大的女兒說給自家做兒媳，肯定要好好待人家，因此她對聘禮格外看重，準備的聘禮在京城中都算是數一數二的，讓京城裡的姑娘們羨慕不已。當然也有說酸話的，說岑氏身為世家女，竟還如此貪圖銀子，嫁入夫家後竟不好好侍奉公婆，只顧著賺銀子，滿身銅臭，說榮四老爺那麼清風雅月的人物怎麼容忍得了俗不可耐的岑氏。

對於這種酸話，岑氏是從來不會在意的，那些人還不是眼紅她銀子多啊，真要給她們一個機會賺銀子，還不是屁顛顛地湊上來了。

岑氏手腳快，問名跟納吉很快就弄好了，占卜的結果也很好，說是天作之合，岑氏就把聘禮給送了過去，又找人請期，挑選了明年六月份的好日子。

四哥的親事定了下來，榮寶珠心裡穩當多了，結果沒過兩天舒服日子，宮裡的長安公主又下了帖子，說是得了好茶，請榮家的姑娘們去喝茶賞花。

這次榮寶珠不得不去，因為下帖的太監笑咪咪地道：「長安公主說了，若是榮七姑娘身子還不舒服的話，就一併進宮去，好讓御醫瞧瞧，總拖著實在不是個法子，姑娘家的，總要身子健康才是福氣。」

榮寶珠笑道：「煩勞公公操心了，我的身子已無大礙，還請公公回去告訴公主殿下，多謝公主殿下的關心。」

太監離開後，榮寶珠吁了口氣。

後日就要進宮去，一大早起來，丫鬟們端著溫水進來服侍榮寶珠起床，在溫熱的水裡滴了兩滴玫瑰花露，淨了面，又用涼水敷臉，這才算是洗好了。

碧玉知道自家姑娘在梳洗這方面特別看重，每次用滴了花露的溫水洗過面後還會用冷水敷面。

倒不是榮寶珠折騰人，姑娘家的誰不愛美啊！她上輩子醒得晚，營養不良，醒來後的幾年都沒把身子養豐盈，一直乾巴巴的，就連頭髮也是枯黃，這輩子能得這樣一副容貌，她當然要好好珍惜護理了。

漱口後，榮寶珠讓碧玉挑了兩件中規中矩的衣裳，因為天氣冷了，再挑了一件淺紫繡折枝梅花的薄襖，加上一件青綠領口繡紫梅對襟裙，還有件黑貂披風。

剛打扮好，榮明珠和榮海珠就來叫她了，瞧她這嫩嫩的小臉蛋，榮海珠伸手捏了捏。

「哎呀，真舒服，這小臉光溜得挑不出一丁點瑕疵。」

榮明珠跟榮海珠的膚質也極好，卻始終比不上榮寶珠。

榮明珠道：「好了，快別欺負七妹了，趕緊過去吧，姊妹們都在府門口等著了。」

三姊妹領著丫鬟朝著國公府門口走去，榮明珠叮囑榮寶珠。「長安公主這人我就不說什麼了，進宮後姊姊們照看著妳也不會有事，若是有宮女叫妳去做什麼，切記要叫上我們一塊兒，別單獨在宮中行走，可知道了？」

榮寶珠乖巧點頭。「四姊，我都知曉的。」

三姊妹說著話很快就到了府門口，已經有兩輛馬車等著，因兩個嫂嫂都懷孕了，大姊也剛出嫁，這會兒只剩下六個姑娘，一行人上了馬車一路朝著宮裡駛去。

十二月的天氣有些陰冷，馬車裡燃了幾個小暖爐，披著披風的榮寶珠覺得有些熱，便脫了披風，舒服地嘆了口氣。

榮明珠拈了兩塊紅棗餡的糕點遞給榮寶珠。「還是熱的，趁熱先吃點，到時進了宮中只顧喝茶賞花去了。」

榮海珠哼了一聲。「那些姑娘們，整天勾心鬥角，去了宮裡還不是奉承長安公主，妳餓了吃塊甜的，她們都要踩妳兩腳，暗裡說妳是不是餓死鬼投胎，全是些不好聽的話，煩透了。」

榮明珠沒反駁，只拈了塊糕點吃掉，又把糕點往海珠那邊推了推。「別抱怨了，趕緊吃點東西填肚子，不然待會兒去宮裡沒力氣。」

榮海珠哼哼兩聲，也吃了幾塊。榮寶珠更是不願意餓肚子，吃了兩、三塊，喝了口茶，覺得自己差不多飽了。

很快就到了宮裡，榮明珠和榮海珠輕車熟路地跟著領路的宮女朝長安公主的雲臺殿走去，半途碰見幾個世家姑娘們，有的瞧見她們點了點頭，有的不屑一顧，不過這群姑娘一瞧見榮寶珠時皆不免怔了怔。

榮寶珠被人注視多了，忍不住摸了摸自己的臉蛋，想著她早上出門的時候是不是該往臉上抹兩把鍋灰。

長安公主接待女客的地方就是在雲臺殿的大殿裡，裡面富麗堂皇，早有宮女和太監們把一切都準備妥當了。來的姑娘約莫二十多位，每人都有一個小案子，後面擺著暗金色的刺繡墊子。

榮寶珠挨著兩個姊姊盤腿坐在刺繡墊子上，長安公主自然是坐在上首的位置。

不多時，人都來齊了，在這群姑娘之中，榮寶珠發現了蘇青霞。

蘇青霞也朝著榮家姑娘們微微點了點頭。

大多數姑娘的目光都在榮寶珠臉上徘徊，瞧著她左右兩邊的榮明珠和榮海珠，倒也猜出了寶珠的身分。

上首的長安公主柔聲笑道：「諸位對那位姑娘好奇得很吧，那位便是榮家七姑娘，是個精緻的人兒，不知被誰傳成了那般模樣。她自幼不常在宮中和後宅走動，妳們不認識也是正常，以後應是都記住了吧？」

有人附和。「自然是記住了，這般美貌的姑娘，哪忘記得了。」

長安公主見榮寶珠第一次來，把在場的世家女都介紹了個遍，可榮寶珠怎麼記得全，昏沈沈地記下了幾個，再被一打岔，就全然不知道誰是誰了。

長安公主還在問榮寶珠。「可都記住了？算起來這裡也就是妳的年紀最小，只管都叫姊姊就是了。」

榮寶珠的笑容都快僵了，她又不是過目不忘，怎麼可能都記住，只僵硬地點了點頭，朝那些打扮嬌豔的世家女們喊了聲姊姊們好。

有人報以善意的笑，有人冷哼一聲，榮寶珠實在覺得這樣的宴會當真無趣，還不如自家姊妹們在後院裡清出一塊地方，弄幾塊炭火烤一些肉，一邊吃著，一邊說著溫馨的話。這樣暗藏心計的地方，真要離得越遠越好。

有個穿著朱紅衣裙的姑娘笑道：「榮七姑娘這等容貌，又被世人誤會成那般模樣，竟不見榮家人出面澄清，可見姑娘是個心胸開闊的。」

榮寶珠笑道：「不過是因為我自幼身子就不好，常年在府中養著，這一、兩年才好轉了起來，以後還請姊姊們多多關照。」

一名穿著嫩黃衣裙的圓臉姑娘笑道：「難怪寶珠妹妹這臉蛋一點血色都沒有，姑娘家還是要臉上有點血色才好看，瞧寶珠妹妹這蒼白的模樣，實在難看了些。瞧瞧長安公主肌膚瑩白若雪，面頰紅潤潤的，這才是難得一見的美人。」

長安公主掩嘴一笑。「妳這丫頭，嘴巴最甜了。」

難看？榮寶珠心裡呵呵笑了兩聲，也不提自己是不是真的臉容沒血色。「姊姊說的極是，公主是清雅高貴、光風霽月般的人兒。」明眼人都能瞧出是怎麼回事，誰好看誰不好看難不成是她一句話就能改變的？

榮海珠露出個嘲諷的笑意，榮明珠則拉著榮寶珠坐下，笑著跟其他人說道：「我家七妹身子弱，就不讓她跟姊妹們嘮叨了，光讓她聽著姊妹們的話就能受益匪淺。」

長安公主柔聲道：「妳身子骨兒弱就快些坐下吧。」

榮寶珠回到位置上坐下，端起茶杯正想喝口裡面的茶水時，便聞見一股特殊的香味，於是她只輕碰了碰茶杯，不動聲色地把茶杯放回了原處。她忍不住在心裡嘆了口氣，就說這公主怎麼那麼積極地要她進宮來，原來是擺好了陷阱等著自己跳進來。這茶水裡不知道被下了什麼東西，只怕自己喝下去後便會覺得不舒服，然後被宮女帶到什麼地方去吧，之後還有什麼招數？

長安公主瞧榮寶珠抿了口茶水，笑道：「這是雪蓮花泡的茶水，喝了對女子極好，妳們都嚐嚐看。」

眾人捧起茶杯喝了口茶水，都稱讚這茶水不錯，榮寶珠也跟著捧起茶杯，輕輕地用嘴抿了下，並未喝到茶水。

長安公主等了會兒瞧見藥效似沒發作，也不好意思再讓人喝第二口，但臉色到底是有些不好，道：「外面御花園裡的花開得不錯，大家不妨出去看看，作兩首詩來聽聽。」

一眾姑娘家移步到了御花園裡，好在這會兒出了太陽，外頭暖和了些，御花園早擺好了桌椅板凳、糕點茶水，眾位姑娘又是對著這御花園的花好一番讚嘆，之後就提議以花為題來作詩。

榮寶珠的學問並不出眾，磕磕巴巴地作了一首平平淡淡的詩出來。

方才那嫩黃衣裳的圓臉姑娘又嘲諷道：「榮七姑娘這詩可真是不如妳家四姊、五姊呢。」

榮寶珠倒覺得沒什麼，她的文采的確不好，沒啥好遮掩的。

不等榮寶珠開口，榮海珠已經笑道：「我七妹光有這副容貌就足夠，作詩不過是附庸風雅，增加一點雅趣罷了，女子又不是靠這個活，我要是有我七妹這模樣，不會作詩又如何，我倒寧願用這才華去換我七妹的模樣呢。」

在場有不少姑娘家心裡對這番話頗為認同，要是有可能，她們還真想拿一身的才華去換榮七姑娘的那副容貌。

那圓臉姑娘瞪著眼說不出話來。

正說著，御花園另外一邊忽然傳來一聲慘叫，讓在場的姑娘們都傻了眼。

長安公主眉頭一皺，打算過去瞧瞧是怎麼回事，眾位姑娘也都跟上，繞過了御花園，來到一寬敞空地。姑娘們忍不住瞪大了眼睛，竟瞧見一名穿著黃色衣袍的少年正狠狠毆打著一個小太監，那小太監甚至不敢用手阻攔，任由那少年一腳腳地踢著他的胸口，小太監的嘴角都已經出血了。

長安公主皺眉，喝斥道：「太子，你在做甚，何必要把人趕盡殺絕？」

太子踢紅了眼，頭也不回地道：「滾開，不用妳在這裡假惺惺地替這奴才求情！」

榮寶珠幾乎是怔怔地看著太子一腳腳地踢著，心裡有些不舒服，她與太子自幼也算有一絲情誼，心底還是把他當成朋友，到底希望他能好些，可如今瞧見這模樣，就知這人怕是改不了了。

長安公主這會兒氣得胸脯都鼓了起來。「太子，你若繼續如此，我便去跟父皇說，你一天到晚虐待身邊的奴才，你有病啊。」

太子只覺心中有股火氣想發洩，想打人，想殺人，他惡狠狠地回頭。「不用妳在這裡多管閒事，這是本王身邊的奴才，本王想怎麼打就怎麼……」在瞧見一眾姑娘裡那雙熟悉的眼睛時，太子聲音一頓，最後一個字才冒了出來。「打……」

瞧著那姑娘身邊的榮明珠和榮海珠，太子就知她是寶珠了，再瞧見寶珠冷著臉的模樣，他有些心虛，也有些委屈，不過他還算聰明，不敢在這麼多姑娘面前喊出寶珠的名字，怕壞了她的名聲，只轉頭看向長安，嘲諷一笑。「喲，又把這些姑娘叫進宮來阿諛奉承妳啊，我說妳整天閒得沒事吧，真以為別人誇妳兩句，妳就能美上一、兩分？該是啥模樣不還是啥模樣，我勸妳還是歇歇吧。」

姑娘們臉紅了，又都知道太子是什麼樣的性子，連句話都不敢爭辯。

長安公主氣得臉都白了，也不再裝柔弱，指著太子罵道：「你這混蛋，瞎說什麼，信不信我告訴父皇去！」

太子繼續冷嘲熱諷。「妳除了會告到父皇那裡去，妳還會做什麼？醜人多作怪！」

這句話差點把長安公主氣了個倒仰，指著太子的手都在哆嗦。

太子終究還是顧忌寶珠的名聲，沒打算在這麼多人面前跟她說什麼話。他轉身看了眼地上的太監，想到榮寶珠當日說的話，沈默了片刻，指著地上的太監道：「今日的事情是本王不對，本王心裡煩躁了些，實在……不該拿你出氣，讓人去請了御醫給你瞧瞧，這幾日在屋裡好好歇息就是。」

那躺在地上的小太監都快嚇死了，他何曾受過太子這麼溫柔的對待。

旁邊的畢真笑道：「太子真是仁慈。」又轉頭跟旁邊的小太監說：「趕緊把六兒抬回屋裡去，再給請個御醫瞧瞧，動作麻利些，別驚擾了公主的貴客們。」

太子的眼睛掃過榮寶珠，露出個討好的神色來，靠著強大的意志力移開了目光，在幾位漂亮姑娘身上打了個轉，最後落在長安公主身上，哼笑一聲，揚長而去。

長安公主氣得直哆嗦，那嫩黃衣裳的圓臉姑娘上前笑道：「公主，您何必跟太子一般見識……」

長安公主再也忍受不住，一把推開了圓臉姑娘，喝斥道：「妳這蠢貨，離我遠些。」

榮寶珠心想，可不就是蠢貨，先不說一個公主如何能跟太子比，在大庭廣眾之下說出這種話來，是想把公主置於何地？

圓臉姑娘一個站不穩，倒在地上，臉色青一陣白一陣，難堪極了。

長安公主長袖一揮，決定不管這些客人們了，冷聲道：「本宮身子不舒服，就不招待妳們了，送客！」

榮寶珠鬆了口氣，終於能回府了，相信有了這次難堪的事情，長安公主這幾個月都不會再召她們入宮做陪襯，太子倒是默默做了件好事。

遣散了女客後，長安公主回到雲臺殿，摔了一屋子的瓷器發洩心中的怒火，恨聲道：「一個個都是蠢貨……」又撫摸自己的臉頰。「為何這天下有了我，卻還要有榮寶珠？她何德何能得老天眷顧，有那麼一副容貌，她不配！」

她原先不過是想在榮寶珠的茶水裡下點藥，然後讓她往茅廁跑，自己再派人將她推下池塘，這種天氣，不凍死也會殘廢。哪曉得她就輕抿了口茶水，下在茶水裡的藥完全沒效果。

長安公主最不能容忍的就是別人比她還要美貌，一想到榮寶珠那副模樣，她就恨不得在她臉上劃兩刀！

皇后聞訊趕來，瞧著滿屋子狼藉。「妳這丫頭，好好的這是怎麼了？」

長安公主哭道：「母后，您瞧瞧太子都讓人寵成什麼樣子了，今兒讓我在一眾客人面前沒了臉。」

事關太子，皇后也不敢插嘴，只把殿裡的宮女太監們屏退，輕拍著長安的背勸道：「算了，何必跟太子一般見識，就他那樣的為人，以後還不定會怎麼樣，妳暫且忍一忍就是了。」

這口氣叫長安公主如何忍得下去，她臉上的狠戾一閃而過。「母后，讓這樣的人登上大位，到時候哪還有咱們活下去的路，不如……」

「妳這丫頭，」皇后急忙捂住長安公主的嘴，低聲道：「妳父皇就這麼一個皇子，動了他，咱們都別想活了，到時候連太后都保不住咱們。這心思妳趁早歇了，如今本宮只盼著可以趕緊懷上一胎，這些年來，後宮就沒一個妃嬪能平安誕下一子半女。」

長安公主想到宮裡的情形，心裡也是恨得不行，為何母后就生不出兒子？宮裡妃嬪本來就懷孕得少，這幾年每每懷上沒幾個月就小產了。她知道宮裡那些妃嬪們鬥得厲害，原先還想著讓其他低位的妃嬪生下兒子後抱養在母后身邊，要是有一子，她們就有了跟德妃和太子相爭的資本，如今這種不上不下的局面真是……

長安公主看了眼皇后的肚子，到底還是不抱希望，她忽然想到了一個主意，心中一動，湊在皇后耳邊小聲說了幾句。

皇后遲疑。「這樣可以嗎？要是被發現了那可是混淆皇室血脈的大罪……」

長安公主冷笑道：「只要母后行事小心，他人如何發現得了？到時候只要打點好御醫跟接生婆，把一切都佈置好了，這事絕對能成。難道母后想眼睜睜看著太子上位，把咱們壓在泥濘之中嗎？要是真讓太子上位了，德妃又早對咱們看不順眼，遲早會弄死我們的。母后，妳該想清楚了，妳必須有個皇子傍身。」

皇后神色漸漸堅定。「那便如妳所說，不管如何總要有個皇子傍身。」嘆口氣又道：「說起來我那嫂子能把秘方給我就好了，我當年因為生妳的時候難產，落下病根，養了這些年雖好得差不多了，卻一直未曾懷過，可那女人死死守著方子不肯給。」

長安公主道：「母后，只怕輔國公世子夫人並沒有方子，若真有，為何她只生下一個兒子就不生了？哪有人會嫌兒子多？母后只管聽我的就是了。」

皇后摸了摸長安公主的髮髻。「乖孩子，只盼這真的能行……」

榮家姑娘們坐上馬車出宮，榮寶珠舒服地哼哼兩聲，也不端坐著了，脫了披風斜靠著一個軟枕，又喝了一大口茶水，舒服地嘆了口氣。

榮海珠笑道：「瞧妳渴的樣子，在宮裡喝口水她們也不會說妳什麼的。」

榮寶珠放下杯子。「我哪敢喝水啊，不過皮膚白了些就要被那姑娘嘲諷一番。」

聲音頓了下，榮寶珠好奇地道：「那姑娘到底是誰？我瞧著就她最會奉承公主了。」最後還被公主駁了臉面，以後在勛貴人家中傳開，丟臉都丟死了，怕是還會連累了她的親事。

榮海珠哼了兩聲。「不過是個落魄戶，七妹可聽聞過中山伯？和忠義伯盛家一樣，當年都因為那樁貪贓枉法的案子被扯到了一塊，雖然後來證明了清白，中山伯家到底是落魄了。如今的忠義伯盛大老爺跟盛家的幾個孩子都是有本事的，盛家已慢慢興盛起來，可這中山伯林家的兒女，兒子紈袴，女兒也只會奉承公主，否則以她的家世，哪會被請進宮去，還不是因為她會拍馬屁，這次可好，把馬屁拍在馬腿上了，只怕以後公主不會再讓她進宮。」

榮寶珠對中山伯林家並不熟悉，也不認識那圓臉女孩，只羨慕地道：「要不我也去試試把馬屁拍在馬腿上，這樣以後就不用進宮了。」

榮明珠笑道：「快別瞎想了，長安公主這回丟了這麼大一個臉面，之後好一段日子肯定不會再叫咱們進宮，可以好好安生一段日子了。」誰樂意整日進宮去奉承那公主呀，她們榮家幾乎所有姑娘都裝病躲過公主下的帖子。

幾個姑娘一邊說笑一邊回了榮府。

宮裡的蜀王聽了子騫的彙報，淡聲道：「叫畢真好好看著，莫要鬧出人命來。」

子騫道：「殿下放心，太子全心全意地相信畢真，那太監也並無大礙。殿下，其實您根本不必自責，太子如今這般性子跟您並沒有多大關係，說到底還是皇上和太后寵出來的，就算沒有您的藥，他這輩子也毀了，這樣的人如何能上位？且風華師傅在外面已經悄悄地開始部署了，總有一日，能奪回屬於殿下您的東西。」

蜀王沈默，這幾年他已經知道父皇當初是怎麼死的，父皇身邊的一個老太監告訴他，先帝擬了聖旨是打算讓他繼承皇位的，奈何還沒宣讀便被太后跟皇上害死了，那聖旨則被老太監悄悄地交給他。

蜀王知道現在還不是時候，就算拿出了聖旨又如何？他沒有人脈，沒有兵力，沒有財力，如何跟皇上和太后對抗？

子騫又道：「殿下，聽說今日公主宴請女客，在御花園裡賞花的時候碰見了太子，榮家七姑娘正好在其中，太子那邊沒關係吧？」

蜀王抬眼。「不礙事，畢真那裡的藥用完就罷了，自此以後不必管著太子，他已經十一、二歲，性子已養成，日後的作為也有限，咱們還要操心別的事。」

子騫又道：「殿下，您真要迎娶張家姑娘？您若是不願，臣自有辦法毀了這門親事。」

「不必。」蜀王心平氣和地道。「是誰都沒關係。」

第十五章

四房的兒女陪著榮四老爺和岑氏用晚膳，榮四老爺的心情看起來很好，晚飯都多吃了一碗。

榮寶珠笑道：「爹爹，您有高興的事嗎？」

榮四老爺放下碗筷，讓丫鬟把東西收拾了，他才拉著女兒坐在旁邊的矮榻上，笑道：「爹爹的確是有喜事，今日任命的文書已經下來，府中的人應該都知道了，過幾日吏部會正式通知上任的日期。」

榮寶珠心裡十分高興。「爹爹最棒了！」

其他兒女也都跟榮四老爺道賀。

榮四老爺心裡暢快極了，在翰林院熬了這麼幾年，他終於有一個實質性的位置，日後要再升官就容易多了。

岑氏當然是歡喜的，如今榮大老爺是正三品的兵部右侍郎，榮二老爺還在翰林院，榮三老爺是個閒職，等榮四老爺進了吏部，就算以後分家，他們四房也算是熬出頭了。

岑氏笑道：「可打算宴請同僚來府中一聚？」

榮四老爺笑道：「待正式定下後再說吧，現在不急。」

這廂四房其樂融融、眉開眼笑的，另一廂榮老爺子的房間裡卻是一片哭聲。

菀娘拉著榮老爺子哭得淒慘，求他讓榮四老爺把官職讓給榮二老爺。榮老爺子原是不肯答應，但是架不住菀娘的哀求和勸說，最後居然答應了下來。

榮家四房還沈浸在喜悅之中，榮老爺子身邊的奴才就過來叫榮四老爺。

榮四老爺笑道：「我去去就回，待會兒還要檢查你們幾個的功課。」又跟榮琤道：「你雖要去軍營，可這幾個月的功課也不可落下。」

榮琤的笑臉立刻拉下了，耷拉著腦袋應了一聲。

榮四老爺這才笑咪咪地去榮老爺子的書房。

不到半個時辰，榮四老爺回來了，面上的笑容卻沒了。

瞧他面無表情的樣子，岑氏急忙道：「老爺，這是怎麼了？方才不是還好好的？」

「爹要我把吏部的位置讓給二哥。」榮四老爺冷冰冰地吐出幾個字。

幾個孩子都給驚著了，一向沈穩的榮琅站了起來，皺眉道：「二伯這也太欺負人了，自己沒本事何必搶爹的位置！」

榮海珠也氣道：「太過分了，祖父實在太過分了，哪有他這樣做人家爹的！」

榮寶珠傻眼了，她一直知道祖父偏心，所以不喜祖父，這幾年她從未把瓊漿給祖父用過，有時她甚至會有些內疚，覺得自己是不是太過分了。如今看來，她一點都不過分，這樣為人爹、為人祖父的，竟如此偏向一個庶子，寶珠真恨不得去罵罵這糊塗的祖父！

岑氏急道：「爹怎麼這樣，定是那老姨太挑撥的，娘可知道這事？這事不能就這麼算了，你在翰林院裡熬了多少年啊，能熬出來那是你的本事，憑什麼要讓給二房！」

榮四老爺沈默了會兒才咬牙道：「倘若不應下來，他便會拿孝道來壓我，若是傳出不孝的名聲，之後叫我如何在官場上混？他這是要斷我後路！」

岑氏氣得臉都有些扭曲了。「爹可真是夠偏心的，從來沒見過哪家的嫡子會把官位讓給庶子，這傳出去不是讓人笑話死？老爺，絕對不能讓，就算讓了你的名聲也算沒了，別人只會覺得你傻。」

榮四老爺心裡絕望了，他自幼就知道爹寵著二哥，小時候與二哥有爭執，爹護的永遠都是二哥，如今竟還讓他把好不容易得來的官位讓給二哥，他怎麼能甘心？

「爹說這是讓賢，傳出去只會成就一番美名，我今後的仕途會更加暢順。」

「放屁！」岑氏忍不住在兒女面前罵了髒話。「老姨太那老貨，定是她在國公爺耳邊吹的風，真是……真是……」到底不想在兒女面前罵得太難聽了，只恨恨道：「好好的一個家，就被那老貨攪得雞犬不寧，這事一定要跟娘和大哥他們說，豈能讓別人拿我們這一房當傻子！」

榮寶珠心裡恨得厲害，她知道在翰林院中有多難熬，多少翰林子弟終其一生都還是待在翰林院裡，混不到一個實質性的官職。爹爹在翰林院裡熬了幾年，如今一出來就是正五品的吏部郎中，這不僅是難得，也表示吏部對爹的重視。要是爹把這位置讓給了二伯，吏部那些人恐怕不會覺得這是讓賢，而是無能和蠢貨的表現，日後爹的仕途算是毀了。

榮寶珠悶聲不響地衝了出去。

榮明珠喚道：「七妹，妳去哪裡？」

「我去找祖母！」榮寶珠頭也不回地道。這事只有祖母能主持公道了，老祖宗那邊受不得氣，她不願去打擾。

因祖母與祖父早就分了房，祖父又經常歇在菀娘房中，榮寶珠就直接衝到祖母的房裡。

狄氏瞧著榮寶珠一臉淚水地衝進來，嚇了一跳，慌忙把她拉到懷中，心疼地道：「寶珠這是怎麼了？誰欺負妳了？」狄氏還是很瞭解這小孫女的性子的，平時吃點小虧她不會覺得有什麼，更不會哭哭啼啼，這會兒哭著跑到她面前來，只怕是發生了什麼極大的事情。

「祖母……」榮寶珠心裡是真難受，哭得快接不上氣了。「祖母，祖父好偏心啊，爹爹在翰林院裡熬了這麼幾年，方才得了吏部看重，這都還沒去上任，祖父就要爹爹把位置讓給二伯。祖母，爹爹真是祖父親生的嗎？為何他要這樣對爹爹？」

榮寶珠幾乎不敢想像，這次若真把吏部郎中的位置讓給二伯，爹以後會怎麼樣。

狄氏臉色大變，把榮寶珠從懷中拉開，握住她的肩膀，瞧著她哭得滿是淚水的臉蛋。

「寶珠，妳說的可是真的？」

榮寶珠擦了擦眼淚，點頭。「方才祖父派人把爹爹叫了過去，爹爹回來後說的。祖母，妳幫爹爹求求情吧，爹爹也是祖父的親兒子啊，哪有這樣……」後面「做爹」兩字畢竟不好說出口。

狄氏的手都在抖了，心裡恨不得拿刀捅死那對賤人，定是那女人在國公爺耳邊說了什麼，而他竟敢同意？老四要真是這麼做，他以後就別想在京城裡混了，這是要毀了她的兒子啊！

「好！很好！」狄氏起身，攥緊拳頭，指甲深深地陷進手心都不覺痛。

榮四老爺跟岑氏也進來了，榮四老爺的面色不大好看，先叫了一聲娘後，便默不作聲。

狄氏恨聲道：「你這傻子，是不是寶珠不來找我，你就打算明日去跟皇上說這事？你還想不想繼續在京城裡混下去了，你……」

榮四老爺任由狄氏說著，心裡卻知道自個兒是絕對不會讓的，真要讓了，他以後也不用走仕途了。

狄氏罵了榮四老爺幾句後才道：「這事我知道了，你們只管回去休息吧，我明天一早會去跟國公爺說，這樣肯定是不成的。」

就這樣嗎？榮寶珠挺疑惑，祖母不是該這時候去找祖父質問嗎？

榮四老爺和岑氏都不多說什麼，拉著寶珠回去了。

榮寶珠懵懂地問：「爹，娘，就這麼算了嗎？那這樣明日早朝的時候，爹爹豈不是就要把這事跟皇上說了？」

岑氏冷哼一聲。「寶珠別問了，只等著明日就是。」

另一廂，菀娘曉得榮老爺子已經把這事跟榮四老爺說了，心裡高興得很，端了一碗牛肉豆腐羹到他的面前。

榮老爺子對吃的方面的確很執著，許是小時候餓怕了，就算如今富貴了，也總愛吃一些大肉肥膩的美食，這牛肉豆腐羹裡的牛肉肥瘦參半，入口即化，他三兩口就把羹吃了個精光，讚了聲不錯。

菀娘讓丫鬟把空碗端下去，就服侍榮老爺子休息。

翌日一早，菀娘醒來發現榮老爺子還在床上，心裡得意不已。她就算不是正妻又如何，國公爺還不是最寵愛她？

她柔若無骨地趴在榮老爺子身上，嬌聲道：「老爺，該起來了。」

榮老爺子不動，直挺挺地躺在那裡，菀娘又叫了兩聲方覺得不對勁，抬頭一看，簡直快嚇死了。榮老爺子竟睜著眼使勁瞪著她，臉歪嘴斜的。

菀娘臉色大變，撲到榮老爺子身上。「老爺，您這是怎麼了？來人，來人啊！」

菀娘忘記了她和榮老爺子衣衫不整，等丫鬟、婆子衝進來才尖叫一聲，又把人都趕了出去，自己先穿戴整齊後才讓丫鬟們進來伺候榮老爺子，自己則淚眼汪汪地去稟告狄氏。

狄氏得知榮老爺子的情況後，一巴掌甩在菀娘臉上，顫抖著手指著地上的菀娘道：「瞧瞧妳幹的好事，妳不是不知國公爺的身子如何，還整天歪纏著國公爺，如今可好了，如今可……」

她又轉頭跟身後快嚇傻的婆子們道：「還不趕緊去請大夫，再讓人拿了國公爺的帖子去宮裡請御醫！」

說罷，狄氏看也不看地上的菀娘，直接去榮老爺子那邊，一進房就瞧見他的模樣，狄氏心裡冷笑一聲，不為所動，只哭道：「老爺，您這是怎麼了？老爺啊，都怪那賤蹄子，早知道她會害了您，我就該不管不顧地發賣了她啊！」

榮老爺子只眼睛動了兩下，完全沒有任何表情，也不知心底到底如何想的。

菀娘很快跟了過來，衝進房裡瞧見榮老爺子的模樣簡直是萬念俱灰，昨天還好好的，今天怎麼就突然這樣了？榮老爺子要是好不了，她的下場會如何？一想到這結果，菀娘生生打了個寒顫。

眼看著菀娘又要撲上去哭，狄氏使人上去攔住她，又是一巴掌甩了上去。「賤人，妳把國公爺害成這般模樣還不夠，還想做什麼？妳這一撲上去……是不是不想國公爺……」後面兩字到底沒說出口。

菀娘被打懵了，撲在地上起不來。

大夫很快就來了，診過脈之後說是中風，不久後御醫也來了，跟大夫的說詞差不多，又細細地問了一些問題。

「國公爺可是經常食用葷腥油膩的食物？國公爺的年紀本來就大了，最好少食用葷腥油膩的菜餚，晚上若是吃宵夜也要以清淡為主，睡前莫要吃為好。」

狄氏傷心地抹著眼淚。「國公爺平日裡就愛葷腥油膩的食物，怎麼勸都不聽，晚上也是如此……」又轉頭問菀娘。「妳昨天夜裡可是又給國公爺煮食葷類的夜宵了？」

菀娘嚇得瑟瑟發抖，說不出話來，旁邊的小丫鬟嚇得都快哭了。「回……回夫人的話，昨天夜裡老姨太給國公爺煮了牛肉豆腐羹，說是國公爺愛吃牛肉……」

「混帳東西！」狄氏指著菀娘大怒。「都交代過妳多少次了，國公爺的身子不適合吃葷腥食物，妳倒好，還天天夜裡煮成宵夜，妳是不是想害死了國公爺才甘心！」

這會兒旁邊的婆子機靈了，上去就踹了菀娘兩腳。

床上的榮老爺子看不出表情，倒是額頭上的青筋隱隱顯了出來。

狄氏哭道：「老爺莫要難過，這等害主的奴才，待會兒就拉出去亂棒打死了！」

榮老爺子的青筋似乎更明顯了些。

御醫心裡想著，寵妾滅妻啊，這下可好了，自己生生毀在寵妾手中，真真是活該啊。

御醫對這鎮國公一點都不同情，就直說了。「國公爺這中風有些嚴重，先找人精心伺候著吧，以後不許讓國公爺生氣，這樣有利於病情的康復。當然了，葷腥油膩的東西是決計不可再食用了。」

又是好一番交代，開了藥方，御醫和大夫這才離開。

丫鬟、婆子們開始忙碌了起來，有去叫人的，有去煎藥的，有進來伺候榮老爺子的。

狄氏狠狠地瞪了眼地上的菀娘。「如今國公爺動彈不得，我也不好殺生攢罪孽，這次就暫且饒過妳，以後妳便好好在國公爺身邊伺候著，若是再敢惹事，直接將妳亂棒打死！」
菀娘哭得眼淚鼻涕糊了一臉，只覺是躲過一劫，昏沈著腦子跪在地上感恩叩謝。
榮老爺子出了這種事情，自然要通知府中的老爺、太太和老祖宗們，幾房的人得知消息後，立刻趕來正院這邊。
榮二老爺一進房間瞧見躺在床上的榮老爺子，臉色就變了，他清楚地知曉國公爺要是不當家，他在這個家就再也沒有立足之地。再者，榮老爺子昨天還好好的，今天竟突然變成這個樣子，去通報的人只說是中風了，哪就這麼湊巧，爹昨天才跟四弟說讓賢的事情，今兒爹就出事了。
榮二老爺這會兒腦子亂成一團，幾乎是下意識地去看狄氏。「母親，爹昨天是好好的，今兒怎麼就突然出了這事？也太巧了些。」
狄氏冷聲道：「你這是指責我還是懷疑是我所為？既如此你就去報官吧！」
菀娘哭道：「老二，不可去報官……」
榮二老爺腦子還沒回神。「姨娘，妳瞎說什麼，這種事情，都還不知道爹是怎麼回事，到底是不是被人故意害成這樣的……」
狄氏指著菀娘道：「這事就該好好問問你的姨娘了，為何要害國公爺，國公爺哪裡對不起她？這些年她的派頭都快趕上我這個正妻了，就是如此她還想害死國公爺。大夫早就說過國公爺沾不得葷腥油膩，每次在我院子裡用膳的時候我都使人注意著，可你這姨娘倒好，國公爺只要在她這用膳，必少不了葷腥油膩的東西，晚上還給國公爺做肉羹。妳這賤婢，大夫曾經跟妳說過的話，妳是不是都當成了耳邊風！」

菀娘嗚嗚地哭著，她哪想得到葷腥油膩的食物會讓人中風，以往在村裡過日子的時候，好點的地主家那可是大口吃肉的，也不見出了什麼事啊，大夫的確跟她說過這些話，她又如何會放在心上？卻不想……

榮二老爺傻眼了，他是知道老爹身子不好，不可食用葷腥油膩的東西，卻沒想到害得老爹成了這般模樣的人會是姨娘。怎麼偏巧現在出了事？就算晚一點也好啊，至少等到待會兒上朝老四去跟皇上說了讓賢的事，現在可怎麼辦？

榮二老爺到底還是不甘心，他在翰林院裡待了十年，卻還是一個從九品的待詔，只怕以後也沒機會出去了，四弟的讓賢是他唯一的機會。

咬了咬牙，榮二老爺抬頭看向榮四老爺。「四弟，爹昨天可跟你說了那件事情？」

狄氏心裡恨得不行，餘光瞥了榮老爺子一眼，冷笑一聲，暗暗想著：這就是你寵愛的好兒子，如今你在病榻上，他卻只關心他的官位會不會丟了。

榮四老爺看了狄氏一眼，狄氏並未說什麼，榮四老爺便點了點頭。「爹是說過，不過，二哥，眼下最重要的難道不是爹的身體嗎？我聽聞薛神醫很是厲害，前幾月還傳聞他有在京城裡走動，說不定他有辦法讓爹康復，我們是不是應該先去把神醫給找來？」

榮二老爺頗有些尷尬，一邊的高氏則急忙道：「爹的身體自然是重要的，不過你們的事也很重要，不如這樣，元壽跟大哥、三弟去尋神醫，四弟你今日去早朝，把事情跟皇上稟明了。」

狄氏簡直想上去呼高氏兩巴掌，心裡又冷笑一聲，待會兒就有妳好看的了。

榮二老爺也怕等的時間長了，這官位就雞飛蛋打，默認了高氏說的話。

一屋子人心思各異，門外進來一婆子，慌慌張張地道：「夫人，不好了，外面有個自稱是二老爺外室的女子，說是懷了二老爺的孩子，上門要讓二老爺把她安置下來！」

這話無異於晴天霹靂，震了大房、三房和四房，劈了二房的兩個。

榮二老爺腦子一片空白，不曉得外頭養的外室怎麼會突然跑到府裡來了，便下意識地想要辯解，高氏卻嗷嗚一聲，一爪子撓在他的臉上，罵道：「好你個不要臉的，我說你這些日子怎麼銀兩盡不夠用，老從我這要銀子去，原來是在外面養了個姘頭。」高氏這次被氣狠了，一邊嚎叫一邊跺腳。「老天爺啊，怎麼就讓我遇上這麼一個殺千刀的啊，我這半輩子為他操碎了心，結果他卻這麼捅了我一刀，我不活了啊！」

狄氏呵斥了幾聲，讓人把那女子叫了進來。這女子倒也聰慧，只是哭著求給個出路。

榮二老爺心裡惱火不已，高氏卻是要撲上去與這女子拚命了。

一屋子亂哄哄的，床上的榮老爺子青筋直蹦，這會兒卻根本沒人注意他。

榮大老爺道：「二弟，這事便是你的不對了，養外室這種事若是傳出去，是不是想把國公府的名聲都丟了？你這樣還想要四弟讓賢？就算四弟真跟皇上說了，吏部又怎麼可能會讓你上任？這不僅是害了你自己還害了四弟！你要四弟把官位讓給你，四弟只會被人說識人不清，糊塗！」

這時代，在朝為官是需要好名聲的，像榮二老爺這種養外室的行為，在勛貴人家來說是極上不得檯面的事情，有的官員養外室，被御史得知，參了一本，連頭上的烏紗帽都保不住。

榮四老爺也冷著臉道：「二哥，你為何如此害我？若是我今兒去跟皇上說了，你又鬧出這種事情來，日後叫我還有何顏面在京城裡混下去！」

榮二老爺嘴裡發苦，說不出話來，這讓賢的事真是泡湯了。他也不是真傻，知道外室這個時候會跑來，八九不離十是狄氏做的手腳，就是怕他搶了四弟的官。他看了眼床上的榮老爺子，心裡有些疑惑，既然狄氏已經準備了外室這招，應該不會對爹下手，莫不是爹今兒中風真是巧合？光是外室就足以讓他身敗名裂，不敢再對吏部郎中的位置有心思了，狄氏若再對爹出手，被外人得知只會毀了狄氏、毀了她的三個兒子，看來這事還真是巧合，再者爹這些年的確愛吃油膩葷腥的食物。

狄氏又道：「老二，如今這女子該如何，你且看著辦吧。」

這婦人見榮二老爺指望不上，便想著拿一筆錢就算了。高氏雖然惱火萬分，最後也不得不出一筆銀錢將這婦人打發走。

自此，榮家只有主子們跟狄氏房裡信得過的嬤嬤和婆子們知道這事，小輩們是完全不得知。

天色亮了，幾個老爺都耽誤了去早朝和衙署。

榮大老爺立刻遣人去送信，皇上跟幾位老爺的上級知道國公爺中風的消息，不久便派人來慰問。

榮寶珠大半夜就醒了，等著祖母那邊的消息，眼看著爹跟娘都被叫去，她站在院子口張望，直到天色亮了，才聽見遠處傳來兩人的腳步聲。

榮寶珠遠遠地站在那跳了兩下，朝岑氏跟榮四老爺招了手。「爹，娘！」

岑氏跟榮四老爺一到她跟前，榮寶珠就急切地問了起來。「爹，娘，事情都解決了嗎？祖母一大早讓你們過去是為了何事？」

這次的事情太大，岑氏不敢跟女兒說太多，只拉著女兒進屋，榮四老爺也一塊兒跟著進去。

岑氏才道：「妳祖父中風了，如今躺在床上動彈不得，妳爹的事情算是解決了。」

祖父中風了？榮寶珠怔了怔，她記得自己上輩子醒來的時候祖父就躺在病榻上，不過也太巧了些，昨兒祖父才跟爹爹說了讓賢的話，自己去祖母那告了一狀，祖父就中風了？難不成是祖母所為？榮寶珠為心中的猜測心驚不已。不過微微一思考，上輩子祖父也是差不多這個時間倒下的，爹那時候還在翰林院裡頭，根本沒得吏部郎中這個職位，大概他真是因為食了葷腥油膩之物太多才中風的吧。

榮寶珠覺得不管如何，聽聞祖父中風了，她不僅沒有擔心，反而鬆了口氣。

岑氏拉著榮寶珠坐下。「這事就算這麼過去了，妳別多管，上課的時候莫要多嘴跟姊姊們說些什麼，只盼著妳祖父能好起來……」

榮寶珠覺得娘說的話一點誠意都沒有。

大房跟四房都是聰明人，早猜出榮老爺子中風可能是狄氏所為了。

這廂四房鬆了口氣，另一廂狄氏的房間裡卻是沈默著。

榮大老爺站在狄氏身邊，嘆了口氣。「母親，這事妳沒做錯，實在是爹這些年太過分了些。要是別的，我們還能忍，可他要四弟把官位讓出來，根本就沒為四弟想過，是要犧牲四弟成全二弟啊。」

狄氏此刻的臉色有些灰敗，拳頭攥得死緊。「這些年我一直忍著，哪怕他再寵愛那老姨太我也不多說什麼，只想好好地把你們撫養長大，如今你們都大了，都有本事了，可他竟想犧牲我兒，我……我實在是忍不下去。這些年，我看著他食用那些葷腥油膩的東西，表面勸著，內裡卻根本沒管，就算不是這次，再過不久他也會躺在床上，說到底，我就沒想過要讓他好好活下去。不過現今正是你們三兄弟往上爬的時候，他還不能死，下半輩子，就讓那苑娘好好地陪著他吧！」聲音已經是恨極。

榮大老爺沒多說什麼，他早就對這個爹失望了，現在這種情況他甚至有鬆了口氣的感覺。

狄氏又道：「他已中風，這鎮國公的爵位就要落到你頭上去，你且回去好好休息吧，接下來幾日只怕有得忙了。」

接下來幾日，榮府上下的確忙得很，小輩們還是繼續上課，該幹麼就幹麼，小輩們只知道榮老爺子因為被老姨太餵食太多葷腥油膩之物才會中風，對於榮老爺子要四老爺讓賢給二老爺的事情並不知情。

除了四房的幾個孩子，連榮灩珠都不知曉讓賢之事。一是上輩子這時候榮四老爺還在翰林院中，二是因為榮灩珠記得上輩子祖父約莫就是這一、兩個月中風的，三是榮灩珠一直不喜高氏在她耳邊亂嚼舌根，每次高氏一亂說什麼，她就發脾氣，久而久之，高氏就很少在這女兒面前說什麼了，因此讓賢的事情高氏沒告訴女兒。如今讓賢失敗，榮二老爺還在外面養了那麼一個外室，高氏自然是沒臉提起了。

因此，國公府在榮老爺子中風後，其餘並無任何不妥，除了老祖宗。榮老爺子躺在床上動彈不得，讓兩位老祖宗很是傷心，皆大病了一場。

榮寶珠害怕兩位老祖宗太過憂鬱，每日上午的功課都不做了，就陪著兩位老祖宗，用瓊漿替他們調養身子，下午則不歇午休，繼續研讀功課，晚上還會讓姊姊們替她補課，把課程跟上。

狄氏為了緩解老祖宗的憂慮，說是讓榮老爺子的兩位兄弟帶著家眷來京城聚聚，一是可以陪陪老祖宗，看看榮老爺子，二是兩位兄弟的孫子孫女也都到了該說親的年紀，來京城可以順便相看相看人家。

老祖宗自然是希望一家團聚，就同意了，狄氏這才讓人去鄉下請了榮老爺子的兩位兄弟來府中團聚。

除了這事外，長輩們還忙著尋薛神醫，榮二老爺是真心去尋，至於其他三房是否是真心尋找就不得而知了。

榮老爺子中風的消息皇上已經知曉，狄氏拿了國公爺的牌子進宮求見，希望世子能夠承爵。

皇上爽快地答應了下來，自此，榮府當家作主的人就是榮大老爺，不過因為老國公有病纏身，不好宴請親朋好友一聚，只榮府四房在一起用了膳。

榮灩珠這會兒是越來越心急了，她雖知道他們二房明年就會出事，可卻完全無能為力。她不知二房到底是如何出事的，半點忙都幫不上，在這榮府中，她甚至連一點人脈都沒有，要如何幫？她唯一能做的不過是這些年盡力討好老祖宗和祖母，希望二房出事的時候能讓她留在京城。

相對於榮灩珠的焦急不安，榮寶珠就心平氣和多了，這些年她一直對祖父有成見，從未給祖父用過瓊漿，如今更不會給他用。祖父如此作踐她爹，顯然沒把自己當成他的孫女，自己當然也不會對他心軟。

榮寶珠依舊每天上午陪著老祖宗，下午上課。下午的時候由榮灩珠陪伴老祖宗，這些日子老祖宗對榮灩珠越發親近了，直誇她們兩個懂事孝順。

如今榮老爺子只能躺在床上，狄氏說了，既然菀娘真心愛慕老國公，就該好好伺候他。老國公跟癱瘓了差不多，吃喝拉撒都要人照顧著，天兒又冷，喝了水不出汗，只能從下面排，一天要上好幾次，還要上一次大的，那味道真不用說，每天還要伺候榮老爺子吃飯穿衣。菀娘除了以前在鄉下的時候伺候過人，進國公府後這幾十年都是享福的，要她伺候這樣的老國公，她有些受不了，不過幾天就瘦了一大圈，再也沒有從前的姿態。

不出幾日，吏部就通知了榮四老爺三日後去吏部報到，正式上任。

榮家四房歡喜一片，岑氏忙著給夫君的上級們準備禮物，打點打點關係。

榮家的老家距離京城並不遠，因為是拖家帶口地來才耽誤了一段日子，十天後，榮老爺子的兩個兄弟就攜著家眷來到榮府。

榮老爺子有一兄長一弟弟，兩人各生下一兒一女，女兒早就出嫁，嫁的也是鄉下人家。這兩個兒子又各自生了兒女，都已成親育有孩子了，只剩兩個女兒和一個兒子還未成親，這三個人都比寶珠年長。伯祖父家的堂姊榮青梅年約十四，堂哥榮重實年約十二，兩人隨了伯祖父的性子，老實甚至有些木訥；叔祖父家的堂姊榮秋葵也十三歲了，看起來更機靈些。

伯祖父跟叔祖父看了榮老爺子，又在國公府陪著老祖宗待了半個月才離開，說是惦記著家裡，都是有兒有女的，就不留在國公府裡了，只把三個沒成親的孫兒孫女留下。希望他們能在府中跟姑娘少爺們一起讀書認字，以後好有些本事。

眼下都已經十二月多，天氣越來越冷。老祖宗有兒孫圍繞著，這些日子好了許多，且榮老爺子只是中風，又沒死，老祖宗倒也沒那麼傷心了。

榮青梅和榮秋葵跟著榮寶珠她們一塊兒上課，榮重實則跟著少爺們學習。榮寶珠還挺喜歡這胖墩墩、看著結實的堂哥，這堂哥起了這麼一個名據說是因為堂伯母生他的時候他太重了，足足有十斤，這才起名叫重實。

榮重實學問不錯，就是太刻板木訥了些，文章也有些不知變通。伯祖父讓他待在榮府是想讓他跟著少爺們一起讀書，看看將來能不能考取個功名。

如今國公府是國公夫人魏氏當家，狄氏把家全權交給了魏氏，魏氏給榮青梅、榮秋葵和榮重實各收拾了一間院子，又都配了丫鬟、婆子和小廝，待遇不比國公府的姑娘少爺們差。

國公府恢復了以往的生活，榮寶珠一大早陪著爹娘吃早膳後就去上課，過去的時候姊姊們還沒到，只有兩位堂姊到了。

兩位堂姊一瞧見榮寶珠都閃神了，實在是她們沒瞧見過這麼好看的人兒，才多大的年紀就這麼漂亮，臉上沒有一絲瑕疵，皮膚瑩潤白皙，手指修長，每次瞧見榮寶珠寫字，這兩人就忍不住盯著她的手看。

榮寶珠大概習慣了這兩位堂姊的注視，幾乎她一出現，這兩位堂姊就會傻愣愣地看著她好一會兒。

榮寶珠先打了招呼。「青梅堂姊，秋葵堂姊，早上好，妳們來得這麼早呀？」

榮青梅紅著臉道：「我和秋葵的功課都不好，想著早點來學習。」

榮寶珠攤開功課，笑道：「我也打算把昨天學的先溫習一遍。」

很快姊姊們和女先生都來了。青梅和秋葵雖學習緩慢，卻很認真，她們在鄉下的時候也是有人伺候著，只是爹娘到底是在土地裡刨食的人，覺得女子無才便是德，並沒有請人教導她們，直到她們長大後才有這個意思，不過鄉下地方哪有什麼名師，只能半吊子地學著了。

如今沒了二房的鬧騰，榮家上下越發顯得祥和，姑娘們整日上課，因為祖父臥病在床，她們不大好出去應酬，正順了榮寶珠的意。她不耐煩出去參加宴會，每日就跟著姊姊們一起學習，閒的時候看看遊記、史記之類的書。

過沒幾日，課間休息的時候，榮海珠忽然神秘兮兮地道：「寶珠，妳可聽聞過高陽公主？據說年底的時候，高陽公主要回京了，派頭大得很，過幾日妳要不要一起去看看？」

榮寶珠上輩子對高陽公主還是略有耳聞的，高陽公主名楚玉，是由先帝兄長的女兒所出。

當年先帝和其兄長舉兵起義討伐昏君，若不是其兄長替先帝擋下一刀，先帝只怕早就沒了性命。因此先帝對其長兄很是敬重，其長兄有幾個兒子，唯獨只有一個女兒，先帝登基後就將這女孩冊封為福壽公主，其他幾個兒子也都封了王。

先帝過世後，皇上登基，福壽公主自然成了福壽長公主。福壽長公主比皇上年長許多，嫁到偏遠的西北之地，誕下兩個兒子後才有這麼一個女兒，稀罕得緊，當年帶著她進宮拜見先帝，先帝當下就把楚玉冊封為高陽公主。按理說楚玉的身分不應被封為公主，但先帝實在是覺得楚玉跟已過世的兄長極為相似，便破格封了她。

這高陽公主是福壽長公主最疼愛的孩子，據說在西北的日子過得極為逍遙快活。高陽公主如今不過十一、二歲的模樣，比長安公主大幾個月，且性子很是潑辣，還得一根先帝賜下的金鞭，在西北也算是一霸了，別人是不敢輕易招惹她。

憶起她的事蹟，榮寶珠對這麼一位潑辣的公主很是好奇。說起來，雖還未見面，但若拿長安公主跟這高陽公主相比，寶珠覺得後者好一點，她一向欣賞心性坦蕩的人，不喜長安公主那樣愛裝腔作勢的人。

榮寶珠想著那時候都快年底了，應該沒什麼功課，且在府中悶了這麼長的日子，自然會想出去蹓躂，便點頭道：「那到時候我跟姊姊一起去。」

其他幾位姊姊聽了，都湊過來問了幾句，得知是高陽公主要進京，也表示要去看。

榮青梅和榮秋葵到底還是有些拘束，不敢搭話，榮寶珠扭頭朝她們笑道：「青梅姊，秋葵姊，到時候咱們一塊兒去吧。」

兩人感激地看了她一眼，點了點頭，笑道：「到時候就麻煩寶珠妹妹了。」

榮灩珠無精打采地趴在桌上，顯然對這樣的事情沒興趣。倒是榮秋葵瞧她這般，笑道：「灩珠妹妹，到時妳可要一塊兒去？」

榮灩珠應了一聲，算是答應了。

將至年關的時候，府中的學習課程暫歇，過年的事跟她們這些孩子沒什麼關係，凡事都由長輩們操辦著，她們只需玩樂就好。

很快到了高陽公主進京這日，姑娘少爺們都打算出府逛逛。因大嫂、二嫂懷了身子，一個月分大了，一個還不到三個月，都不適合出行，就沒跟著去，遂姑娘們總共坐了兩輛馬車。

大哥榮瑀要在家陪媳婦，二哥榮珂跟大家混不到一塊，堂哥榮重實要留下學習也不去，剩下的幾名少爺則坐一輛馬車。

榮家幾輛馬車依次駛出榮府，直奔京城那條最寬敞的京安路。榮家的男兒們不願意看什麼公主，跟姑娘們說了一聲後就趕著馬車去了別處。

京城裡的百姓早就得知福壽長公主和高陽公主今日會到京城，京安路被擠得水泄不通，榮家的馬車沒敢太往前駛，怕碰撞到人，只停在一條巷子口。

幾位姑娘們坐在馬車內，各自挑開簾子一角看過去。因公主還未進京，她們只能聽見不遠處嘈雜的議論聲。

「聽說福壽長公主對高陽公主寵愛得很，高陽公主的性子囂張跋扈，在西北的時候打傷過不少人，連自個兒的親爹都被她罵過呢。」

「這也太混帳了些，就算貴為公主又如何，怎能罵自己的親爹呢，簡直是不孝！」

「這可是要遭天打雷劈的。」

「不是吧，我聽說是因為長公主的駙馬很混蛋，除了福壽長公主外竟還有別的妾室，好似連孩子都有了。這駙馬是西北的一個落魄戶，之前家裡窮得很，不知怎麼的被福壽長公主看上，兩人成親後有過一段恩愛日子，後來駙馬竟嫌棄長公主不夠體貼，有了小妾。說起來也是這駙馬太過分了，你吃人家、喝人家的，還嫌人家不夠體貼，當初娶人家的時候怎麼不說？高陽公主只怕對這親爹是恨得很了。」

有人小聲地道：「那也不該跟親爹對罵呀。」

「誰說不是呢……」

聲音漸漸沒了，因為遠處有幾輛很是華美的馬車跟一隊隊的侍衛走了過來，最前面的是兩匹高頭大馬，上頭坐著兩名器宇軒昂的男子。

大家又開始興奮了起來。「前頭那兩個應該是福壽長公主的兒子吧，聽說被封了郡王。還有那馬車好華麗，瞧瞧上頭還鑲著寶石呢，也不怕被人挖去。」

有人嗤笑。「你傻了吧，誰敢挖那東西啊，不怕被高陽公主一鞭子打上去？」

大家小聲地笑成了一團。

榮寶珠也露出了笑容，只覺得出來一趟聽聽這些八卦，心裡就舒坦了。她朝著那馬車前頭的兩名男子看去，兩人的確是福壽長公主的兒子，看年紀約莫二十歲左右。

說起來，福壽長公主跟皇上雖然是堂姊弟，可福壽長公主比皇上年長十一、二歲，這兩個兒子也只比皇上這個做舅舅的小幾歲而已。

榮寶珠瞧著那兩個器宇軒昂的男子，又想到福壽長公主那麼尊貴的身分，駙馬卻還如此，忍不住想著真是家家有本難唸的經。

因福壽長公主跟高陽公主待在馬車裡，外人瞧不見她們的容貌，都可惜地嘆了一聲。

榮海珠也遺憾道：「我還以為西北的人會開放些，公主該是坐敞開的車才是，哪曉得跟咱們這裡也沒什麼區別，這可就什麼都看不到了。」

福壽長公主跟高陽公主以前只來過一趟京城，那時候高陽也不過兩、三歲的模樣，榮家姑娘們自然不記得她的長相。

榮寶珠笑道：「既然福壽長公主跟高陽公主都進京了，太后跟皇后肯定會在宮裡宴請京城女眷，我們且等著，過幾日肯定能進宮去，到時不就知公主真容了。」

榮海珠笑道：「的確如此，要不咱們去前頭逛逛吧。」

榮家女眷坐著馬車在京城裡頭逛了一圈就回榮府。

果不其然，宮裡下了帖子給榮家女眷，說是福壽長公主跟高陽公主這些年才回京一次，要擺宴宴請京城中的勛貴女眷。

第十六章

宴會距離過年不過七日。

那日，榮寶珠讓碧玉挑了一身中規中矩的衣裳，饒是如此，穿在她身上還是讓人有些移不開眼，碧玉讚美道：「咱們姑娘是人穿衣裳，不管穿什麼衣裳都遮掩不了姑娘的容貌。」

榮寶珠猜出了太后的心意，知道自己這副模樣肯定不會讓太后有意把她說給蜀王，就沒打算掖著藏著這副容貌了。她又披了一件織錦皮毛斗篷才出門。

今兒是宮宴，榮青梅和榮秋葵是不能去的，只有榮家的女眷前往，如今狄氏已不是國公夫人，自然是由魏氏帶著她們去。

進了宮裡，魏氏先是帶著姑娘們見了太后、皇后和德妃，這才由小宮女領著她們到各自的位置上。因是宮宴，和榮家的家宴肯定不同，每位女眷面前都擺了小案，上頭放著酒水點心。小案後方擺放暗紫色錦繡蒲團，女眷們依次跪坐下來。

太后自然坐在最上首，左邊和右邊打頭的各是福壽長公主和皇后，接下來則是德妃跟兩位公主。

遠遠的，榮寶珠瞧見福壽長公主不到四十歲，穿著得體大方，面容看來保養得不錯，白皙飽滿，臉上帶著和氣的笑容。

高陽公主則穿了素青色縷金挑線小襖，下身是一件銀紋繡百蝶度花裙，還披了一件紅色披風，這般青和紅的搭配，竟不讓人覺得俗氣，只感覺她帶著一股俏皮和活潑。且這高陽公主長得也是極好，眉眼生動，滿臉的笑意，正同福壽長公主說些什麼。

榮寶珠坐得雖然遠，耳朵倒好使得很，她聽見高陽公主說：「娘，這些姑娘們都好漂亮，不像西北那地兒的姑娘們一樣，三大五粗的。」

噗，榮寶珠忍不住笑了起來，覺得這高陽公主真是個有趣的人。

太后說了幾句，把福壽長公主跟高陽公主介紹給女眷們，這才讓人耍起雜耍，平日宮裡設宴都是舞宴，看來為了迎合高陽公主，此次還特意從民間請來了雜耍藝人。

在場的都是大家閨秀，何曾在街頭看過這樣的節目，都看得目不轉睛，等一番雜耍和歌舞完後，大家也吃喝得差不多了。

太后說臘梅園的臘梅開得正豔，那邊已經設了桌椅，讓女眷們移步臘梅園賞花玩樂。

榮寶珠不敢亂走，安靜地跟著魏氏和姊姊們。她四處打量了一眼，就瞧見上次進宮時找她麻煩的圓臉姑娘。榮海珠曾提起過這姑娘，是中山伯林家的嫡出女兒，叫林妙芙。

榮寶珠倒沒想到長安公主還是叫她進宮了，這會兒林妙芙正在長安公主耳邊說些什麼，把長安公主和皇后逗得直笑，高陽公主則是皺了皺眉頭。

前些日子下了場大雪，前幾日已經停了，今兒還出了太陽，臘梅園的積雪早已被清理乾淨，微微的陽光照得滿院子臘梅越發嬌豔欲滴。

這座臘梅園足足有二、三十畝地，旁邊還有一大塊空地，建了亭子，上面擺放桌椅，桌上放置酒水糕點和水果。

一到臘梅園，太后攜著福壽長公主，皇后和德妃則去了皇上那邊，留下些嬤嬤們伺候著這些女眷。

像魏氏這樣的夫人太太們不耐煩跟小女孩們賞花，就相約到旁邊的亭子裡坐下喝茶聊天了，只餘下這些沒成親的小姑娘們在一起。

姑娘們在一起能有什麼好玩的，還不是鬥詩之類的活動。榮寶珠作的詩句不怎麼出眾，對這種遊戲實在膩得很，不打算參加，便過去旁邊的凳子坐下，捧著一杯暖茶喝了起來。這般喝著暖茶、曬著太陽，實在太舒服了些。

榮家另外幾位姑娘都有交好的姊妹，全過去鬥詩了，榮灩珠自然不會落下這種能夠出彩的時刻，也跟了上去。

這次鬥詩以臘梅為題，各個姑娘作了詩，等到最後都說長安公主第一，榮灩珠第二，榮海珠排了個第三。

長安公主微微一笑，並不多說什麼。

林妙芙上前笑道：「還是公主最厲害了。」

高陽公主盯著林妙芙看了一會兒，才笑了起來。「我倒是覺得榮家灩珠姑娘的詩才是第一，榮家海珠能排第二，長安表妹排個第三差不多。」

長安公主和林妙芙的臉色都有些不好。

榮寶珠的臉色也是古怪得不行，六姊怎麼又竊五姊的詩啊，這詩也是五姊幾年後所作，自然比現在的五姊作出來的詩要有味道一些。

長安公主不能對著這位表姊發脾氣，只轉頭罵林妙芙。「瞧瞧妳，瞎說什麼！」

林妙芙鬧了個沒臉。

這鬥詩花了半個時辰，榮寶珠看得差不多，就瞧見那些姑娘們往這邊走來。

林妙芙剛被長安公主說了一頓，心情不佳，又瞧著榮寶珠偷懶坐在那，忍不住想去嗆幾聲，就隨著自己的想法走到她面前，冷笑道：「別人都在那作詩，妳這是在做什麼？怎麼能因為自己的詩不好就不參加了，妳這不是掃了長安公主和高陽公主的興致嗎？」

榮寶珠實在討厭這姑娘得緊。「妳怎知我掃了兩位公主的興致，我瞧著倒是妳這般大呼小叫的，掃了大家的興致。」

林妙芙脹紅了臉，又瞧著榮寶珠瑩潤白雪般的模樣，心裡妒恨得厲害。「榮七姑娘，上次我都說了，妳身子要是不利索就不要進宮中來，以免過了病氣給公主和妃子們，到時候妳擔當得起嗎？瞧瞧妳這慘白的臉色。」

榮寶珠正想讓林妙芙拿鏡子先照照自己的妒樣，還沒說出口，旁邊忽然傳來噗哧一聲，兩人扭頭看去，正是高陽公主。

高陽公主不等她們出聲，已經指著林妙芙道：「林家姑娘，妳說那位姑娘臉色不好，妳沒事吧？要不我讓人拿面銅鏡來瞧瞧，看看妳們倆誰的臉色差。人家姑娘這般雪白的模樣被妳說成了慘白的臉，妳心裡其實嫉妒得很吧？」

榮寶珠覺得這高陽公主人真好，不像長安公主那麼虛偽。

「公主……」林妙芙吶吶道，卻什麼都反駁不了。

高陽公主的臉色卻是一變。「還不快滾，好好的一個宴會，竟碰見妳這種虛偽奉承的小人，看著就讓人作嘔。」

林妙芙終於忍不住，捂著臉哭著跑走了。

高陽公主轉頭看了榮寶珠一眼，眼睛轉了轉，挨著她坐下來，問道：「妳是哪家的姑娘？怎麼出落得這麼漂亮？唔，就是因為太漂亮了，所以才老被人找碴，真慘啊。」

聽聞這位公主性子有些陰晴不定，榮寶珠卻覺得她是個妙人兒，笑道：「見過公主殿下，我是榮家七姑娘寶珠，方才鬥詩勝出的兩位榮家姑娘便是我的五姊和六姊。」

高陽公主似乎真覺得榮寶珠長得漂亮，盯著她的臉蛋看了許久，終於幽幽地嘆了口氣。「真是賞心悅目，我身邊要是能有個這麼漂亮的人兒讓我天天看著，只怕每天的飯我都可以多吃兩碗了。」

這般性子的高陽公主真是讓榮寶珠不知該如何接話，只直愣愣地瞅著她。

高陽公主笑出聲來，忍不住捏了捏那如玉般的臉蛋，感嘆道：「手感真好，也不知今後會說給誰做媳婦。」

高陽公主見她臉紅又感嘆道：「妳們京城裡的姑娘就是容易嬌羞，瞧瞧我這才說了句媳婦兒，妳的臉蛋就紅成這樣了，要是擱在西北，那些姑娘指不定會開懷大笑，開始議論哪家的兒郎好。」

「真的？」榮寶珠瞪大了眼。

西北的姑娘真的這麼放得開？

「假的！」高陽噗哧一笑。「都是姑娘家的，再怎麼樣也得有個矜持的樣，哪敢在大街上談論男人啊。」

榮寶珠吶吶，真是覺得這高陽公主的性子太跳脫了些。

高陽公主似乎很喜歡榮寶珠，笑道：「今後我大概要在京城待幾年了，以後我去榮府找妳玩好嗎？我在京城沒什麼朋友，瞧妳長得漂亮，對著妳心情就能好很多。」

榮寶珠真沒話說了，這公主敢情是看臉找朋友的啊？到底是不好拒絕，她笑咪咪地點了點頭。「能得公主的看中是臣女的榮幸。」

高陽公主虎著臉。「好了，快別說這些客套話，以後妳叫我阿玉或者玉兒就是了，我娘就這麼叫我的。我是看妳性子對我的味，我最見不得那些拍馬屁、奉承、愛裝、虛偽的人了。」

榮寶珠知道這公主大概也是個單純性子，不由地喊了聲阿玉。

高陽公主笑咪咪地點頭，叫了聲寶珠。

不一會兒榮海珠也過來了，三人說說笑笑的，高陽公主覺得這榮海珠也挺對自己的味，幾個女孩相談甚歡。

不遠處的林妙芙恨恨地跟長安公主道：「公主，這高陽公主算什麼玩意兒，一來就搶了您的風頭，說起來她算什麼名正言順的公主，連血脈都不正統！」

長安公主也不喜這高陽，但想起父皇跟太后的叮囑，說是讓她照顧著高陽，她是忠王的外孫女，先帝都要高看一眼，手上還有先帝御賜的金鞭，惹不得。

長安公主皺眉道：「好了，快把妳這副嘴臉收起來吧，還有，下次莫要在榮七面前提什麼臉色不好的詞了，大家又不是瞎子，哪會看不出來！妳要針對她也找個好一點的藉口！」

林妙芙委屈地說了聲是，心裡卻把長安公主罵了一遍，心想著：還不是因為妳嫉妒人家的美貌，我這才上去幫妳。

天色漸暗，高陽公主很喜歡榮家的姊妹們，只有榮灩珠她不大喜歡，總覺得這姑娘有些陰沈。其中她最為喜歡的就是榮寶珠了，誰叫她長了一張好看的臉，她光看著就能多喜歡幾分。

臨走的時候，高陽公主抓著榮寶珠的手笑道：「可記住了，到時候我去榮府找妳玩。等正月十五看花燈那日，咱們先去看花燈再去遊湖。」

榮寶珠點頭應下。

榮家女眷這才回了榮府。

過年前夕，魏氏已安排好榮青梅、榮秋葵和榮重實三人回鄉的事宜，畢竟幾個孩子在國公府待了一陣子難免會想家，年節當前自然希望能跟在鄉下的家人們團聚。堂哥和堂姊們臨行前，榮寶珠依依不捨地與他們告別，還送了些小玩意兒給他們。

轉眼就來到除夕那天晚上，榮家人一塊兒吃了家宴，榮寶珠把她釀製的果酒取了出來，大家嚐過都說味道好。榮寶珠心裡很開心，打算除了二房，其他幾房都要送上幾罈果酒才是。

因為下了大雪，小輩們不能出去玩，只能待在府中守年夜，一屋子兄弟姊妹們，倒是開心得很，榮寶珠心裡也是濃濃的滿足，這樣的日子過得真是舒坦。

年初二，家裡的媳婦要帶著夫君跟孩子們回娘家拜年，四房的孩子們也要跟著岑氏和榮四老爺回景恒侯府。

年前景恒侯已經退了爵位，如今繼承爵位的是榮寶珠的舅舅岑趋，因為今兒是回娘家的日子，大姊榮慧珠和夫君岑安赫，自然是回榮家拜見長輩去了。

榮寶珠回景恒侯府時倒是有碰見了小姨母岑芷，她面色還算紅潤，即使皺著眉頭，身邊那個跟熊一樣壯實的男人依然小心翼翼地把她護在身邊，她不得不感慨，外祖父挑人的眼光真是不錯。

榮寶珠向長輩們拜了年，收了一堆禮物，她也將自個兒釀製的果酒讓人給搬過來，除了張氏外，一人送了兩罈。

張氏尷尬地站在那，榮寶珠朝她笑咪咪地道：「這果酒是我自個兒親手釀製的，怕外祖母嫌棄，就給外祖母另外備了禮物……」

張氏吶吶地說不出話來，岑老太爺道：「好了，妳過去看看阿芷吧，她幾個月才回來一趟，妳們母女倆應當有許多話要說。」

榮寶珠發現外祖父退了爵位後，身上的戾氣收斂許多，整個人和藹不少。

張氏笑了笑，就慌忙去了屋裡，顯然是正掛念著岑芷。

四房的人在景恒侯府用了午膳，今兒是團聚的日子，又都是親人，就沒那麼見外，在廳裡擺了兩桌，男人一桌，女眷一桌。

女眷這邊，張氏挨著岑芷坐著，岑芷有些心不在焉的，今兒她瞧見榮寶珠一句話都沒說，就連和其他的榮家姑娘也都沒說上話，只不過喊了岑氏跟榮四老爺一聲二姊和二姊夫。

用過飯後，榮家人就回去了，榮寶珠、榮海珠和榮明珠坐在一輛馬車裡。

榮海珠忍不住說起岑芷的事情。「我方才聽見張氏身邊的小丫鬟閒聊，說是小姨母在楊家被管得服服帖帖的。她早上不去給婆婆請安，被婆婆好一頓教訓，整日裡都把她叫去立規矩呢。我還聽小丫鬟們說，那姨父對小姨母極好，整日裡哄著她，方才我瞧他也是很小心地護著小姨母。」

榮明珠道：「給婆婆請安是應該的，她不去就是她不對。不過外祖父給小姨母找的這門親事極好，那姨父看著是真心喜歡小姨母的，只盼著小姨母能想明白，好好跟他過日子。」

榮海珠唔了一聲。「真是沒想到，那男人是傻子嗎，她那麼壞心腸，他怎麼還這樣喜歡她？」

榮寶珠覺得這樣說長輩們的事似乎有些不好，可瞧著車裡就只有她們三姊妹，爹和娘在另外一輛馬車上，也就不說什麼了，繼續聽著四姊道：「小姨父忠厚，這是小姨母她的福氣，希望小姨母莫要行錯路。」

榮海珠跟榮寶珠驚訝。「四姊這話怎講？」

「外頭還下著雪，把披風穿好，免得凍出病來。」榮明珠替寶珠繫好快要鬆開的披風，這才接著道：「方才我瞧著小姨母似乎有些心不在焉的，只怕她心裡有了別的想頭。」

榮寶珠啊了一聲。「小姨母真是糊塗。」

榮明珠在兩個妹妹頭上輕敲了下。「好了，咱們不說這事了，這是小姨母自己的事情，如何選擇也是看她自己，別人左右不了。」

幾位姑娘們又說起正月十五去賞花燈遊湖的事情，榮海珠看了眼外頭的大雪，遺憾地道：「也不知十五那日天氣如何，可千萬莫下雪了，我還想著要去遊湖呢。」

京城裡有座太湖，直通城外的運河。平日裡遊湖的人就挺多，正月十五到處都是花燈，美景如斯，遊湖的人肯定更加多了。

沒想到初三雪就停了，天氣晴朗了起來，出了太陽。不過幾日的時間，壓在枝頭和屋頂上的積雪融化了，榮寶珠在家聽了幾天滴答滴答的聲音，其間，高陽公主來找過她一次，連帖子都沒有就直接闖進府來，把榮家人嚇了一跳。

岑氏正打算好好招待她呢，高陽公主已經揮揮手，笑道：「四太太，不必如此客氣，都是我的不是，想著要來找寶珠玩，卻忘了下帖子，驚擾了太太。不過不必讓人伺候著了，我同寶珠說一會兒話就好。」

這話足足說了一天，又再次約定正月十五那天晚上要去賞花燈遊湖，榮寶珠都應了下來。

很快就到了正月十五，榮家的孩子們早早吃了湯圓和晚飯，沒一會兒高陽公主來了，身邊卻是連一個侍衛或宮女都沒有。

長輩們早就知道他們要去遊湖，榮家除了大姊已經出嫁，尚有六位姑娘。大哥榮瑀依舊要在家陪媳婦，二哥榮珂跟大家不合，其餘三位哥哥加上一大幫朋友，包括鄭良峪、袁秈還有盛名川、盛名光也都去了。

人太多，且還有公主在裡頭，榮家的長輩就讓人包了兩條船，少爺們一條船，姑娘們一條船。

由於要先去看花燈才去遊湖，大家便一塊兒去看花燈，集市很是熱鬧，到處都擺著花燈，漂亮極了。

榮寶珠倒是沒想到會碰見熟人，蜀王趙宸，不過就他一人，隻身站在散發著朦朧柔光的花燈中，落落穆穆，光風霽月，連她都被驚豔了一把。

這蜀王的容貌的確是俊美無雙，高陽公主都看呆了，忍不住摸了摸下巴，讚道：「我這舅舅可真是人中龍鳳，姿容秀美，清雅高貴，也太賞心悅目了些。」

由於他們都認識蜀王，沒理由不上去問個好，眾人就依次上前問了聲好。

趙宸的目光在眾人臉上掃過，先落在戴著面紗的榮寶珠身上，最後才落在高陽公主身上，溫聲笑道：「阿玉要出來怎麼不帶個侍衛？你們人雖多，可也要注意些，這時候拐子是最多的。」

榮寶珠忍不住摸了摸鼻子，不由自主地想到小時候她跟太子、蜀王被拐的時候，她倒楣到不小心撲在兩人身上，替他們擋了一劍，如今那傷疤早已好了，不留任何痕跡。

高陽公主笑嘻嘻地道：「舅舅，不礙事的，我功夫好著呢。」

「仍要小心才是。」趙宸解頤。

榮灩珠實在受不住這種被人無視的感覺，上前一步，清亮的聲音響起，嬌嬌美美地開口。「殿下，您今兒怎麼一個人出來了？我們剛準備去遊湖，您可要一起去？」

趙宸的笑容收斂了兩分。「不了，我只隨便逛逛就回去了。」

榮灩珠咬唇，似乎還想勸說，家裡的幾個姊姊都知道她對蜀王的想法，生怕她做出什麼事來，只跟蜀王說了聲，大家就轉身離開了。

榮灩珠無法，只能跟著離開，她走在最後，到底還是不捨地看了蜀王一眼，瞧見那人的眼光正落在她們中間的一人身上，臉色不由得一變，拳頭攥得死緊。

一行人快快樂樂地去湖邊，周圍都是點著花燈的大船，華燈初上，這些大船在湖面上連成一片，美得讓人忘了呼吸。

高陽公主忍不住大喊。「好漂亮啊！」又拉著榮寶珠興奮地道：「京城不管什麼東西都比西北漂亮，在西北可是瞧不見這般景象的，我真想就這麼待在京城裡一輩子。」

榮寶珠湊在高陽公主耳邊小聲地打趣道：「阿玉嫁到京城來，不就能永遠留在京城了嗎？」

高陽公主朝她擠了擠眼。「寶珠的想法甚好，我考慮考慮。」瞧見她臉紅耳赤的模樣，高陽公主忍不住大笑了起來。

幾位姑娘瞧著這般美景，皆忍不住感慨了一番，榮海珠更是激動地唸了首詩，眾人都覺得極好。如此笑鬧一番，才打算上船遊湖去了。

榮寶珠正打算上去，盛名川卻拉住了她的衣袖。

瞧她轉頭笑盈盈地望著自己，盛名川收了手，溫聲道：「湖上風浪大，妳仔細些，把披風繫好了，小心別著涼，我們的船就跟在妳們身後，若是有什麼，大聲叫就是了。」

「盛大哥，我都知道啦，我這就上船去了，咱們下了船再聊。」榮寶珠沒察覺出不妥，歡快地點了點頭，朝盛名川莞爾一笑便上了船。這一笑猶如最豔麗的牡丹忽然盛開，讓盛名川呆在原地。

榮琤瞧盛名川的模樣，忍不住噗哧笑出聲來。「瞧你這模樣，以後肯定被我七妹吃得死死的。」

盛名川溫聲道：「我願意。」

榮琤又打趣了他幾句，也笑著上了船。

上船後，因都是熟人，幾個姑娘紛紛揭了面紗。這幾日天氣雖然晴朗，也轉暖了些，可到了夜裡，被風一吹依舊是有些涼。因大家都穿了薄襖，披著披風，倒不會覺得冷，只感覺臉上被風吹得有些疼。

高陽公主何曾見過如此美景，都看呆了，不一會兒就拉著榮寶珠大呼小叫了起來，又讓船夫把船朝著湖中心划去。

船上準備齊全，茶、點心和果酒俱全。端著甜白瓷凸浮紅臘梅酒杯，姑娘們站在船頭欣賞美景，這果酒的味道實在是太棒了，幾位姑娘都忍不住貪杯。

不一會兒，船便駛到了湖中央，這裡有不少船舶。遠了些，便能瞧見霧氣，透過霧氣望去，遠處的花船和花燈猶如霧裡看花一般，不僅不會讓人看不真切，反而添了一股朦朧之美，讓人驚豔。

高陽公主實在太開心了，又讓船夫往江的那邊划去，漸漸的周圍只剩下幾艘船舶。

榮明珠瞧著這駛得有點遠，便勸說了幾句，高陽公主聽勸，就把船停在這，喝著果酒欣賞美景。

周圍大約還有幾艘船，只隱隱能夠看見人，想認出是誰卻有些困難，其中一艘船駛得太近，船夫一個沒注意船就撞在榮家女眷的船尾上。

榮寶珠這會兒正挨著船頭的邊沿處，只覺得船大力顛簸了一下，身後便有人重重撞在她身上。等寶珠反應過來的時候已經來不及，人直直地朝著湖裡栽下去。

等人落進水裡，發出撲通一聲響，榮家姊妹們才回了神。

榮海珠臉色大變，抓住船沿瞧見榮寶珠已經沈了下去。「寶珠……」

榮明珠和高陽公主也是嚇得臉色大變，大喊了聲寶珠，三人這會兒什麼都顧不上了。旁邊的兩艘船上忽然跳下去兩個人。榮家其他幾個姑娘急忙把榮明珠、榮海珠和高陽公主拉住了，勸說道：「妳們又不諳水性，跳下去還不是添麻煩，到時候那兩人到底該救誰！」

榮海珠和榮明珠都快哭了。「這可怎麼辦，這麼冷的天，寶珠……寶珠……」

榮海珠的臉有些扭曲了，忽然轉頭一巴掌打在臉色發白還沒回過神來的榮灩珠臉上。「看妳做的好事，寶珠怎麼對妳了？妳要這樣對寶珠，妳撞在她身上做什麼！」

「我……」榮灩珠臉色慘白得嚇人，眼淚都流出來了。「我不是故意的，後面的船撞了上來，我控制不住自己。對不起，我真不想撞上寶珠的，若是可以，我寧願掉下去的是自己，對不起……」說著，再也忍受不住，捂著臉大聲哭了起來。

榮家其他的姊妹們顯然也怪罪榮灩珠，可方才的顛簸實在大了些，她們眼睜睜地看著榮灩珠驚慌失措，根本來不及避免地撞在榮寶珠身上，這會兒根本不知該怎麼勸，只都埋怨地看了榮灩珠一眼。

榮灩珠這會兒腦子有些懵，在自己還沒意識到的時候她就已經把榮寶珠撞落湖裡了。說起來，感覺到船頭顛簸的時候，她腦中就有些魔怔，總是忍不住想起方才蜀王落在寶珠身上的目光，她承認自己心裡嫉妒得發瘋，撞上寶珠的時候，連她都說不清、道不明，不知為何力道要重了好幾分，等反應過來的時候寶珠已落入湖裡。

榮灩珠知道自己對寶珠並沒什麼深厚的姊妹之情，可也從來沒想過要她的命，這會兒捂著臉既有些後悔，又有些羞恥。為了一個男人，她就有了這般瘋狂的舉動，她甚至不知道自己若是眼睜睜地看著蜀王成親她會如何。

或許一開始她想的很簡單，成為蜀王的妻或妾都無所謂，只要她能生下他的孩子，到時定能站在那高高的位置上。可隨著時間增長，她發現自己對蜀王竟牽掛起來，有過一世的感情經歷，她怎麼不知道這是自己對蜀王動了情，她以後可該怎麼辦？

榮灩珠茫然不知所措。

且說榮家男兒那條船上，盛名川一直注意著榮家女眷船上的動靜，等瞧見那船撞在榮家女眷的船上，站在船沿邊上的榮寶珠朝著湖裡栽下去的時候，他臉色立刻變了，沒有任何猶豫，跟著就跳進湖裡。

哪曉得卻有人先他一步跳進湖中，那是附近船舶上的人，他也不知是誰，船上只點了幾盞花燈，有些昏暗，船頭雖然站了一人，卻根本看不清那人的容貌，只知對方身姿修長，在這之前他站在船頭處一動不動，足足有半個時辰。

盛名川跳入水中，感覺身上一個激靈，凍得他的腿差點抽筋，可他什麼都顧不上，直接朝著榮寶珠落水的位置游過去。

榮寶珠意識到自己落水的那一刻就知道糟了，她不諳水性，這般冷的天，搞不好她這次就要魂歸此處了。被湖水淹沒的那一刻，她被凍得一個激靈，嘴巴張了張，咕嚕咕嚕灌進了冰冷刺骨的湖水，整個人越發昏沈，卻還是知道有人跳了下來。她腦子裡胡亂想著是誰，會是誰下來救她？

感覺到那人游過來，榮寶珠幾乎是下意識地把他當成救命稻草，緊緊抓住他的衣裳，那人則一把摟住她的腰身。

榮寶珠緊緊地抱住他，感覺那人托著她的腰衝出湖面，那人在她耳邊輕聲道：「鬆開點，不會有事的，妳摟著我，我的手划不開，我們兩人都會送命。」

死掉？榮寶珠迷迷糊糊地想，她重活一世可不是為了掉入湖中喪命，於是她漸漸鬆開了雙手，那人輕摟著她的腰身朝旁邊的船游去。她這會兒有些神志不清，覺得自己多半是快死了，不然她怎麼會覺得方才那說話的聲音像是蜀王的聲音？

是的，肯定是錯覺，蜀王怎麼可能下來救她？那人明明不喜與人碰觸，她可是記得清楚，上輩子與這人行房，在他們肢體接觸時她都能感覺到他的不喜。

很快的，榮寶珠就覺得被水嗆得難受，再也堅持不住，眼前一黑陷入了昏迷當中。

盛名川跟著游過去，到了近處才瞧見那人是誰，他有些怔住了，那人竟是蜀王趙宸！饒是從水裡出來，仍遮掩不住他一身的風采。只見他雙手拖著寶珠的腰身，腳上一個使力，就抱著她飛到了船上。盛名川也跟了上去。

趙宸方才跳下水的時候已經把身上的大氅脫下來，這會兒他顧不上男女之防，抱著榮寶珠回到船上的房間裡，子騫撿起趙宸的大氅跟了進去。還未等子騫走進房中，趙宸已經走出來從他手中接過大氅，他連那姑娘的一片衣角都沒瞧見。

趙宸飛快地道：「這裡沒有女子的衣裳，快去尋一身過來。」

子騫不敢耽誤片刻，立刻飛身借著湖中船舶，幾個點踏朝湖岸而去。

趙宸沒有任何耽擱，雙手按壓在寶珠的腹部，替她壓出湖水，卻見人還未醒來。他脫下榮寶珠身上濕透的披風，將自己的大氅裹在她身上。

盛名川此時跟著進來，渾然不顧自己身上濕透了，只焦急地問道：「寶珠如何了？」

趙宸抬頭看了眼少年眼中的焦急，只道：「裡屋還有男子的衣衫，你進去換一套。」

盛名川也不想自己病倒照顧不了寶珠，向蜀王行過禮便進屋把衣裳換了，出來後瞧見蜀王坐在一把雕刻著精美牡丹的紫檀木椅上，榮寶珠正面色慘白地躺在床榻上，盛名川的心裡猶如被人一刀刀捅進去一樣，疼得厲害。

趙宸淡淡看了這少年一眼，姿容秀美，更難得的是他眼中的焦急和情意，他開口道：「這事莫讓外人得知，夜裡太黑，她們也瞧不清楚到底是誰救了她，你只管對外說是你救的就是了，若是問起我，只說不認識便是。」

盛名川不笨，顯然知道蜀王是怕壞了寶珠的名聲，若是讓外人得知此事，寶珠只能給他做側妃或者妾室了。可若是自己救下的，自己本來就對寶珠有情，娶了她會好好愛護她。且，寶珠如今年紀小，被蜀王救下或許不覺有什麼，可對外人來說就不一樣了，說是自己救的還是比較穩當一些。

盛名川行了半跪之禮。「多謝殿下。」

子騫很快找到一套衣裳過來，趙宸才打算離開。他蓋在榮寶珠身上的衣物只是很普通的黑貂大氅，光是榮家少爺們的那條船上就有好幾個人披著，不會被人認出是他的來。

眼看著榮家人的船要划過來，蜀王跟子騫立刻走了。

那邊的榮家女眷和少爺們急得不行，讓船家把船划過去，很快就到了寶珠所在的那條船上，他們只瞧見盛名川和蓋著大氅昏迷不醒的榮寶珠。

大家不急著問什麼，榮明珠和榮海珠讓外人先出去，忙替榮寶珠換了衣裳，榮寶珠這會兒還是昏迷不醒，大家只能趕緊把船駛到湖岸邊，坐著馬車返回榮家，這會兒兄長的好友們知道他們此時不便去榮府，都告辭了。

這些好友們倒沒多想，畢竟他們也算是看著寶珠長大，這丫頭不過還是個孩子，方才又聽說是盛大少爺救的，他們早知盛名川喜歡榮寶珠，都不覺有什麼。且他們不會在外亂說，這事基本上不會透露出去。

一回到榮府，眾人得知榮寶珠落湖一事皆被驚了一跳，魏氏很快下令讓人不要告訴老祖宗。岑氏和榮四老爺嚇了個半死，如今還是冬天，天氣冷到不行，湖水冰冷刺骨，岑氏很擔憂女兒能否熬過這次。

一瞧見床上昏迷不醒的榮寶珠，岑氏整個人都開始顫抖了起來，還是榮四老爺顧全大局，扶住了岑氏。「快別哭了，大夫很快就來，不會有事的。」微微顫抖的手洩漏了榮四老爺心中的緊張和害怕。

外間還站著榮家的姑娘們、少爺們以及盛名川，岑氏在裡面哭了好久才出來，問了是怎麼回事，得知是榮灩珠所為，真是恨不得能掐死她。

榮灩珠眼眶通紅地跪了下來。「四嬸，都是我不好，可我不是故意的，若是可能，我寧願是自己掉進去。」

岑氏忍了又忍才沒動手，心裡恨得厲害，又轉頭問是誰救了寶珠。

盛名川沈默了下，終究還是說了自己，並說是自己把寶珠抱上去的，那船上的主子為了避嫌就走了。

岑氏看著盛名川，心裡多了一絲慰藉，想著幸好是名川，以後寶珠若是說給他，她是很放心的。盛名川算是榮家四房看著長大的，兩位長輩也知他從小就喜歡寶珠。

岑氏讓其他人都先回去，只讓四房的幾個孩子跟盛名川留下來。

榮灩珠紅著眼道：「不管如何，寶珠都是因為我才掉進湖裡，我去佛堂替七妹唸佛抄寫經書去，只盼著七妹能夠好起來。」說罷，她不顧岑氏的態度，轉身就出了四房，直接去府中的佛堂。

大夫很快就來了，替榮寶珠把了脈，只說身子很好，脈象沈穩，怕是受了驚嚇，若是無意外的話明天就會醒來，若是醒不來，只能請平安寺的大師來唸經看看了。

岑氏千恩萬謝地把大夫送走後，坐在床榻邊上愛憐地撫摸著榮寶珠的頭髮，過了許久才去外頭讓幾個孩子都回去，只留下盛名川。

岑氏沒繞什麼話，直接說了。「名川，你是我和老爺看著長大的，我們知道你對寶珠的情意，不過寶珠來年四月才十歲，年紀到底是小了些，我想等你們大些再定親，可好？」

盛名川愣了下，溫聲道：「太太，不必如此，寶珠年紀還小，外人不會說什麼的。就算我是真心喜歡寶珠，卻也不願意和她是在這種情況下訂下親事，倒不如等寶珠醒後，問問她的意見。」

岑氏想了想，點頭。「既如此，等寶珠醒了我問問她的意見。今天真是謝謝你了，時辰不早了，我派人送你回去吧。」

榮寶珠這會兒煎熬得很，她覺得自己真是痛苦極了，因為她又夢見在蜀王府時的事情。不提那些令她惶恐的日子，她只夢見那冷若寒霜的男人每月初一、十五都會去她的房中，在行房事的時候，他不會過多撫摸她的身子，這對寶珠來說真是極其痛苦的事情，既乾澀，又疼痛不已。

其他日子還好，他雖會來她房中休息，卻從不碰她，只有初一和十五，他們會猶如進行例行公事一般行房。自己在王府待了幾年，對他多少有一些瞭解，知道他有潔癖，不喜碰觸別人，兩人用飯時總是沈默不語，由丫鬟拿乾淨的筷子挾菜到他們的食碟裡。和他在一起八年，他從未牽過她的手，從未親過她的唇。

榮寶珠幾乎是在這種夢魘中掙扎著醒來，對她來說，在蜀王府裡的種種，全是她不願回憶起的事。

等從那夢魘中醒來的時候，榮寶珠就瞧見床頭的幾人，爹、娘、四姊、五姊、四哥、五哥和高陽公主。

榮寶珠這會兒還有些迷糊，稍後才逐漸記起自己掉進了湖中，又瞧著幾人都紅著眼圍在床頭，正想說兩句，岑氏已經一臉眼淚地撲了過去，把她抱在懷中。

「我的兒啊，妳總算醒了。」說著就大哭起來，天知道岑氏這幾天有多擔心。

幾個哥哥姊姊都紅了眼，高陽公主也快哭了。「都是我不好，當初我不該叫妳去遊湖的，遊什麼湖啊。」

榮寶珠咳了兩聲，覺得嗓子乾澀得難受，卻還是道：「怎麼能怪阿玉，誰能想到遊湖還會碰到這種事情，不過我記得我當時是被人撞下去……」

「是灩珠撞的，妳昏迷了整整三日，她已在佛堂裡唸經抄寫經書三天三夜了，沒吃沒喝沒閉眼的。」榮明珠邊說著，邊取了茶水過來端給榮寶珠潤喉。「我們也不知該如何，祖母和大伯母瞧她這般，都不知該說什麼。寶珠，她到底是不是故意撞妳的？」

榮寶珠閉眼想了想，那天晚上在船上的時候，榮灩珠一直心不在焉地跟在她身後，撞船的時候太顛簸，榮灩珠當時驚呼了一聲，身子重重撞在她的身上，連她自己都不能肯定六姊到底是不是故意的。榮寶珠一時又覺得自己多心了，跟六姊在一起好幾年，兩人雖然有過幾句爭論，可當著外人的面，六姊還是護著她的，且六姊如今在佛堂三天三夜沒合眼，她當真是不敢肯定。

岑氏哼道：「不管她是不是故意的，以後你們只管離她遠些就是了，她是二房的種，能是什麼好東西！」害得自己閨女差點魂歸西天的人，不管是不是故意，岑氏都恨。

榮四老爺嘆了口氣。「好好的，別在兒女面前說這些，妳這樣說起來，我跟二哥都是爹的孩子，那又如何算？」

岑氏閉了嘴，轉頭心疼地摸著榮寶珠的臉蛋。「妳這孩子，差點嚇死娘了，妳都躺了三天了，找了平安寺的高僧唸了三天的經文妳才醒過來。」

榮寶珠沒想到自己竟然昏迷了三天，如今只覺嗓子有點乾澀，身子有些發軟，並無別的不妥，怕是夢魘了吧。不過這一夢就是三日，一想到夢中在蜀王府裡過的日子，榮寶珠就打了個冷顫，急急地問道：「娘，是誰救我上岸的？」

她記得當初在湖裡的時候好像聽見了蜀王的聲音……

岑氏替榮寶珠把額頭上的髮絲攏至耳後，笑咪咪地道：「是盛家大少爺救的，妳要不要見他？這三日他天天都上門，待到晚上才回去，這會兒正在外間等著。」岑氏說著又湊到寶珠耳邊講了兩句悄悄話，寶珠愣然，面頰有些發紅。

榮寶珠點頭。「讓盛大哥跟我單獨說一會兒話吧。」

岑氏心裡早就打算要把寶珠許給盛名川了，這會兒也不覺有什麼男女之防，讓盛名川進來後，大家就出去了。

盛名川瞧見榮寶珠醒來，心裡懸著的大石終於落地，他在床頭邊的紫檀木椅上坐下，溫聲道：「可有哪覺得不舒服？妳剛醒來，讓人端些吃食過來吧？」

榮寶珠的確是餓了，點了點頭。盛名川起身去外面吩咐丫鬟弄些清淡的粥菜過來，這才轉身回到屋子裡。

榮寶珠早就忍不住了，急切地問道：「盛大哥，那日救我的真是你？」

盛名川溫和一笑。「不是。」又道：「寶珠就是聰明，那日救妳的的確不是我，而是蜀王殿下，是殿下讓我攬下這功勞，說妳是個姑娘家，他則是有親事的人，還是避嫌點好，便把這功勞給了我。」

盛名川的聲音頓了頓，又道：「太太可跟妳說讓我們訂親的話？我倒覺得不必如此，妳年紀小，那時船上又都是從小看著妳長大的哥哥姊姊們，根本不必擔心這事。」

榮寶珠的心怦怦地跳動了起來，她想起方才岑氏在她耳邊悄聲說的那幾句話，說是讓她和盛大哥訂親。

如今盛大哥年約十三，她快十歲了，兩人的年紀到底是小了些，且榮寶珠從沒有想過盛大哥會成為她的夫君，可在岑氏說要訂親的時候，她的心卻開始活絡了起來。榮寶珠覺得自己真的很卑鄙，她清楚知道自己對盛大哥沒有任何男女之情，卻在娘說讓他們訂親的時候心動了。她不是對盛大哥心動，而是對這個提議心動，要是能跟盛大哥訂親，她就能避開嫁給蜀王做續弦的這件事。

在蜀王府的一切是她的夢魘，她不敢肯定這輩子若是還嫁給蜀王自己會如何，光是這麼一想，她就覺得還不如一死了之，可她不想死，只想好好活著，她想就這麼自私一次好了。

榮寶珠思來想去到底還是猶豫了，哪裡曉得盛名川又道：「寶珠，下次見著殿下，可要說聲謝謝的。」

一聽見蜀王，她的腦海裡又出現這幾日的夢魘，想到那每次初一十五的折磨，臉色頓時慘白。她抓住盛名川的手，結結巴巴地道：「盛……盛大哥，我們訂……訂親吧。」

盛名川的眼睛都亮了起來，反手握住榮寶珠的手。「寶珠，妳說的可是真的？我自然願意的。」

榮寶珠呆呆地看著盛大哥的眼睛，覺得他的雙眼亮得驚人、逼人。她這才後知後覺從他眼中看到不一樣的感情，腦海中嗡的一聲，這才曉得原來盛大哥對她根本不是兄妹之情。

榮寶珠這會兒心中說不清是什麼感情，她太清楚自己對盛大哥只是兄妹之情，可一想到蜀王，她就膽怯了，以後只要好好跟盛大哥培養感情就是了。

兩人不再說話，這時碧玉端著食盒進來，取出一碗紅棗小米粥和幾碟清淡的小菜。碧玉餵著榮寶珠吃東西時，盛名川則出去跟岑氏說話。

岑氏得知榮寶珠也同意了，心裡竟微微有些捨不得，可再一瞧姿容清秀的盛家大郎，岑氏也放下大半的心，這樣一個俊朗的男兒，一心一意地對寶珠好，也是配得上寶珠的良婿。

等盛名川回了盛府，岑氏又進屋問了榮寶珠的意見。

榮寶珠用過飯後身上也有勁了，靠著繡著大朵牡丹的軟枕跟岑氏說著話，紅著臉道：「娘，盛大哥挺好的，又救了我……」之後的話她也不肯多說了。

岑氏還以為榮寶珠也是喜歡盛名川，心中更是歡喜，還有什麼比兩情相悅更美好的事情？

隨後，岑氏開始操辦榮寶珠跟盛大爺訂親的事情，由於兩人年齡都不大，這事兒也就沒必要弄得大家都知道，只讓盛家人上門提親換庚帖罷了，雙方也說好等榮寶珠年滿十五再送聘，挑日子成親。

榮琤得知兩人訂下親事後，眼睛瞪得老大，伸手拍了拍盛名川的肩膀。「真是想不到啊，你跟寶珠還真是有緣，盼著你們日後能夠成親吧。」

「你什麼烏鴉嘴。」盛名川淡淡掃了他一眼。「什麼叫盼著能夠？我和寶珠是一定會成親的！」

榮琤笑得狗腿。「是我說錯話了，你們都訂親了，日後肯定會成親！」

盛名川不打算跟他繼續調侃下去，問道：「你不是年後就打算去軍營嗎？準備什麼時候走？」

榮琤的肩膀垮了下去。「這才過十五沒幾日，我打算再等一個月，等看著二姊成親，我就走。」四哥成親是在六月份，他等不到那時候了。

榮灩珠在小佛堂足足唸了一個月的經書，寶珠醒來後，她去探望過幾次，跟寶珠說了對不起，便又回去小佛堂。

榮寶珠瞧著六姊清瘦的樣子和眼底的烏青，也不大肯定當初她是不是故意的。不過榮寶珠被岑芷害過一次，對這種事情總會有些疑心，以後也會防著六姊一點。不過她記得上輩子醒來的時候二房一家似乎都不在京城了，也不知到底發生了什麼事情。

第十七章

日子轉眼就到了榮家三房的二姑娘佩珠成親的日子，駱氏哭哭啼啼地把榮佩珠送出了門。

二姊榮佩珠定下的是勇毅侯家的嫡出長子。勇毅侯是百年世家，家風清明，上輩子榮佩珠也是嫁入勇毅侯家，過得很是不錯。

榮佩珠出嫁後，榮琤就前往邊關的軍營，有安國公端木家的照顧，榮家人也放心了些。榮琤走的時候把小八帶走了，榮寶珠淚眼汪汪地哭了幾天。

盛名川幾乎每天都來，榮家人都把他當成榮家的女婿，並不阻止兩人交往。

榮寶珠覺得自己大概有點習慣了盛大哥整日在她的身邊，每天陪著她，教導她功課，陪著她賞花。

又過了幾日，宮裡開始選秀，這事也輪不到榮家姑娘，選秀得滿十六歲，榮家姑娘都還不到歲數，且岑芷已經嫁了人，榮寶珠不擔心她會進宮禍害家族了。

高陽公主這段日子經常過來找寶珠，兩人成了無話不說的好朋友，高陽公主有點不喜灩珠，平日見了她絕對沒有好臉色。

皇上在京城給福壽長公主和高陽公主賜下了宅子，就連高陽公主的兩個郡王哥哥也在公主府住了一段日子，不過榮寶珠從高陽公主口中知道兩個郡王都已經成親，這次不過是在京城待幾個月，過陣子就要回去西北了。

榮佩珠出嫁後，榮家如今只剩下幾位姑娘，榮平珠和榮明珠差不多該訂親了。榮寶珠每日還是跟以往差不多，自落水後六姊看她一直都是歉意的模樣，她跟寶珠道歉了好幾次，寶珠也不好說什麼。

榮灩珠從年前就與清遠侯的張家姑娘接觸多了些，但不是即將嫁給蜀王的嫡出大姑娘張慧蘭，而是二姑娘張寧蘭。兩位姑娘雖都是清遠侯夫人所出，卻因為大姑娘是養在老太太身邊，清遠侯夫人對大姑娘並沒什麼感情。這二姑娘就不一樣了，自幼就養在清遠侯夫人身邊，清遠侯夫人又在她身上寄託了對大姑娘的感情，自然是寵愛得很。

張慧蘭跟蜀王年紀相當，都已經快十七，張寧蘭也有十五了，她與榮灩珠結交還是因為年前的一次宴會上，張二姑娘被人羞辱，榮灩珠上前去替她解圍，自此兩位姑娘接觸就多了，張二姑娘經常來府中找榮灩珠。

今日張寧蘭過來榮府找榮灩珠，兩人進了榮灩珠的房間裡，張寧蘭就忍不住抱怨了起來。「灩珠，妳不知，我那大姊可真是討人厭得緊，因為太后將她賜婚給蜀王，這些日子就不把我和母親放在眼中了，老責怪母親不疼愛她。也不想想當初她被祖母抱走，母親有多傷心，如今竟還幫著那老太太說話。」

榮灩珠笑道：「她是妳家老太太養大的，自然是幫著老太太說話了。」

張寧蘭哼了一聲。「我可討厭她了，真不明白太后為何看中她，她長得不隨母親，隨著父親那邊的親人，不僅長得不好看，性格也不討喜，怎麼有這麼好的命，蜀王這般俊美無雙的人物，哪是她配得上的！」

榮灩珠瞧見她提起蜀王便春心蕩漾的模樣，心中一動，讓丫鬟們上了茶水就全部退下去，她左手搭在張寧蘭手背上，柔聲道：「可不是，蜀王這般人物哪是她配得上的，我倒是覺得蜀王跟姊姊更般配些，姊姊長得這般花容月貌，又是清遠侯府裡最受寵的姑娘，太后也不知為何選了她，真真是可惜。」

「妹妹在瞎說什麼，妹妹要是再亂說，我可不理妹妹了。」張寧蘭的臉色越發緋紅，卻不自主地絞著手中的帕子。

榮灩珠笑道：「我哪是胡說，我是真心為姊姊著想。說起來，蜀王定的要是別家姑娘也沒什麼，為何偏偏是處處不如姊姊的大姑娘，我真是替姊姊可惜，哎，蜀王那般的人物……」

張寧蘭沈默，心中更加不忿，明明大姊什麼都不如她，為何被選中做蜀王妃的不是自己，真不甘心啊！

榮灩珠又道：「姊姊若是能跟蜀王能結成連理才真是天作之合，說起來，大姑娘跟著老太太在那邊生活了那麼多年，這也快十七了，莫不是連個喜歡的人都沒有？都十七了竟還未定下親事？哎，姊姊才十五，這才是跟蜀王最般配的年紀。」

說者無意，聽者有心，張寧蘭心中一動，忽然就想起前些日子在清遠侯府附近徘徊的清秀少年。

張寧蘭再也坐不下去，起身笑道：「妹妹，我還有事，改日再來。對了，過些日子就是我母親的壽辰，到時會宴請一些女客，還要請妹妹賞光才是。」

榮灩珠笑道：「我自然是要去的。」

過了幾日，清遠侯府為了侯夫人的壽宴邀請了京城中的勛貴女眷，因鎮國公府跟清遠侯府平日素有交情，這次自然也宴請了榮家女眷。

眼看著蜀王的婚期越來越近，京城中人都議論紛紛，說那清遠侯張家姑娘的容貌、家世、品行都不過一般，竟能入得了太后的眼，即將成為蜀王妃子，這是何德何能，運氣可真夠好的。

榮寶珠聽了這話卻是沈默，什麼叫何德何能？什麼叫運氣好？三年後這張家姑娘就要死在蜀王後宅了，這哪是運氣好？真真是可憐。

很快到了清遠侯夫人壽辰的那一日，魏氏跟岑氏領著姑娘們坐著馬車過去清遠侯府。

宴席上，榮寶珠見到了前世蜀王的原配王妃，的確是位很平凡的姑娘，臉上洋溢著羞澀的笑容，有人調侃她和蜀王兩句，臉蛋就脹紅了，吶吶地說不出話來。

榮寶珠感慨，這樣的姑娘，在蜀王後宅中可要怎麼活下去？

她看見張寧蘭，既漂亮又活潑，臉上是止不住的歡快笑容，總是時不時地看向張慧蘭，眼中閃過莫名興奮。

一般宴會上，都是太太夫人們聊成一塊兒，姑娘小媳婦們相處在一起，今兒姑娘們沒作詩，只坐在一塊兒說話。

有的姑娘就忍不住問道：「慧蘭姊姊，聽太后說其實妳和蜀王是兩情相悅，說蜀王喜歡妳，是真的嗎？」

張慧蘭搖頭，臉蛋通紅。「快別瞎說了，我同蜀王殿下也不過是一面之緣罷了。」

不過是宮宴的時候碰見了，兩人擦肩而過，她被驚豔了，蜀王卻是面無表情地走過去，怕是根本都沒注意到她。等到被太后當場賜婚，連她都驚呆了，太后竟還告訴她是蜀王看中了她，她心中忍不住激動了起來。能夠成為那樣的人的妃子，她如何能不高興，這之後的每一天都是暈乎乎的。

姑娘們疑惑了。「那太后怎說是蜀王看中了姊姊？」

張慧蘭滿臉通紅地搖頭。「我哪會知道。好了，都快別取笑我了。」

有姑娘笑道：「肯定是蜀王殿下對姊姊一見鍾情啦。」

周圍的姑娘們都笑了起來，張寧蘭眼中露出一抹鄙夷，暗暗想著，待會兒有妳好看的。

姑娘們笑鬧的時候，突然聽見不遠處傳來驚呼聲，眾人起身看過去，瞧見幾個丫鬟驚慌失措地指著什麼，待走近一瞧，竟是一名約莫十七、八歲的清秀少年面色通紅地走了進來。

女眷們立刻呆住了，這種地方怎麼能讓外男進來？清遠侯府到底是怎麼回事！

清遠侯夫人瞧見有外男進來也是一臉的憤怒。「怎麼回事，誰放他進來的，守門的婆子呢？」

眾人稀裡糊塗，只有張寧蘭瞧見那少年時露出激動的神情。

張慧蘭瞧見那少年時，整個人差點昏過去，幸得旁邊的榮寶珠扶了一把。

榮寶珠擔憂道：「慧蘭姊姊，妳沒事吧？」她瞧出這事情不對勁，這少年一看就是朝張大姑娘來的。

清遠侯夫人幾乎快氣死了，這會兒也知道不對勁，守門婆子是她身邊的人，根本不可能放外男進來，肯定是二丫頭搞的鬼！她正想上前把人趕出去，那少年已經衝進女眷中，女眷們驚呼，急忙讓開了路。

只見那少年衝到清遠侯夫人的面前跪了下來，苦苦哀求道：「夫人，求您讓我和慧蘭在一起吧，我和慧蘭是兩情相悅，她根本不想嫁給蜀王，是蜀王奪人所愛，強人所難。」

清遠侯夫人簡直快嚇昏了，就算她再不喜這個大女兒，到底也是從她肚子裡出來的，這般丟名聲還連累侯府的事情，她完全不敢想像以後會如何。

女眷們譁然，交頭接耳低聲說了起來。

張慧蘭已經搖搖欲墜，幸虧有丫鬟上來扶住她。

旁邊的榮寶珠一臉愕然，顯然不曉得是怎麼回事，她肯定上輩子沒有這件事，若是出現這種情況，張大姑娘根本不可能嫁給蜀王。瞧大姑娘的樣子，怕是認識這少年。

那少年又來到張慧蘭面前，柔聲道：「慧蘭，妳不要怕，就算蜀王強迫妳，我也不會放棄妳的，不管如何，我都會帶妳走。我家中雖然貧寒，可已中了秀才，日後會努力考取功名，定不會讓妳跟著我吃苦。」

張慧蘭臉色慘白地指著那少年。「王安，我……我與你並無什麼，你為何要胡說壞我名聲！」

竟然是認識的，女眷們興奮地議論了起來。

王安上前道：「慧蘭，我哪有胡說，在家鄉的時候，我們明明彼此相愛，是妳告訴我回了京城，稟告清遠侯和夫人後再讓我上門提親的。」

張慧蘭哆哆嗦嗦的都快說不出話，要不是有丫鬟扶著，早就站不穩了。「你胡說！我雖然與你自幼相識，但與你只不過是鄰里關係，你為何要如此害我？」

王安傷心地道：「慧蘭，我是真心喜歡妳的，為何妳到京城就變了？是不是因為那蜀王的關係，因為他身分高貴、容姿俊美，所以妳喜歡上他了？可妳怎麼能喜歡他，妳忘記與我的情意了嗎？」

張慧蘭根本沒有反駁的言語，只慘白著臉喃喃細語。「你胡說，你為何要這樣害我，為什麼要害我……」

「慧蘭！」王安激動地道：「妳既說我害妳，那妳腰身右後側有一塊指甲大小的紅色胎記，形如一朵含苞待放的牡丹，我可沒說錯吧？」

張慧蘭再也忍受不住，徹底昏了過去。

女眷們卻是沸騰了起來。「天啊，與別的男子私通，竟還敢欺騙蜀王的感情，這張大姑娘真是……」

「可不是，當初她被太后看中，太后問她有無喜歡的男子，她可是說沒有的，真是不知羞恥呢。」

「蜀王真是可憐……」

眾女眷議論紛紛，清遠侯夫人這會兒連死的心都有了，抖著手讓人把少年給抓了起來，又轉頭跟女眷們道：「真是不好意思，讓各位看笑話了，待改日必定登門道歉，今日就恕我無禮不招待各位了。」

「呵呵……」有夫人忍不住笑道：「這少年也是一片癡情，如此被張大姑娘玩弄，莫不是清遠侯夫人打算抓了這少年打死了事？這明明是妳家姑娘不對，欺騙了人家的感情，連蜀王跟太后都敢欺瞞。」

這人顯然跟清遠侯夫人有些不和，才會在這種時候唱反調。

清遠侯夫人怒了，喊了婆子過來直接讓人送客。

榮寶珠幾乎是目瞪口呆地看完了這場戲，不明白事情怎麼會是這種態勢。

清遠侯夫人趕走了所有人，立刻派人把王安關進柴房，又讓人去給大女兒請了大夫，清遠侯夫人幾乎是厭惡地看了一眼這個大女兒，她當然知道大女兒跟這秀才沒什麼私情，但私情是沒有，小情小意卻是有的，不然這秀才也不敢鬧到侯府來。

張寧蘭愉悅地看著丫鬟婆子們忙來忙去，卻不想清遠侯夫人吩咐完所有事情，就把二女兒叫到房間裡來，一巴掌甩在她的臉上。

張寧蘭驚呆了，母親最寵愛她，何時這樣打過她？這一巴掌顯然用了全力，她都能夠感覺到自己的臉頰迅速腫了起來，忍不住捂著臉頰委屈地哭了。

「娘，妳打我做甚？」

清遠侯夫人氣得直發抖。「妳這蠢貨，瞧瞧妳做的好事，妳竟為了一己私欲做出這種事情來，妳是不是想害了侯府所有的人啊?!」

「是，就是我做的。」張寧蘭哭道。「那又如何？憑什麼她能得到和蜀王的賜婚，再說她要是乾乾淨淨的，這秀才能找上門來？還不是跟著老太太在那邊的時候跟這秀才生了情，回到京城攀了高枝，就把人家給甩了。蜀王是君子般的人物，她哪配得上？毀了這門親事也是為了蜀王好！」

「妳……」清遠侯夫人氣得都快喘不上氣了。「妳這樣害妳的姊姊，妳又能得到什麼好處？難不成妳姊姊毀了名聲，妳還能嫁給蜀王不成？別說蜀王了，就是京城裡好一點的人家都不會要妳的！妳知不知道什麼叫做一榮俱榮，一損俱損，不僅如此，這種欺瞞太后的大事，咱們家說不定連爵位都保不住了。妳怎麼就蠢成這樣啊！妳給我說說，到底是誰給妳出的主意？」

張寧蘭聽清遠侯夫人這麼一說，立刻呆住了，卻還是嘴倔道：「這是她幹出來的事，她被養在老太太那邊，就算傳出去，大家也只會說是老太太沒把她教好，跟咱們有什麼關係，這事憑什麼怪到咱們頭上？」

她想到根本沒人給自己出主意，榮灩珠不過是懷疑地問了一句，大姊都十七了，難道還沒訂親嗎？自己這才順藤摸瓜找到那秀才。她繼續道：「這事是我自己的主意，我瞧著那秀才整日在侯府門外轉來轉去，就問了他，他才說他跟姊姊互相仰慕，還曾經寫過情詩給姊姊，姊姊有回了他的詩，我瞧過，那是姊姊的字跡！這明明就該怪姊姊，在那邊既然有了意中人，為何不跟我們說，平白連累了我們侯府。她腰側的胎記是我買通她身邊的小丫鬟，然後讓人告訴那秀才的！」

張寧蘭當時怕詩不保險，才給那秀才出了這個主意，將張慧蘭身上的胎記告訴他。

清遠侯夫人被氣得癱軟了身子，由身邊的婆子扶著哭了起來。

清遠侯知情後，也算是當機立斷，立刻去宮裡告罪，他不求情，只說是沒有教養好女兒，求責罰。

這事果然讓太后和皇上大怒，說清遠侯欺瞞皇家，太后本意是想降爵，皇上卻有些不願，清遠侯還是有些本事的，他不想為了這件事就降他的爵，最後只罰了清遠侯一年的俸祿，打了二十大板了事。

太后把蜀王叫過來，哭道：「宸兒，母后真是對不起你，沒想到這張家姑娘會是這麼不要臉的一個人。」

趙宸從旁邊的宮女手中取了帕子，上前給太后擦拭眼淚，溫聲道：「母后，這事不怪您，是那女子的原因，您也別氣了，婚事不成就算了，您若氣壞身子，兒臣才是最心疼的。」

太后有些不自在，自己接過帕子擦了擦眼淚，愁苦地道：「那你的婚事可怎麼辦？你說說你看上哪家的姑娘，母后再給你賜婚可好？」

趙宸輕笑。「母后，既然如此，退了這門親事就是，兒臣最近還不想成親，想在您身邊多侍奉您幾年，不如晚幾年再說吧。」

太后遲疑。「可你眼瞅著就十七了，這要是外面的人家，說不定連兒子都有了。」

「母后。」趙宸的眼睛深如幽潭。「兒臣還無成親的打算，能碰上喜歡的女子是緣分，既緣分未到，不如再等幾年，還求母后成全。」

太后笑道：「你這孩子，罷了罷了，就如你的意，再晚幾年吧。不過你身邊總要有女人伺候著，上次我給的兩個丫頭，怎麼不給她們開臉？該早些替她們開臉才是。」

趙宸神色不變，淡笑道：「母后說的話，兒臣記住了。」

「好了，既然這樣，哀家就不逼你了，不過依你打算，那張家姑娘該如何？要不就亂棒打死吧，這種女子活在世上也是噁心人。」

趙宸笑道：「母后不必為了她生氣，不如就杖刑五十，若是不死算是她的運氣，死了也怪不了別人。」

太后想了想就同意了，特意讓宮人去清遠侯府執行杖刑，五十大板後張慧蘭只剩下一口氣了。

蜀王向太后辭別之後，回到寢宮，讓婢女端了熱水，取了香胰子將手搓洗了好幾遍才甘休，他面色冰冷，神色陰沈。

張家大姑娘的事自然是瞞不住，沒幾天就傳遍了京城，一時之間，京城裡的人個個都看不起清遠侯家，雖說她是在老太太身邊養大的，可出了這種事情怪誰？還不是怪那大姑娘，要真是清清白白，人家能找上門？還有女眷做客時，竟讓個外男闖進來，清遠侯府的守衛也太鬆了些，以後誰還敢上她家做客。

榮寶珠也沒想到事情會變成這個樣子，她聽說蜀王和張慧蘭的親事已經解除，張慧蘭挨了五十板子，差點死去，到底還是熬了過去。

這天高陽公主來找榮寶珠，兩人在房裡說話，不一會兒高陽公主就說到這件事，道：「雖那秀才出現得巧合了點，可張大姑娘瞧見他的時候臉都白了，顯然兩人之間也不是什麼清白的，不過她在京城中攀上了高枝，就變心罷了，說起來是她自己活該。」

榮寶珠沒有反駁，因為當日她就站在張慧蘭身邊，她看起來的確是害怕極了，顯然跟那秀才關係不一般，至於胎記什麼的，她不大相信，無非就是兩小無猜的情意，長大後慢慢有了點感情，大概都沒說破，後來她進了京城，才有了別的想法。

榮寶珠不覺得這對張慧蘭來說是件壞事，就算她真嫁給了蜀王，等著她的下場即是病死在後宅。那秀才敢闖清遠侯後院，可見是真心喜歡她，若是嫁給了那秀才，至少命是保住了，不過那秀才也算完了，考取功名的事情肯定是不能想的。

兩人說了一會兒話，高陽公主忽然扯了扯榮寶珠的衣袖，愁眉苦臉地道：「我表弟非要我跟妳說件事，問妳是不是真的跟盛名川訂了親事。」

榮寶珠一時還沒反應過來，表弟？忽然又記起高陽的表弟不就是太子嗎？她一怔，問道：「太子怎麼知道我訂親了？」

高陽公主有點不好意思了起來。「都是我不好，太子討厭得緊，整日來公主府問妳的事情，我被煩透了，就把妳和盛名川訂親的事情告訴了他，他……他就非要讓我帶妳去見他。」

榮寶珠臉色變了。「這怎麼使得，我如今已和盛大哥訂了親事，如何能與他私見？阿玉，妳沒答應他吧？」

高陽公主急忙點頭。「自然沒答應了，我知道妳們京城的姑娘都重名聲，當然不會同意的。」

榮寶珠又有點擔心。

高陽公主笑道：「過幾日是我的生辰，母親要宴請京城裡的夫人太太們去公主府遊玩，到時候妳可要去。」

榮寶珠點頭，笑道：「我自然是要去的，不過咱倆的生辰差不了幾日，再過半個月就是我的生辰了。」

榮寶珠這邊跟公主聊得起勁，正房那廂魏氏、岑氏正和狄氏說著話。

岑氏輕聲道：「娘，前些日子高五家的去附近的村子裡收東西的時候碰見一個人，竟是二哥身邊的陳勇。陳勇幾年前就從榮府出去了，只說是二房的恩典，高五家的說，她覺得不對勁，跟了一段路，發現他竟然去了三水村。娘可還記得，夫君當初秋闈時起紅疹的事情？那時調查二哥身邊的人，這陳勇也只查出他是外地人，並不知他竟在天水村裡有認識的人。娘，當初夫君起紅疹的事情實在有些不對勁，不如咱們讓人綁了陳勇來問問？」

高五家的是岑氏鋪子上的掌櫃，亦是岑氏的陪嫁丫頭，岑氏嫁來榮府後就把這丫鬟許配給國公府的管事高五。高五家的之所以記得陳勇，是因為當年陳勇竟然肖想過她，讓高氏去找岑氏說這門親事，直接被岑氏給趕走了。

魏氏也道：「四弟秋闈的事情的確古怪，第一次鬧肚子，第三次起疹子，大夫竟診出是天花，怕這事還真是人為的。娘，不如讓人去找了陳勇來問問。」

狄氏也覺得當年的事情不對勁，更厭惡二房整日在府中上躥下跳的，高氏這陣子也不知是不是有病，覺得當初打發榮二老爺那外室花了不少銀子，竟整日在二少奶奶葉姚面前哭窮。

找兒媳哭窮要銀子，狄氏知道後簡直都快氣死了。

狄氏明白這件事後要秘密動手，這次她定要把二房給攆出去，整天這樣實在太噁心人了。

過了幾日，福壽長公主給榮家下了帖子。高陽公主的生辰宴邀請的人不多，只邀請了跟高陽公主交好的幾家姑娘，除了榮家，蘇家大姑娘蘇青霞亦來了。

蘇青霞現在不過是個天真的姑娘，還不是前世那個貪婪的四嫂，榮寶珠知道蘇青霞若是嫁給一般人家，日子應是會過得不錯，錢財會煽動人心，能讓一個人變了心性。

高陽公主的生辰宴，宮裡的長安公主和太子肯定也要來，不過女眷和男客待的地方不一樣，榮寶珠不怕太子往這邊闖。太子既然不去榮府找她，顯然是顧忌著她的名聲。

當日的生辰宴，因高陽公主宴請的人不多，平日裡跟長安公主交好的姑娘更是一個都沒有，使得長安公主的臉色有些不好。

高陽公主不耐煩跟長輩們打交道，等人到齊後，就拉著姑娘們進她的房間裡說話遊戲了。因她的文采也是一般，不願意一有宴會就作詩，便提議玩骰子，姑娘們都沒玩過這種東西，既有些心動，又有些猶豫，畢竟這玩意兒來自市井之徒。

高陽公主笑道：「妳們怕什麼，這又不算賭，誰輸了喝果酒就是了，莫非妳們不敢了？」

在場的姑娘都跟高陽公主交好，今兒又是她的生辰，她們想著這裡也就幾家人，沒什麼不妥的，就同意了。

長安公主沒玩過這個，有心諷刺兩句，可瞧見姑娘們興致勃勃的樣子，她實在不好唱反調。

高陽公主讓人取了果酒和骰子來，姑娘們剛開始玩的時候仍有些矜持，後來都玩瘋了，果酒喝多了還是會上頭，連長安公主都有些醉了。榮寶珠的運氣好，贏的次數多，只喝了兩、三杯的果酒，腦子稍微有點暈。

後來屋子裡太鬧騰，不一會兒福壽長公主就派身邊的嬤嬤來看，這嬤嬤一看，簡直驚呆了，慌忙上前攔住瘋鬧不已的高陽公主。

「哎喲，我的公主喲，今兒是妳的生辰，您怎麼玩起這個來了啊，快別玩了，姑娘們可不興玩這個，說出去還不讓人笑話。」

高陽公主只好收起東西不玩了，倒是長安公主發起了酒瘋，皺眉指著那嬤嬤冷聲道：「哪來的奴才，敢攔著本宮，還不快拉下去……」說著又扯住身邊的榮寶珠。「哎，妳要往哪去，咱們繼續呀。」

高陽公主怕長安公主待會兒會做出什麼驚人的舉動，急忙把嬤嬤趕出去，讓人拿醒酒湯過來餵她喝下，又把長安公主扶在床榻上休息半個時辰。

過了一會兒，長安就清醒多了，冷著臉不說話，顯然也意識到了自己剛才做了蠢事。

高陽公主有點待不住，便提議去後湖釣魚，說是都快四月份，天氣暖了，裡面的魚兒又肥又大，中午可以拿來熬魚湯喝。

姑娘們也都有些玩瘋了，大概是想著都是親近的姊妹們，竟都表示同意。

高陽公主興致勃勃地讓人準備東西，不用姑娘們親自動手，魚餌之類的都有人幫忙弄好，還幫她們把東西搬去後湖。卻沒想到，姑娘們到了後湖，瞧見了許多少爺們，都是高陽公主邀請來的，其中榮家、盛家、袁家和鄭家這幾人榮寶珠都認識。

高陽公主本來就是不拘小節的人，且這些姑娘少爺們年紀都差不多，有些還是認識的，人又多，就不避嫌什麼。

蘇青霞的目光落在榮琅身上，忍不住在心底嘆息了一番，到底還是跟他無緣。

這讓榮寶珠忍不住警惕了起來，深怕蘇青霞又使什麼法子，壞了四哥的姻緣和名聲，到時候不得不娶她。

這會兒倒是寶珠多慮了，這時人多，就算蘇青霞真有這個想法也要顧慮蘇家的名聲，她又不是張家姑娘，哪會做出這種敗壞名聲的事情來。

長安公主一眼就看到少爺們當中，那個身姿修長、姿容秀美的少年，心忍不住撲通撲通跳起來，面頰也紅了。為了掩飾自己的失態，她慌忙朝別處看去，最後終究忍不住，過會兒又偷偷去看那名少年，卻瞧見少年正一臉柔情地看著女眷當中的一人。她順著他的視線看過去，發現他看的竟是榮寶珠。

長安公主忍不住皺了皺眉頭，心中十分不爽。

過了一會兒，一名身姿修長的少年和一名矮了他半顆頭的少年走了過去——是蜀王和太子。

太子瞧見人群裡的榮寶珠，眼睛猛地一亮，露出很是歡喜的模樣。

蜀王面色冷淡，看不出什麼表情，視線在女眷中轉了一圈，最後落在湖中心。

榮寶珠沒想到這兩人會同時過來，她瞧見蜀王，又想到那日他救下自己的情景，不由得暗暗想到，不知他回去洗了多少次澡。她伸手摸了摸隨身戴著的黑色玉珮，這是小時候救下蜀王後，蜀王給她的。這玉珮她一直壓在箱底，還是今兒翻出來，猶豫著要不要讓高陽公主還給蜀王。之所以不讓盛名川還，是因為兩人訂了親，她有些不好意思讓他知道蜀王曾經給她這個。

沒想到來公主府後一直不得空，她就沒把玉珮交給高陽公主。猶豫了下，榮寶珠想著要不要得空了，自己還給蜀王算了，免得讓高陽公主誤會了什麼。

好在太子還知道避嫌，沒過來找寶珠。

過沒多久，榮寶珠便有些想去如廁，瞧著高陽公主正玩得起勁，她叫了碧玉就走。

回來的時候路過梅園，榮寶珠瞧見太子正站在前頭等她，她也想跟太子說清楚，快刀斬亂麻，不然這樣遲早壞了名聲。

榮寶珠讓碧玉守著，自己則去了梅林深處。

太子很是委屈地來到榮寶珠面前，低聲問道：「妳真的訂親了？」

榮寶珠點了點頭。「因為我和盛大哥年紀還小，就沒讓外人知道。」

太子傷心道：「那我怎麼辦？妳長大了嫁給我不好嗎？」

榮寶珠無奈道：「殿下，我一直以為您把我當成最好的朋友，卻沒想到您會有這種想法。寶珠已經訂了親，殿下若還顧念著曾經的救命之恩，就請不要再有這種想法，這樣咱們還是好朋友。」

「可我不願意啊。」太子心裡煩躁得不行。「我哪點比不上那盛名川了？」

榮寶珠正色道：「殿下，你莫要胡攪蠻纏了，若是再這樣下去，被人知曉，我的名聲就沒了，我如何還敢苟活於世？還請殿下看在曾經的救命之恩的分上給寶珠一條活路。」

太子惱羞成怒了，拂袖離開。榮寶珠鬆了口氣，他既不當面發作，顯然是同意了她的話。

吁了口氣，正打算轉身離開的時候，身邊突然響起一聲輕笑，榮寶珠嚇了個半死，回頭一看，就瞧見蜀王殿下正站在她身後，她覺得自己有點恍神。

榮寶珠回過神，福了福身子。「見過殿下，上次多謝殿下的救命之恩，因殿下救了臣女一次，殿下給的玉珮，臣女實在不好拿著，就還給殿下吧。」說著已經從荷包裡取出那塊黑色玉珮遞給蜀王。

哪想到蜀王並不接玉，只笑咪咪地看著她。榮寶珠心裡顫了顫，暗罵自己真笨，這人有潔癖，怎麼會接她手中的東西。

果不其然，趙宸笑道：「既是送出去的東西就沒有收回來的道理，妳若是不要，直接扔了便是，不必還給我。」

榮寶珠心道：果然是嫌棄她，罷了，大不了回去後丟掉就是。

「既如此，那臣女就先告辭了。」榮寶珠不願多待，怕時間長了高陽公主讓人來尋。

卻不想，趙宸悠悠地道了一句。「妳既與盛名川訂了親，方才是與太子私會嗎？」

榮寶珠聽了這話又氣又羞又怒。「殿下，不是如此……只是……」只是什麼？她的確跟太子私下見面了，這的確是她不對。

「好了。」趙宸溫聲道。「別惱了，我是說笑的，快些回去吧，省得有人尋來。」

榮寶珠也顧不上其他，跟趙宸頷首了下，便提起裙角走了。

趙宸站在原地，直至榮寶珠的身影消失才離開。

榮寶珠回到後湖的時候，那群少年已經都不見了，只餘下姑娘們在湖邊釣魚聊天。

高陽公主興奮地拉過寶珠。「快些過來，妳今兒可是一條魚都沒釣著，小心妳中午沒魚湯喝了。」

榮寶珠跟太子說清楚後，心中異常輕快，跟高陽公主嬉笑了兩句就跟著她一塊兒釣魚去了。

等到下午姑娘們離開了公主府，長安公主卻留了下來，磨磨蹭蹭地在高陽公主的房中不肯離開。

高陽公主看了她一眼。「妳是不是有話要說？有什麼話妳就直說吧。」

長安公主紅著臉問道：「今兒在後湖那穿著一身天青色錦袍的少年是誰？」她雖貴為公主，可接觸的外男實在不多，從未在宮中見過那少年。

高陽公主立刻就知道她問的是誰，笑了笑。「妳問的是忠義伯的盛家吧？那是盛家大少爺盛名川，不過妳沒戲了，因為他已訂了親，就是跟寶珠，他們是兩小無猜的感情。」

高陽公主哼了一聲。「我跟妳說了，妳別做蠢事，不是妳的就不是妳的，妳再怎麼強求也是無法的。」

長安公主的臉色有點發青，攥了下拳，就沒說話了。

第十八章

榮寶珠回去榮府後，猶豫許久，還是把那塊黑玉先放在箱底。

很快就到榮寶珠生辰這日，四月二日，她的生辰宴只邀請了親戚跟一些親朋好友，因為都是最好的朋友和姊姊們，不必拘著，還有高陽公主這個愛耍寶的人，一整日榮寶珠笑得都快直不起腰來了。

榮寶珠的生辰宴後，狄氏讓人找到陳勇，審問出了結果來。

狄氏聽到陳勇口中的話，心裡恨不得把榮二老爺給殺了！

翌日，榮寶珠還在床上作著美夢，並不知榮家快要翻天覆地了。

天未亮，狄氏就讓婆子把幾房的老爺太太們全部叫到她跟前。

二房裡，高氏還睡得迷迷糊糊的，四月的天，還是有些冷，起床的時候身上都起了雞皮疙瘩，高氏讓丫鬟伺候她穿衣，一邊埋怨了起來。

榮二老爺皺著眉頭不說話，總覺得心裡有些不安，似會有事發生一樣。

高氏瞧他皺眉的樣子，以為是他不願意聽，又想起打發那娼婦時候出的銀子，心疼得厲害。「哼，如今咱們二房可是連一點銀子都掏不出來了，娘叫咱們過去可別又是什麼不好的事，分銀子的事就不見娘叫咱們！還有你那兒媳，一個月二、三千兩銀子的分紅，也不捨得孝敬孝敬我們，哪有她這樣做兒媳的？」

榮二老爺被唸得煩了，他都不知自己忍了這婆娘多久，厭煩地道：「好了，穿好了就趕緊過去娘那邊，別磨磨蹭蹭的。還有，那是兒媳自己的銀子，妳找兒媳拿銀子，也不嫌丟人！」

高氏哼了一聲，氣到不行，心裡盤算著該怎麼找兒媳拿點銀子，這些年她身上可沒存到什麼銀子，前些日子因那小娼婦的事情，銀子全被折騰得差不多了。

兩人很快到了狄氏的房間裡，其他三位老爺和太太們早就到了。

魏氏和岑氏冷哼一聲，駱氏是幾個太太裡頭最老實的，顯然還不知道發生了什麼事，這會兒只笑咪咪地跟妯娌們打了招呼。

高氏忍不住道：「娘，這個時候您叫咱們起來是做甚？天都還沒亮呢。」

狄氏不理會高氏，抬眼看榮二老爺，淡聲道：「當年你們四兄弟一起去狩獵的時候，老大從馬背上摔了下來，差點一命嗚呼。老三有次不小心掉進井裡，幸好發現得早救了上來。老四第一次秋闈鬧肚子，第三次秋闈起了疑似天花的疹子……」狄氏又說了幾件事，全是三兄弟倒楣透頂的事。「說起來，咱們這府中也就你最順風順水的，長到現在可是一點磕碰都沒有，連生病的次數都少得可憐。」

狄氏剛說完，高氏就不滿地道：「娘，這都是些陳芝麻爛穀子的事，現在翻出來做什麼？再說，這些事跟我們有什麼關係？」

榮二老爺卻臉色發白，心都抖了起來，他當然知道這些事都是他做的，身為國公府的二老爺，就因為一個庶字和幾個兄弟有了天差地別，更何況爹喜歡的從來都只有他一個，叫他如何甘心屈於幾個兄弟之下？他曾經想過要害死他們，但就算幾個兄弟死了，爵位也不可能會落在他的頭上。他不是傻子，國公府一下死了三個兄弟，任誰都會把懷疑的目光落在他身上，可心裡到底還是不甘心，出手過幾次，沒想到三兄弟命大，一個都沒出事。

哪想到這些事竟被母親給知道了，這事情他都是委託一個人去做的，那人自幼跟在他身邊，很是機靈且有本事。當初大哥落馬的事情，是他讓那人在大哥的馬蹄鐵上面動手腳，馬的蹄子被磨破，又在山上奔跑，路面本就很多斷枝什麼的，馬腳一旦插進斷枝，馬受不住就把大哥摔下來，不想大哥命大活下來了。三弟那件事是他讓那人在井邊動了手腳。四弟第一次秋闈鬧肚子也是他讓那人下手，第三次的天花自然不必說，那人雖不是三水村的人，可小時候在那地方住過一段時日，曾染過天花活了下來，還是那人最早發現三水村傳染的病症是天花，便取了天花病人身上的物件跟四弟的混在一起，沒兩天就聽聞四弟得了天花，正暗自高興時，過沒幾日他竟痊癒了，根本沒人曉得是怎麼回事。

之後，他又做過幾件針對兄弟們的小事，都是出自那人之手。那人不肯屈於人下，竟拿這些事情要脅他，把他們一家子都放出府去。他也沒法子，就把這一家人都放出去，警告那人這輩子都不許到京城裡來，否則他將跟他拚個魚死網破。

難道是他來京城了？榮二老爺心中一驚，額頭冒出冷汗。

狄氏淡聲道：「老二媳婦，這些事妳就不好奇是誰做的？」

高氏根本不會把這些事往她男人頭上想，撇嘴道：「我哪曉得是誰做的，這不都是意外嗎？」

狄氏冷笑。「這就要問問妳的好夫君了，他做這些傷害兄弟的事就不怕天打雷劈嗎？他雖不是我肚子裡出來，可這些年我也從未虧待過他，幾個兄弟有的，他不會少，對他是盡心盡力，我就想問問老二，為何你要如此狠心害你幾個兄弟！」

高氏猶如被雷劈一般定在了原地。

榮二老爺怎麼會承認，咬牙道：「母親，兒子根本不知道您在說什麼，這些事與兒子無關。」

高氏也尖叫了起來。「娘，妳瞎說什麼，這些事怎麼可能是老爺做的，妳莫要冤枉人！」說著嚎啕大哭了起來。「我就知道老爺是庶出的，你們一家子都欺負他，如今還冤枉他謀害兄弟，天啊，這日子可怎麼過啊……」

狄氏厭惡地道：「閉嘴！」看高氏的聲音小了些，又轉頭跟榮二老爺道：「你這是不承認？元福，去把那人給我帶進來！我倒要瞧瞧他還怎麼抵賴。」

榮二老爺額頭上的汗水越發多了，卻不敢用袖子去擦拭，任由它順著額頭滴落進眼睛裡，刺得眼睛生疼，腦中已是一片混亂，他知道自己今日怕是要徹底栽了。

榮大老爺很快把陳勇帶了進來，榮二老爺面色慘白地癱倒在地。

「這不是老爺以前身邊的陳勇嗎？這……這……」高氏瞪大了眼睛，終於察覺出事情不對勁，噤了聲，再也不敢嚎叫了。

陳勇一進來就撲通跪在地上。「求老夫人饒命啊，那些都是二老爺讓我做的，他那時候是我的主子，我怎敢不從命？求老夫人饒命啊！」

「你……你莫要血口噴人。」榮二老爺慘白著臉做最後的掙扎。

狄氏根本不怕他反抗，他當初做那些事時可是留了把柄在陳勇手上，陳勇又是個貪生怕死的人，自己貴為國公府的老夫人，想要讓陳勇無聲無息地消失不過是輕而易舉的事情。陳勇顯然也知道這個道理，所以很快都交代清楚了，還把那些證據交給她，她則答應事後會饒陳勇一命。

今兒二房是栽定了，唯一讓她猶豫的便是該如何處置二房，這件事若是告到官府去，榮二老爺只有死路一條，且傳出去會影響到國公府的名聲，屆時讓榮老爺子知道了，還臥病在床的他只怕會活活氣死，到時三個兒子就要丁憂，仕途會因此耽誤下來。

不成，二房現在不能死，老太爺也還不能死！狄氏很快在心底做了打算。

狄氏什麼話也不說，只把那些證據甩在榮二老爺的腳下，這裡頭有當初他寫給陳勇的手筆，還有一本小摺子，上面記載著這些事都是何年何時且如何做的。

榮二老爺哪裡還敢狡辯，終於痛哭起來，求狄氏饒命。

榮大老爺恨聲道：「二弟，自幼我就把你當成親弟弟般疼愛，對你甚至比對三弟和四弟都好，可沒想到，到頭來你卻想要我們的命。」

算起來榮二老爺做這些事情不算多高明，可他做得隱蔽，那陳勇又是個有小聰明的人。國公府也就菀娘一個妾室，榮家人沒經歷過什麼後宅太爭鬥的事情，雖然他們懷疑過榮二老爺，卻因找不出證據而不敢肯定，幸虧天網恢恢，疏而不漏，這些事還是暴露了出來。

榮三老爺也被驚呆了，他是幾個老爺中最本分老實的人，其他兄弟或許懷疑過榮二老爺，他卻從未把這些事跟榮二老爺聯想到一塊兒，想來他還真把二哥當成親哥哥一樣，不承想二哥竟暗地裡害自己。

連駱氏這樣老實的人，都被氣得渾身發抖。

高氏這會兒完全懵了，她是有些愛貪小便宜，嘴賤，可從未想過要害死人，如今老爺做出這樣事情來，她又如何能不受牽連？

高氏撲通一聲，跪在狄氏面前求饒了起來。「娘，娘，您就饒了老爺吧，他只是一時鬼迷心竅，娘……」

狄氏不為所動，只道：「老大，你去請大理寺的人上門來吧。」

榮二老爺慌了，撲通一聲跟著跪了下來，痛哭流涕。「母親，求您饒了兒子一命，兒子以後再也不敢了。」

狄氏閉眼。「哪有你不敢的事情，你若是不敢，就不會一次次地謀害你的兄弟了。老大，去請大理寺的大人們過來吧。」

高氏知道，若是大理寺來人了，老爺這次就死定了，她不由得想到隔壁房裡的榮老爺子，一咬牙便衝出了房外。

狄氏瞧她衝出去，竟也不驚，只露出個了然的神色來，喊道：「快，快，把她給我攔下來！」

外頭的丫鬟、婆子根本不知發生了何事，等聽到狄氏的聲音時已經晚了，高氏這時衝到榮老爺子的房門口，使勁拍起了房門，高聲哭道：「爹，爹，救命啊！」她到底不敢當著這麼多丫鬟、婆子的面把榮二老爺做過的事給說出來，只拍著門喊救命。

房裡只有菀娘一個人守著榮老爺子，這些日子她不知吃了多少苦，看護病人不是簡單的差事，又苦又累，還折磨人的精神。她都快被榮老爺子給折磨瘋了，平日她不敢在榮老爺子和狄氏面前發脾氣，這會兒高氏撞到她面前，哪會饒了她？菀娘開房門出來就對著高氏一頓罵。「妳怎麼做兒媳的，老太爺如今病著，豈容妳在這裡大呼小叫？還不趕緊滾出去！」

高氏的鼻涕眼淚糊了一臉，這會兒見到菀娘被她面上的蒼老和憔悴嚇了一跳，但也顧不上其他，慌忙抓住了菀娘的手臂。「姨娘救命，姨娘救命啊！母親要打殺了老爺，這可如何是好？」

菀娘嚇了一跳，榮二老爺可是她親生兒子，急忙問道：「這是怎麼回事？」

高氏支支吾吾地不敢當著下人的面說，菀娘卻是急得不行，連連追問。

狄氏已經帶著幾個老爺和太太們出來了，菀娘心裡有怨氣，有心埋怨狄氏兩句不給人活路，但經過上次的事情她到底是怕了狄氏，不敢亂說話，就怕著了狄氏的道，只輕聲問道：「老夫人，這是怎麼回事？怎麼好好的，突然喊打喊殺起來？就算老二做錯了事，您是他的嫡母，出事了好好教導便是，且老太爺如今病著，實在受不住吵鬧……」

屋子裡傳出砰的聲響，顯然是驚動了榮老爺子，榮老爺子經過這幾個月的調養，身子好了些，不過也只有左手能微微動一下，還是口不能言、身不能動，臉斜嘴歪地躺在床上。這聲響像是榮老爺子砸了手邊的杯子。

狄氏道：「既然鬧到了老太爺跟前，就讓老太爺評評理吧，看看老二做的都是些什麼畜生事。」

隨後，一行人進去榮老爺子的屋子裡，榮老爺子正躺在床上怒瞪著狄氏。

不等狄氏說話，陳勇已經自覺地跪在地上哭著把榮二老爺逼迫他做的事情說了一遍，狄氏把證據拿給榮老爺子看了，榮老爺子頓時懵了，不可置信地瞪著榮二老爺。

榮二老爺知道眼前的榮老爺子是他唯一的救星，撲通一聲跪了下來。「爹饒命，兒子是糊塗了，以後兒子再也不敢了，求爹救兒子一命……」

狄氏看向榮老爺子。「這種謀害兄弟的事情豈能輕饒？老爺，這事可不是我們冤枉了老二，這是他自己作孽，要不是老大、老三跟老四命大，都不知道死了幾次。」狄氏心裡也是難受得厲害，她自問這些年對榮二老爺不薄，竟養出這麼一個白眼狼，想要害她親生的兒子們。

她紅著眼道：「老爺，我是如何對老二的您最清楚不過了，可他是如何？呵，竟然謀害自己的兄弟，我怎麼能放過他，這件事必須告到大理寺去！」

榮老爺子目光顫顫地看向狄氏，目露祈求之色，竟想讓狄氏放過榮二老爺。

狄氏冷聲道：「我心意已決，這事就算鬧到外頭去我也不怕，我倒要讓京城所有的清流勛貴們瞧瞧這心狠的白眼狼是個什麼樣的人！」說著又讓榮大老爺去喊人。

榮老爺子青筋直跳，身子顫抖不已，臉色也憋得通紅，死死地看著狄氏。

榮二老爺曉得要抓住這唯一的救命稻草，跪在地上跟幾個兄弟砰砰砰地磕起響頭。

狄氏跟榮老爺子僵持了半天，終於捂臉哭了起來。「老爺，您可真是狠心吶，元福他們就不是你的孩子嗎？你怎麼就這麼偏心，你讓幾個孩子怎麼想你啊……」

榮老爺子臉上現出疲憊和尷尬的神色來，屋子裡只餘下狄氏的哭聲。

半晌後，狄氏終於擦乾了淚，妥協道：「老太爺要留老二一命，我無話可說，可我不能眼睜睜看著他繼續留在京城裡謀害他三個兄弟們。既然老爺堅持，那就把老二分出去，讓他自己請纓去邊關，那邊職位多，老四如今在吏部，能幫忙走通走通，老爺看這樣如何？」

邊關距離西北極近，民風慓悍，周圍蠻夷甚多，那種地方油水少，好一些的職位都已經有人了，剩下的不過是沒人要的職位。

二房不同意也不可能了，眼下就兩條路，這條不選就只剩下死路，自然是答應了下來，榮老爺子閉上眼，顯然是同意了。

事情就這麼定了下來，高氏也不敢有什麼異議。

雖說是分家，卻只把二房分出去，狄氏把明面上的家產分給二房一些，總不好讓他們在外亂說，到時就算外人知道他謀害兄弟的事情，也會讚她一聲大義。再說菀娘這些年也撈不少好東西，自然不會看著這唯一的兒子兩袖清風地去邊關。

分家一事自然要告訴老祖宗，請老祖宗拿族譜來，狄氏沒瞞著，把事情說了，又把證據都拿給老祖宗看。

兩位老祖宗氣到不行，狄氏急忙讓旁邊的丫鬟給二老順氣。「爹，娘，你們別把身子氣壞了，元壽雖做出這種事情，可老爺護著他，我也是沒辦法，只能把他分出去送到邊關，令他一輩子不得回京，還請老祖宗成全。」

榮老娘抹了眼淚。「這是造了什麼孽，榮家怎麼就出了這樣一個狼心狗肺的東西，分吧，分出去吧，這種人就算是送去官府都不為過……」到底心裡還是難受得很。

狄氏默默不語。

榮老娘擦了淚，遲疑了下，道：「可瀟珠跟珂兒怎麼辦，這事跟他們無關，要是去了邊關那種地方，他們算是毀了。且姚兒如今正懷著身孕，這一路顛簸肯定是受不住。」

狄氏還是很喜歡葉姚這個孫媳婦，只道：「我去問問瀟珠和珂兒的意見。」若是他們不願意去也無妨，榮瀟珠大了，再過幾年就要出嫁，至於榮珂，她更加不用擔心，那是個扶不起的阿斗。

榮二老爺很有自知之明，外放雖辛苦，還是邊關那種不毛之地，可若不去就是死路一條，所以自動去吏部求去邊關。

邊關那種寒苦之地，就算是知府也不見得有人會想去做，更何況剩下的都是些芝麻綠豆大的小官，根本沒人願意去，榮二老爺求去，吏部立刻就批准了。

等榮家上上下下得知榮二老爺要去邊關外放已經是三日後，這事對榮灩珠來說並不意外，她原先的想法是要留在京城，不過經過前些日子教唆張二姑娘那件事情後，她覺得自己還是跟去邊關避避風頭好。她從長安公主那裡得知，蜀王已經拒了太后繼續為他說親的打算，說是再等幾年，那時她再回京打算就行。

回京的藉口多得是，而且她知道這次二房出事是因為爹做了過分的事，祖母既然讓爹自動請求外放，顯然是不打算把這些事往外傳，若是傳了出去不只榮府丟臉，姑娘們的名聲也會受損，所以到時候祖母肯定不會阻止她回京。

對於榮灩珠願意跟著二房去邊關，狄氏還挺意外的，還以為這姑娘會留在京城。正是因為這個原因，老祖宗對榮灩珠格外高看了一眼，覺得她對父母有孝心，就是投錯了胎。

榮珂自然是不願意的，甚至埋怨榮二老爺為何要請纓去邊關，那種地方磨都能把人磨死。不過榮珂找的藉口很好，說是媳婦懷孕，不便遠行，狄氏同意了。

翌日一早榮灩珠就要隨著榮家二房去邊關，榮珂跟葉姚則是留在京城。

榮寶珠晚上沐浴的時候聽了身邊丫鬟的話，才曉得榮家二房明日就要去邊關了，她怔了下，問碧玉。「可知二伯、二嬸他們為何突然要去邊關？二哥、二嫂跟六姊呢？」她記得上輩子醒來的時候二房已經不在榮府了，連二哥、二嫂和六姊也去了邊關。

碧玉替榮寶珠穿上綢軟的白色裡衣，有點不敢看自家小主子的身段，這白皙如玉的身姿有了姑娘的模樣，開始發育起來，每每看上一眼都忍不住心顫。

碧玉替榮寶珠整理好衣裳後才答話。「六姑娘要跟著去，二少爺跟二奶奶就不去了，說是二奶奶懷了身子，路上太顛簸。」

瞧著榮寶珠發怔的模樣，碧玉笑道：「姑娘，去房間吧，奴婢幫您把頭髮拭乾就能休息了。」

兩人回了房，碧玉找了吸水的綢巾給榮寶珠擦頭髮，榮寶珠又問了一次。「妳可知為何二伯跟二嬸突然要去邊關？」她上輩子就知道這件事，可總覺得有些不對勁，有點太突然了，她原本還以為會有個緩衝，發生點什麼事，然後二房一家子才會去邊關。

碧玉笑道：「聽說是二老爺在翰林院裡不如意，便想著外放去邊關，這樣總比一直待在翰林院沒有任何進展強。」

外放？外放也不該去那種寒苦之地，那種地方只有芝麻綠豆般的官職，去了根本就沒回來的可能，跟流放差不多。哪有人會自動請纓去那種地方，這也太奇怪了，且二伯、二嬸那樣的人更是不會去，恐怕是有什麼把柄落在祖母手中？

榮寶珠曉得二房一直對其他幾房有成見，可到底是猜不出二房會做出怎樣的事情來。

翌日一早，榮寶珠去了岑氏房間用早膳，岑氏又提及二房去邊關的事情，說詞跟碧玉的差不多。

榮明珠和榮海珠不疑有他，兩人對二房都不怎麼喜歡，想著他們離開了也是好事。

用了膳，榮家人就送了二房離開，榮寶珠對二房離開的事情越發好奇，但去問岑氏，岑氏根本不告訴她，直說是二伯自己的意願。

榮寶珠悶悶不樂地回房，只能大概猜測一下二房肯定是做了很嚴重的事，讓祖母給攆去邊關。

之後的日子恢復平靜，轉眼就到了六月，四哥榮琅迎娶了江懷青。

嫂子過門那天，榮寶珠高興極了，在女眷那邊喝了不少果酒，紅著臉蛋跑去偷看新娘子，瞧見新娘子規規矩矩地坐在大紅喜床上，似乎有些緊張。榮寶珠嘿嘿傻樂，不敢上前去打擾，又偷偷地溜了回去。

不想路過花園的時候碰見了盛名川，儘管天色已經有些暗了，榮寶珠還是一眼就認出他來，忍不住提起裙角跑了過去，莞爾一笑。「盛大哥，你怎麼跑到這邊來了？」

盛名川瞧見榮寶珠面頰緋紅，水靈靈的雙眸一眨也不眨地看著他，心裡柔軟得要命，忍不住伸手輕輕捏了捏她的臉頰，溫聲笑道：「知道妳肯定會跑去看新嫂嫂，特意來這條路上堵妳了。」

榮寶珠的臉色越發紅了，卻沒閃躲。她對盛大哥雖沒有男女之情，可以後都是要成為夫妻，自然要早早培養感情才好。

盛名川心中歡喜，收了手，笑道：「我們過去那邊坐坐？」

若非兩人訂親了，這邊的人根本不會讓盛名川進來，這是岑氏有意的。岑氏覺得夫妻還是要兩情相悅好，所以從不攔著兩人接觸，只要不做出格的事情就行。

兩人過去涼亭那邊，微風徐徐，一陣陣花香傳來，榮寶珠愜意極了。

榮寶珠院裡的丫鬟上了茶水和點心，這東西都是用加了瓊漿的水做成的，對自己親近的人，她自然是希望他們身體越來越好。

兩人聊了會兒，榮寶珠就想起盛大哥再過幾個月就要跟四哥一塊兒參加秋闈，便多叮囑了幾句，盛名川只笑咪咪地看著她。

兩人坐了半個時辰，盛名川就送榮寶珠回房，吩咐丫鬟道：「寶珠喝了不少果酒，記得待會兒煮些醒酒湯，免得她明兒起來會頭疼。煮好後多放些蜂蜜，寶珠怕苦……」又轉身揉了揉她柔順的髮，柔聲道：「我先回去了，這些日子要溫習功課，怕是不能經常來找妳，不過我會儘量抽空過來，妳自己也注意身子一些，不要天氣熱了就貪嘴吃多了涼品。」

榮寶珠笑道：「我都曉得，盛大哥這些日子只管安心學習就是，好了，盛大哥快些回去吧，天色不早了。」

盛名川再捨不得也該離開了。

榮寶珠梳洗後躺在床上覺得心裡頭甜滋滋的。

翌日一早起來，榮寶珠跑去看新嫂嫂，新嫂嫂濃眉大眼，雖不如一般姑娘柔美，一雙大眼卻很機靈，顯得人有精神又好看。

榮寶珠過去的時候新嫂嫂顯然已經敬了茶，她甜甜地叫了聲嫂子，江懷青也不扭捏，很是大方地應了下來，還拉著她說了不少話，送了她一套紅翡翠頭面。那翡翠紅得似滴血，榮寶珠戴上後襯得皮膚越發潔白瑩潤。

連江懷青都看呆了。「寶珠妹妹這模樣實在太……太漂亮了，我從未見過比寶珠妹妹還要出挑的姑娘。」

岑氏能生出這麼漂亮的姑娘，當然是自豪得很，覺得兒媳真會說話，也越發喜歡這個兒媳了，笑得都快合不攏嘴。

就連榮琅也露出一絲的笑意，柔柔地看了身側的江懷青一眼。

榮寶珠覺得這四嫂很得她的眼緣，她在榮府只剩下三個姊姊，如今二嫂正大著肚子，她不敢每天纏著；大嫂生了個胖小子，還在坐月子，她也不好老是去看胖姪兒，可她實在是太喜歡那胖胖的小姪兒，簡直愛死了。所幸新嫂嫂進門，這會兒就讓她找到了理由，非要拉著四嫂去看小胖姪兒。小胖姪兒如今還未起名，只有個小名小團子，實在是這小子生下來的時候太胖了，榮寶珠那時候在產房外，聽見裡面大嫂的慘叫，簡直快把她嚇死了。

因為大嫂的生產時間太長了些，從早上折騰到半夜才生下來，不吃點東西哪有力氣繼續生孩子，後來還是她把瓊漿偷偷地摻在大嫂要吃的麵中。

由於這小胖姪兒太大了，大嫂有些傷到身子，榮寶珠又偷偷地用瓊漿替大嫂調養了一段日子。

岑氏嗔道：「妳這孩子，慌什麼慌，妳四嫂跟四哥昨兒才成親，忙了一天了，哪有力氣跟著妳到處跑，妳想去看那小團子就自個兒去，難不成妳大伯母跟大嫂還不許妳看了？」

榮寶珠上輩子也成親過，曉得岑氏這話裡的意思，有點不好意思。

江懷青這般大大咧咧的人也被婆婆這話鬧了個臉紅，實在是昨天夜裡這好看的夫君折騰得太厲害了點。她很能體諒，畢竟夫君之前連個通房都沒有，折騰得厲害點也實屬正常，早上兩人差點都起遲了，她現在都還覺得自個兒雙腿發軟。

岑氏很體貼地讓榮琅跟江懷青回去休息。

榮寶珠跟岑氏說了一會兒話，又實在想念那小團子，便拉著榮明珠、榮海珠跑去看小團子。

晌午吃飯的時候，榮寶珠得知五哥從邊關來信了。岑氏一早就看過榮琤託人送來的家書，這會兒也讓幾個兒女輪流看看。

榮琤寫的家書不長，上面只簡單地寫了他在邊關的情況，還有對家人的思念，內容多著墨在小八很厲害，上級很喜歡小八，很看重牠。

寶珠看著信不長，但是看得出來五哥似乎成熟不少，心裡也有些想念他，不知他回來後會是何模樣，只盼著他能長成一個頂天立地的男子漢，莫讓家人傷心。

岑氏跟榮四老爺回房後，簡單地寫了一下二房也去了邊關，信中自然沒說具體原因，不然以榮琤那個炮仗性子，肯定要去找二房拚命了，只說若碰見二房不要搭理就是。

榮寶珠終於熬過了炎炎苦夏，迎來了秋闈的日子。

秋闈那日，榮寶珠一早就爬了起來，用水壺裝了加瓊漿的提神茶，給盛名川跟榮琅一人兩個水壺。

她裝好後交給四哥，笑道：「四哥，待會兒你去貢院的時候碰見盛大哥，就把這個交給他，你們一人兩壺，這是我昨兒親手煮的提神茶。」

榮琅接過後忍不住打趣榮寶珠。「還沒成親就這麼賢慧了，那小子可真是好運氣，能碰見我妹妹這般好的姑娘。」

榮寶珠也不害羞，理直氣壯地道：「盛大哥待我好，我自然要為盛大哥多做一些。四哥，可別忘記了，這兩壺水一定要親手交到盛大哥手中。」

榮琅笑道：「好了，肯定會親手交給他的。」

為期九日的秋闈考試，榮琅回來後瘦了一大圈，四房的人皆很是心疼，江懷青更是心疼得厲害。

榮寶珠偷偷用瓊漿給四哥調養了幾日身子，又擔心起盛大哥，但她到底是拉不下臉去盛府探望他，只派府中的奴才給盛大哥送了兩罈果酒。

幾日後，盛名川才來到榮府，許是喝了果酒的原因，臉色好看多了，越發顯得人俊雅溫和。

再過幾日就放榜了，不出榮家人所料，榮琅和盛名川都中了，榮琅得了第一解元，盛名川第二得了亞元，只等著明年的春闈和殿試了。

榮琅和盛名川雖中解元和亞元，兩人卻是不敢鬆懈，不過幾天就繼續投入功課中。

轉眼便迎來了秋獵，在城外有座很大的圍場，皇上若是有興致就會叫人秋日的時候來狩獵。

春天選秀的時候，皇上得了位新妃子，是大戎國的小公主，容貌那叫一個驚豔，和大齊本土的柔弱美女不一樣，這位小公主五官更加深邃一些，個子高，腰細腿長、胸脯鼓鼓。大戎國本就民風開放，女子也會騎射，這位小公主一來就被封了麗妃，騎射一流，光是這半年多的時間，皇上已私下帶著麗妃狩獵過兩、三次。

大概是因為這麗妃實在太吸引人了，舉止又大方，京城中許多姑娘和姑奶奶們都開始跟她一樣喜騎射。

秋獵本就是皇家慣例，如今皇上更是光明正大地帶麗妃出來狩獵。不過這次的皇家秋獵，還邀請了不少姑娘、姑奶奶們，榮家三名未出閣的姑娘和榮家幾個少爺們，連盛家、袁家、鄭家的人也都被邀請了。

榮寶珠對這個挺有興趣的，她本身會騎馬，雖然射箭的技術不是很好，可不妨礙她對秋獵感興趣，兩輩子加起來，這還是她第一次去秋獵。前兩日，盛名川還來給她補了騎射的功課，榮寶珠在這方面學得挺快，兩日時間也進步不少。

秋獵一般都是好幾日，因皇家都準備妥當，姑娘們只需帶著婢女就能去。

因要在外住幾日，榮寶珠有點忐忑，不過等到了圍場，她就放下心了，因為女眷和爺兒們住的地方隔得很遠，守衛森嚴，完全不必擔心。

雖然男女住的地方分開，狩獵的地方卻是在一起的，等人都過去的時候她才曉得場面甚是浩大，一排排的馬匹由宮女和太監們牽著，這些馬兒早就被馴服，很是溫和，馬匹各配有弓箭和箭支。

高陽公主瞧見榮寶珠笑嘻嘻地湊了過來。「說起來還沒恭喜妳家四哥跟妳的盛大哥呢，他們如今可是京城炙手可熱的少年郎，要不是妳家四哥成親了，指不定妳家門檻都要踏破了。妳家盛大哥就慘了，跟妳訂親的消息外人不得知，據說有好多媒婆上門提親呢。」

榮寶珠這會兒倒是有些不好意思，暫不公開兩家訂親的消息是娘的意思，說是她的年紀太小了些。

高陽公主拉著榮寶珠又說了幾句，指了指不遠處跟皇上並肩而站的女子，穿著窄袖紈袴，猛地一看讓人心都顫抖了一下，特別是目光落在那女子臉蛋上後，越發讓人移不開視線。

高陽公主湊在她耳邊小聲道：「那個就是麗妃，可得寵了，據說這半年多皇上一直歇在麗妃處，也就德妃跟皇后還有些面子，皇上每個月會去幾次，其他妃子就慘了，害得宮裡的妃子們怨聲載道的。」

榮寶珠上輩子可不記得有什麼麗妃，這會兒有些摸不准怎麼會突然多了個麗妃出來，不過兩輩子不一樣的事實在太多，這輩子岑芷就沒進宮，多個麗妃也沒什麼。

四下瞧了一圈，長安公主這會兒也在圍場裡，有些心不在焉地坐在一旁，似有些失落，神色沮喪。稍後，宮裡不少妃子都來了，連德妃都在，就是沒看見皇后。

榮寶珠小聲問高陽公主。「怎麼沒瞧見皇后娘娘？」

高陽公主低聲道：「前兩日皇后娘娘診出了身孕，這會兒在宮裡養胎呢。」

哦，榮寶珠恍然大悟，她記得上輩子的皇后還有個小皇子，但小皇子出生後沒幾年就夭折了。

這會兒能瞧見不少熟悉的姑娘和姑奶奶們，今兒就連四嫂江懷青也來了。

那一直巴結長安公主的林妙芙也在，也正圍在公主身邊說些什麼，奈何公主根本聽不下去，許是厭惡了，眉頭一皺，說了句話，林妙芙才訕訕地走開了。

長安公主的目光在人群中搜尋了一圈，又沮喪地低了頭。

很快皇上跟麗妃就上馬朝著林中而去，高陽公主非要拉著榮寶珠一塊，隨行的還有江懷青和榮明珠，因榮平珠、榮海珠不喜歡狩獵就沒來。

幾位姑娘本打算一塊兒去狩獵，沒承想正要離開的時候，長安公主牽著馬過來，面色扭捏。「本……我、我同妳們一起吧。」

姑娘裡就高陽公主知道長安公主的心思，哼了一聲，又看了一眼傻乎乎的榮寶珠，到底是不好意思跟她說長安的那點小心思。對高陽公主來說，說了無非是給榮寶珠添堵，以盛大哥的人品，是絕對不會搭理長安的，所以也就不用給她知道添堵了。

今兒要狩獵，姑娘們穿的自然和以往不同，都是窄袖紈袴，這樣很是方便。幾人騎馬進了樹林，高陽公主顯然是經常騎射的主，這會兒玩心大起，提議大家來個比賽，看看今兒誰狩獵得最多。

大家很快就玩了起來，榮寶珠跟著高陽公主朝一條路奔了過去，長安公主回望了榮寶珠一眼，咬住唇角，眼裡有了濕意。

長安公主很快回頭，扯了韁繩朝另外一邊跑去。她如今哪還有心情狩獵，自幼她被皇后教導得目中無人，再者她又是尊貴的公主，誰敢給她氣受？這十多年的日子她過得是順風順水，她也知曉自己不是什麼好人。

她從沒想到以後的路，更加沒有想過駙馬之類的事情，那些對她來說太遙遠，可自從在福壽長公主府裡碰見盛名川，她整個人都懵了。從不知道自己可以喜歡一個人喜歡得這麼深，甚至夜裡會夢見他，她讓人調查了他的一切，知道他是個謙謙君子、光明磊落，不然就不會喜歡上在她眼中看來很愚笨的榮寶珠了。

正因為這樣，長安公主猶豫了，她很想得到盛名川，可更怕他不喜歡自己、厭惡自己，她做過的那些事情連自己回想起來都有些不齒，她幫著母后出了那種主意，對待不喜的人更喜將人碾壓在泥土裡，甚至還想害榮寶珠，可如今她後悔了，為了一個男人，她後悔自己做過的事情。

她從未想過放棄盛名川，自己看見他的第一眼就被驚豔了。她性子涼薄，對待自己的親生母后也沒什麼真心，若真是為皇后著想，她又怎會給皇后出那麼一個主意，這件事若是暴露，皇后算是完了，可她為了自己今後的路，還是慫恿皇后做出那種事。

她如今有個荒唐的想法，想為了盛名川改變自己，她想得到他，就算終其一生得不到他的喜愛，她也不會放過他的。

長安公主眼神漸漸堅毅，停在原地，打了個響指，附近立刻有身穿黑衣的侍衛出來，她淡聲道：「替我找到盛名川。」

暗衛很快就把盛名川所在的位置回報給長安公主，長安公主策馬而去，早有侍衛替她引開盛名川身邊的朋友。

盛名川瞧見長安公主出現在他眼前時，神色沉了沉，還是下馬行了禮。「見過殿下。」

「名川哥哥。」長安笑得燦爛。「好巧，沒想到竟會在這裡碰見你。」

盛名川實在不喜長安，他知長安對他是何意，到底是不想與她過多糾纏，只道：「不巧，草民正打算回去，就不打擾公主的雅興了。」說罷，翻身上馬。

長安公主卻攔在他的面前，嫣然一笑。「名川哥哥，你急什麼？我迷路了，不如你帶我回去吧。」

盛名川饒是再好的性子也被長安公主鬧得臉色更沉了些。「殿下貴為公主，身邊自有暗衛跟隨，何必要糾纏著草民，草民已有未婚妻，還請公主自重！」

長安公主再信心滿滿，也被這話羞得臉色脹紅，但她還是死纏著他不放。「今兒我未帶暗衛，名川哥哥幫幫我吧。」

盛名川實在不耐跟她糾纏，一拉轠繩朝著另外一邊奔了過去，只餘下長安公主咬唇死死地瞪著他的背影。

且說榮寶珠那邊還不知已經有人惦記上她的未婚夫，這會兒正跟高陽公主玩得痛快，她這一個時辰中也獵到了幾隻野雞，可高興了。

高陽公主有點玩瘋了，顯然不滿足只獵到這點小獵物，打算繼續往山裡走。

榮寶珠遲疑。「聽說這山林深處有大的動物，咱們還是不要過去吧，若是碰見可就沒命回去了。」

「瞧妳膽小的。」高陽公主忍不住捏了捏榮寶珠如玉的臉蛋，手感真好呀。「妳別擔心，咱們不去太裡面，再往裡頭走點，獵些矮鹿、山鹿之類的獵物就好，這附近只有山雞、野兔子，實在無趣得很。」

榮寶珠想著再往裡頭一點倒也不怕，就同意了。兩人繼續朝裡頭走了點，獵物果然多了些，麅子、野鹿都有，高陽公主大呼過癮，朝著一隻野鹿追了過去，榮寶珠也隨著一頭麅子而去。

「寶珠，妳可別玩瘋了，咱們待會兒在這裡碰面。」

榮寶珠微笑，也不知是誰玩瘋了。

不一會兒就聽不見高陽公主的聲音了，榮寶珠瞧著不遠處的小麅子，屏住呼吸，搭箭，拉弦。

箭射出，卻沒想偏了準頭，一箭射在旁邊的樹幹上，榮寶珠哎呀一聲，嘆了口氣。「怎麼又沒射中。」再不中她就要輸了，高陽可是箭無虛發，一出手就倒下一隻獵物。

忽然身後傳來輕笑聲，榮寶珠嚇了一跳，回頭一看發現是蜀王。

榮寶珠心裡直犯嘀咕，覺得兩人真是孽緣，怎麼老是碰在一起。

上次在福壽長公主府他就像這樣靜悄悄地出現在她身後，差點把她嚇了個半死，如今又是如此。

榮寶珠忍不住嘀咕道：「殿下，您怎老是悄無聲息地出現在身後，挺嚇人的。」

趙宸眼中有了幾分笑意。「是妳自個兒不警醒，周圍有人妳都不曉得，如何能怪到我頭上來？」說罷，他瞧著不遠處的麅子，搭箭、拉弦，一箭擊中，射中了麅子的額頭正中央。

榮寶珠見著一點都不意外，上輩子這人不僅箭術好，功夫也是了得。

趙宸瞧見麅子倒地才溫聲道：「妳力氣小了些，雖然瞄準了，可手有些抖動，導致箭射出後偏離了軌道，妳要慢慢地練些力氣，只要手不再抖，便不成問題了。」

榮寶珠恍然大悟，她說怎麼瞄準了老是射不準，便歡喜地跟趙宸道謝。「多謝殿下指點。」又看了眼地上的麅子。「殿下，您的麅子。」瞧見他身後一隻獵物都沒有，曉得肯定是他的潔癖犯了，這一路射死的獵物肯定是一隻都沒撿起，榮寶珠認命地下馬，把麅子撿起替他掛在馬背上的袋子裡。

趙宸心中一動，總覺得她方才那一眼似有些無奈，竟像是她熟悉自己多年一樣。趙宸失笑，覺得自己真是魔怔了，怎麼會有這種奇怪的想法。

榮寶珠把麅子收好，瞧見不遠處有隻野鹿，手癢就想試試。她回頭看了蜀王一眼，瞧他坐在馬上沒什麼表情，這才又回頭拉弦，手臂穩穩的，一箭射了出去，射在野鹿的身上。

榮寶珠笑眯了眼，上前把野鹿撿回來，哪想到拖著野鹿回來的時候，一腳踩在一截斷了的樹樁上，腳踝一扭，榮寶珠覺得劇疼，忍不住哎呀出聲。

趙宸心裡實在無奈，跳下馬，拉著榮寶珠在一旁的斷樹上坐下。「怎這般不小心？」說罷，猶豫了一下，到底還是伸手抬起榮寶珠的腳，大力地替她揉起腳踝處。

榮寶珠這會兒被驚得目瞪口呆，都忘記這樣是不合禮數的，蜀王怎麼肯替她捏腳？

反應過來的時候，腳踝處傳來刀割似的疼，榮寶珠痛得冷汗都冒了出來，哆嗦著道：「就……就不煩勞殿下了，這樣不好。」

趙宸顯然聽懂了為何不好，只淡聲道：「若是現在不揉開了，待會兒妳的腳就會腫起來。」

榮寶珠疼得手都在抖，可見趙宸用了多大的力氣，不一會兒，就覺得腳踝那裡有些發熱了。趙宸又揉了一陣子，才起身去附近尋了一些草藥過來遞給她。「在一旁的石頭上搗碎了敷在腳踝上，不然待會兒連走路都成問題了。」

榮寶珠心裡覺得有點怪怪的，但還是道了謝。蜀王也知道要回避，在一旁等她把草藥搗碎，敷在傷處。

趙宸這才道：「休息一會兒再走吧，阿玉應該在附近，待會兒記得同她一起回去。」

榮寶珠點頭，又開口道了謝。

過了會兒，榮寶珠聽見高陽公主的聲音，抬頭看了趙宸一眼。趙宸翻身上馬離開，走的時候看都沒看寶珠一眼。

榮寶珠心裡鬆了口氣，聽見高陽公主的叫聲在附近響起，急忙應道：「阿玉，我在這邊。」

高陽公主很快就過來了，瞧見榮寶珠坐在一截斷樹上，又瞧她捂著腳踝的樣子，哎呀一聲，蹲下身子替她看了看傷處。「妳扭到腳了？怎麼這麼不小心。」

榮寶珠愁眉苦臉。「好疼。」

高陽公主嘆氣。「妳說說妳這糊塗的模樣，要是不嫁盛大哥，以後誰還能這樣寵妳？」

榮寶珠疼得眼淚都快流出來了，沒想到這草藥敷上去會這麼疼。

高陽公主替榮寶珠查看了下傷勢，瞧見她腳踝上的草藥，咦了一聲。「誰幫妳敷的草藥？」

榮寶珠有些心虛。「是我自個兒敷的，我曉得這種藥草敷在傷處能緩解瘀腫。」

「妳可真是夠不小心的。」高陽公主又忍不住嘆氣。「圍場距離這裡太遠了，若是再回去叫人只怕天色都暗了，咱們共乘一匹馬，早點回去找大夫來瞧瞧才是。」

榮寶珠點頭，兩匹馬自然不能負重太多，把獵物丟掉，兩人共乘一匹馬回了圍場。

因顧及榮寶珠的傷勢，高陽公主騎得不快，回到圍場時已經是大半個時辰後，榮家人得知榮寶珠的腳受傷了，自然是不會在圍場待下去了，立刻啟程回京。

當日盛名川也跟著榮家人一同回京。

第十九章

回去榮府後，岑氏心疼得很。「妳這孩子，怎麼笨手笨腳的，這才出去一天就把腳給崴了，妳說說妳以後可怎麼辦，要是離開了國公府，娘如何放心得下？」

「娘，沒事，就是點小傷。」榮寶珠覺得自己已經比之前好多了，看來蜀王的草藥的確很有效。

榮寶珠在心底嘆氣，說起來她也不知道自己怎這麼倒楣，似乎只要碰上蜀王就沒好事，要不就是倒楣的時候總碰上蜀王。

榮寶珠沒告訴盛名川方才碰見了蜀王，到底是有些不好意思，覺得自己做錯了，碰見蜀王就該避嫌。

岑氏是放心不下，立刻讓人去請大夫。大夫來瞧過，說是沒什麼大礙了，幸好剛崴的時候就揉通了，不然肯定會更加嚴重。

腳崴了，自然是不可能再去狩獵，榮寶珠已經暢快地玩了一天，並不再惦記著秋獵。倒是覺得有些對不起高陽公主，為了送她回來，高陽公主也沒再去狩獵，直接回了公主府。

過些日子，岑氏有意無意地把二房做的事情透露給幾個孩子知道，大概是想讓他們學點心眼。不過事情也沒說得太清楚，榮寶珠他們只大約知道二伯對大伯、三伯和爹爹做了很過分的事情，不然也不會被狄氏給趕到邊關去了。

轉眼幾個月過去，天氣轉冷，榮家人祭祖約莫是在春節前，因今年要回本家祭祖，自然要提前一段時日。

榮家本家是在京城外，是個名叫石榴鎮的地方，乘馬車過去要兩、三日的時間，坐牛車則慢了許多。

老祖宗年紀大了，馬車太過顛簸，只能坐牛車，而榮寶珠有意相陪。老祖宗心疼寶珠，怕她不習慣，無奈寶珠堅持要陪老祖宗坐牛車，於是就由狄氏跟榮寶珠陪老祖宗坐牛車，其餘人則乘馬車去石榴鎮。

這次回去祭祖，除了榮老爺子、菀娘，還有在家照看小團子的大少奶奶和剛出月子的二少奶奶沒去，其他人都回去了。

榮寶珠陪著老祖宗一路雖然慢了些，可也讓她覺得新鮮極了，整日偷偷朝外看風景。

六、七日後，牛車終於晃晃悠悠到了石榴鎮，魏氏早已經安排所有人住下。榮家在石榴鎮上的親戚實在太多，都是本宗。榮家原先不過是泥腿子，家中貧苦，自然不會有什麼妾室之類的，也就不存在分支。

到了榮家的地盤，他們一家家地拜會，榮老爹的兄弟多，認了一圈親戚，榮寶珠一個都沒記住。何止是寶珠，其他人也沒幾個人能記住，就連岑氏這樣的人精，一天下來腦子也是昏沈沈的，再一想，只知曉今天見了一天的人，卻沒記住幾個。

如今國公府的人住在祖宅，也就是老祖宗之前住的地方，一間三進大的宅子，擠一擠也是夠住的。

祭祖十分繁瑣，要祀神。紅燭高照，上供清茶、紅豆等祭品。祭獻還要上香，讀祝文，奉獻飯羹，奉茶，獻帛，獻酒，獻饌盒，獻胙肉，獻福詞，焚祝文，辭神叩拜等。祀神後要叩拜祖先，燒金紙獻給祖宗。

榮家本宗實在太多人了，祭祖持續了整整三日，榮家人也覺勞累，便打算在祖宅裡休息幾日再回京城。

既然要留幾日，一群親戚肯定會上門。

翌日一早，榮寶珠跟幾個姑娘早早被岑氏拉了起來。「都快些起來吧，待會兒妳們曾伯父家的孩子們要過來，有一大圈人要認，可都趕緊起來了。」

三姊妹住在一間屋裡，榮海珠累慘了，賴在床上不肯起來。「這才什麼時候啊，他們這般早過來做甚，昨兒才祭祖，今兒就上門了，他們也不嫌累。娘，好累呀，再讓我們歇會兒吧。」

榮寶珠和榮明珠心中的想法和榮海珠差不多，榮明珠卻自律許多，硬撐著起床，趿著軟綢小鞋，讓丫鬟伺候著穿衣梳洗了。

「娘，就讓女兒多睡一會兒，好睏呢。」榮寶珠卻跟著榮海珠賴在床上，軟綿綿地撒嬌。

榮寶珠有時候很佩服四姊，四姊端莊，賢慧，自律，就是有時太自律了一些，沒了姑娘的天真爛漫。不過好在四姊以後的夫君極愛她這性子，她還記得上輩子四姊夫有多寵愛四姊。

榮明珠已經讓丫鬟們伺候好衣裳，一回頭瞧見床上兩個捲著綢被的妹妹，柔聲道：「好了，快別賴床了，今兒來的都是曾伯祖父家的親戚，不去見實在不像話。祖母已經帶著其他人出去，趕緊起來，待會兒再來睡回籠覺就是。」

岑氏嘆氣。「瞧妳們兩個這模樣，還是妳們四姊最省心了。」

榮寶珠跟榮海珠這才起床，兩人抱著岑氏親了一口，岑氏愁眉苦臉的模樣立刻笑成了花兒。

待會兒見的人多，岑氏怕幾個女兒餓著，先讓她們吃了點東西再出去，出去的時候榮家人都已經在外頭，曾伯祖父一家也都到了。

曾伯祖父是榮老爹的親哥哥，早些年就過世了，這會兒過來的是曾伯祖父的幾個兒子，年紀跟老國公差不多大，兒子們又再娶妻生子，這人多到簡直都不知道該怎麼稱呼。倒是有幾個同輩的哥哥和姊姊，一瞧見榮家姑娘們出來，眼睛都看直了。

這些人在國公府眼中差不多都是窮親戚，以前根本沒什麼來往，這會兒也不過是因為祭祖認認人罷了。榮家人或許不認識他們，他們對榮家人倒是瞭解得很。

一個頭髮花白的老太太哎喲了一聲。「這小姑娘們也太標緻了些，咱們石榴鎮就沒瞧見過這麼漂亮的小姑娘們，瞧瞧，把你們哥哥姊姊的眼都看直了眼。」

榮家幾位姑娘茫然地看著那老太太，顯然是不認識人，狄氏介紹道：「這是妳們堂祖母。」

榮老爺子堂哥的妻子，跟狄氏算是妯娌，彼此間也甚少打交道。

姑娘們很乖巧地叫了人，堂祖母拉著幾個姑娘的手說著話，最後目光落在榮寶珠臉上，實在是這小姑娘太讓人驚豔，她幾個姊姊雖出色，可容貌跟這小姑娘一比就不成了。

這老太太清楚國公府的情況，知道四房有錢，老太太的幾個孫兒雖然都還沒成親，可畢竟是姓榮的。娘家倒是還有幾個外孫沒成親，不過一想，老太太就打消了念頭，她也不是真蠢，國公府的嫡出小女兒怎麼會看上他們，就算真使了計，萬一國公府惱了，他們也沒好果子吃。

雖然姑娘們的主意打不得，但國公府的兒郎們個個頂好，瞧這身姿、俊俏的模樣，本家的姑娘雖然無望，不過娘家倒是有幾個外孫女，年紀正好合適，要是能塞給這幾個榮家兒郎做妾室，那就是一輩子的榮華富貴。

榮家一共五個男兒，前頭四個已經成親，大哥榮瑀娶了禮部尚書的嫡出長孫女杜秀好，兒子都五個月了。二哥榮珂娶的是永安伯嫡出女兒葉姚，兒子已出生一個月了。三哥榮珖娶了寶珠姨母家——御史大夫左家的左曦文，比四哥榮琅早成親一個多月，這會兒夫妻倆也是蜜裡調油的。四哥榮琅娶的是江懷青，成親不過幾個月，感情自是不必說。

唯一的共同點是榮家幾個少爺們都沒通房小妾，榮二少爺雖不是自願的，可被祖母管得緊，這些日子是老老實實地守著葉姚。

老太太的目光在榮家少爺們身上看來看去，露出個滿意的笑容來。

晌午的時候，一大屋子的人在院子裡擺了宴，飯後幾個姑娘才終於得空去休息，這一覺就是兩個時辰，連平日裡非常自律午休時間只有兩刻鐘的榮明珠也貪睡了兩個時辰，可見今兒有多折騰人了。

堂祖母心裡有了主意，翌日一早就把娘家的外孫跟孫女全部帶來，畢竟榮家這四名姑娘都還沒婚配呢，指不定哪個姑娘就看中她外孫，那可真是白撿的天仙外孫媳婦。

其他幾個妯娌哪會不曉得這大嫂的打算，哼了一聲都沒說話，覺得這大嫂太蠢，敢在狄氏面前耍這種花招，也不看看自己那些外孫、外孫女都是什麼模樣，這會兒瞧見榮家的姑娘少爺們眼睛都直了，怪丟人現眼的。

狄氏面上冷了幾分，她怎會看不出這個堂嫂子的心思，心裡冷哼了兩聲沒說話，她幾個兒媳可都不是吃素的。

老太太把幾個外孫、外孫女介紹給榮家人，幾人的目光頻頻落在姑娘和少爺們身上，連榮寶珠都知道這堂祖母是什麼心思。

老太太笑咪咪地道：「這是我娘家那邊的外孫、外孫女，跟你們年紀相當，你們才來這石榴鎮，對這地方不熟，以後有機會讓他們帶你們出去玩。」

眾人只能應付著，說著說著，老太太的目光落在榮家少爺們頭上，笑咪咪地跟狄氏說：「說起來，弟妹真是個有福的，這幾個孫子生得真好。不過我瞧著這瑀哥兒身邊連個伺候的人都沒有，也太可憐了些，不如就把我家雲姊兒帶回去伺候瑀哥兒好了。」

榮瑀是國公爺的嫡出長子，那是要請封世子，以後將繼承國公爺爵位的，這老太太真是會挑人。

狄氏還沒開口，魏氏已經道：「伯娘，這可不成，我們榮家的男兒除非到了三十還無子，否則是不可納妾的。您這姑娘也是清清白白的，何必給人做妾？妾不過是個玩意，連個奴才都不如，正房娘子想打就打，想殺就殺，這不是坑害家裡的姑娘嗎？」

魏氏可真沒給這老太太留面子，都起了這種齷齪心思，沒趕她走都算好的。

哪曉得這老太太臉皮厚，愣是裝傻不答話，狄氏就讓榮家姑娘帶著這幾個姊兒們去院子裡玩。

方才那叫雲姊兒的女孩羞紅了臉，跟著榮家姑娘到院子裡的時候都快哭了，還是榮明珠顧大局，安慰了她兩句。

雲姊兒之後就漸漸放開了，不知為何專找榮寶珠說話，她不好不理會，只有一句沒一句地應付著。

不一會兒雲姊兒羨慕地看著榮寶珠頭上的玉簪子。「寶珠妹妹，妳這頭上的玉簪子可真漂亮，我這輩子都沒見過這麼漂亮的簪子。」

榮寶珠又不是真傻，立刻知道了這姑娘的心思，怕是她聽聞過自己三歲前是個傻子的事，覺得自己好糊弄，打算來佔她的便宜吧，眼皮子淺成這樣也是難得。

榮寶珠有些不想搭理她，只軟軟地回了句。「謝謝雲姊姊的讚美。」

倒不是寶珠聲音軟，而是她這會兒渾身沒勁有些睏，說起來也不知怎麼回事，自從祭祖後那天開始，她就有些嗜睡，這兩天姊姊們都已經緩過來了，只有她連早上起床都有些困難，還是丫鬟叫了許久，她才強撐著起來。

榮寶珠知道自己應該不是病了，自從服用瓊漿開始，她極少生病，就連偶爾的風寒都極少，這會兒也只是覺得睏，身上並沒有不舒服的地方。

榮寶珠想著或許再歇一晚上應該就能緩過勁來了。

雲姊兒氣到不行，原想著能說給榮家的哥兒們做妾也好，榮華富貴享用不盡，哪知道竟被國公夫人那麼羞辱了一番。這會兒想從自幼就傻的寶珠身上哄騙點東西，誰知道這人是真傻，自己都說得那麼明顯了，她竟說自己是在讚美她！

雲姊兒氣惱不已，覺得自己應該說得更明白點，紅著臉道：「我這輩子還從未戴過這樣美的簪子，寶珠妹妹不如借我戴幾天？」

榮寶珠一臉古怪地看著她，她還沒見過如此不要臉面、厚臉皮的姑娘。榮寶珠不願再搭理她，想轉身離開，卻實在睏得不成，眼皮子直打架，身子更是軟綿綿地朝著那雲姊兒歪了下去。

榮寶珠昏睡過去的一瞬間還想著，怎就這麼愛睏呢？

那雲姊兒也沒想到榮寶珠會直直朝她栽過去，一個沒防備就被撞得朝後仰倒，後腦勺磕在一塊石頭上，疼得她頭皮發麻尖叫了一聲。

這一聲把姑娘們的目光都吸引了過去，榮家姑娘只瞧見寶珠軟軟地倒在雲姊兒身上，雲姊兒也倒在地上，後腦勺慢慢滲出血跡。

雲姊兒摸了一下後腦勺撞到的位置，一手的血，忍不住又尖叫了起來。

這一叫，把前院的長輩跟爺兒們都叫了過來。

榮海珠跟榮明珠瞧見七妹昏迷不醒的模樣心中咯噔了一下，慌忙奔過去，喊了兩聲寶珠，哪想到寶珠應都不應，只閉著眼。

榮海珠脾氣急，不管雲姊兒還傷著，一把抓起了她的衣領。「妳把我們家寶珠妹妹怎麼了？」

雲姊兒只顧著尖叫，榮海珠氣到不行，榮明珠慌張道：「快別吵了，趕緊把寶珠扶進去。」

長輩們瞧見院裡的情況全都嚇了一跳，榮琅臉色一沈，大步走過去抱起寶珠焦急地回了房。

岑氏臉色大變，這會兒也顧不上其他，只臉色發白地吩咐小丫鬟先去找大夫來，看也不看地上尖叫連連的雲姊兒。

榮家人都跟了進去，只留下老太太那邊的人目瞪口呆地站在外面，還是老太太先回了神，抱著地上的雲姊兒大哭起來。「我可憐的雲姊兒啊，這是怎麼回事啊。」

旁邊有個老太太看不下去，喝斥道：「大嫂，瞧瞧妳都幹了什麼好事，別再嚎了，這七姑娘要是有個什麼好歹，咱們可都不用活了！」

堂祖母回了神，抱著雲姊兒罵道：「妳這死妮子，到底怎麼回事？妳好好的跟那寶珠動手做什麼？」

這一眼看過去，兩人都倒在地上，雲姊兒的頭還破了，肯定是以為兩個小姑娘打架了。

雲姊兒哭道：「外祖母，我也不曉得是怎麼回事，寶珠突然朝我栽了過來，我頭都被撞破了……」

榮家人進屋時，榮琅已經把寶珠放在床榻上，眾人臉色都有些不好，都還以為是寶珠被欺負了。

岑氏問了榮明珠和榮海珠是怎麼回事，兩人當時雖然站得遠，可都有注意著寶珠那邊的情況，兩人並無爭吵，寶珠是突然直愣愣朝著雲姊兒倒下去的。

岑氏聽完，心裡反而更沈了，瞧著床頭如同睡著般的女兒都快心疼死了，覺得為何這小女兒會有這麼多的磨難。

榮四老爺扶住搖搖欲墜的岑氏，饒是心裡再害怕仍安慰道：「別怕，寶珠不會有事的，咱們寶珠肯定是有大福的人。」

榮家人都沈默著，狄氏實在擔心得很，出去跟那些親戚們說了幾句就讓他們離開，走的時候更是直言說寶珠不舒服，不希望有人再上門打擾。

那些老太太們怕狄氏把這事怪到他們頭上，慌慌張張地離開了。

大夫很快就來了，替寶珠把了脈，捋了捋花白的鬍子。「怪哉，怪哉，這脈象平穩有力，不該如此的，為何會昏迷不醒？」

「大夫，我家寶珠到底是怎麼回事？」岑氏這會兒也急了。「之前都還好好的，怎麼就突然昏過去了？」

大夫嘆氣。「太太，說實話，我也不大清楚，姑娘脈象很沈穩，身子很健康，也沒有中毒的跡象，可為何會如此我真說不上來，老朽無能無力，太太不妨還是回了京城再找大夫瞧瞧吧。」

岑氏懵了，大夫搖頭離開。

狄氏當機立斷，也不打算再歇下去，立刻啟程回京。

老祖宗很擔心寶珠，讓岑氏他們趕緊帶著寶珠回京，由狄氏陪著老祖宗坐牛車回去。

不到一個時辰丫鬟們全部收拾妥當，岑氏抱著榮寶珠上了馬車，一路朝著京城而去。

榮海珠和榮明珠跟著岑氏一塊兒坐在馬車上，兩個姊姊很是擔憂，榮海珠更是懊惱，哭道：「要是我守著寶珠就好了，興許她就不會出事了。」

「不關妳的事。」岑氏疲憊地道。「也不是那雲姊兒的原因，我瞧著寶珠的情況和正月十五落湖後的情況有些相似；身體沒什麼大礙，足足唸了三天的經文才醒過來，那大師曾經說過寶珠三魂中的命魂有些不穩，最好送去尼姑庵裡靜養一段日子，我那時捨不得寶珠，卻不想……」

岑氏真是後悔極了。

榮明珠勸道：「娘，您也別自責，回去後我們請大夫瞧瞧，若實在不成，再請平安寺的大師來唸經，寶珠不會有事的。」

岑氏攥拳，心裡卻是害怕得厲害。

兩天後趕路回到了京城，卻未料回去的時候城門已快要關了，因為還有一段距離，看著城門就要關上，一想到還昏迷不醒的女兒，岑氏絕望了。

另外一輛馬車上的榮琅哪能眼睜睜地看著城門關閉，直接下了馬車朝著城門揮手，奈何守城的士兵只當沒看見。

就在城門即將關上時，忽地停住了，留下能夠通行一輛馬車的小道。

榮家人鬆了口氣，快馬加鞭趕了過去，一進城門，榮大老爺跟守門的士兵道了謝。

士兵慌忙擺手。「國公爺要謝就謝蜀王吧，蜀王也是方才回城，要不是蜀王跟我們說，我們還沒認出國公爺呢。」

榮大老爺又道了聲謝，看了眼前面已經駛遠的馬車。

一行人很快回府，等把榮寶珠安置下來後，岑氏立刻讓人去請大夫。生子完已回到榮府伺候的妙玉得知七姑娘昏迷不醒的消息時嚇得臉都白了。
大夫來後得出的結論跟石榴鎮的差不多，脈象沈穩，身子無大礙，至於為何昏迷不醒，恐不是醫術能解決的範圍了。
因天色太暗，這會兒不能出城，岑氏只能等到明日一早再去平安寺請人。
趙宸出城辦事，進城時天色已經暗了下來，城門差不多就要關了，眼看著城門快要關上的時候，後面似乎響起了呼喊聲，他回頭看了一眼，瞧見竟是榮家四少爺，不由得挑了挑眉。
他知道榮家人回老家祭祖去，不過他們趕回得也太急了點。盯著榮琅看了一會兒，趙宸看出他真的很焦急，這才讓守城的士兵緩一緩，等他們進城再說。
回宮裡後，趙宸發現自己的心思還在榮家人身上。沐浴完，換上了綢軟的袍衫，趙宸終於還是沒忍住，喚來了子騫。「你去打探打探榮家出了什麼事情。」
子騫沒多說話，看了自家主子一眼才出去，或許連主子自己也不知他對榮家那小姑娘有多關心吧，既然是關心著，當初為何要把救人的功勞讓給那盛家小子？若非如此，如今與榮家小姑娘訂親的人就是主子了。

不知主子後悔了沒，子騫忍不住在心底嘆了口氣。

他自幼就跟在主子身邊，只比主子大三、四歲，因從小一起長大，也算是瞭解主子的性格，至少這十幾年來，沒看主子對哪位姑娘如此關心，也不知到底是好事還是壞事。

子騫第二天就把榮家的事情打探清楚，回來跟趙宸報告。「榮家在老家祭祖後，榮家七姑娘突然陷入昏迷，請了大夫也是無用，已經去平安寺請了大師，說可能是中邪了。」

中邪？趙宸蹙了下眉，他記得正月的時候這小姑娘也昏迷了三日，那時也許是因為落水受了驚嚇，找大師唸了三日的經文才醒過來。子騫收集的情報裡並沒有其他，那麼這次昏迷的原因是什麼？

趙宸靠在籐椅上坐了會兒，覺得自己有些多管閒事了，閉上眼睛，眼下有淡淡的陰影。過了會兒，他又睜開眼，自嘲一笑，喚了子騫進來。「你去查查榮七是怎麼回事，怕是被人下了咒，查查是誰動的手。」

子騫點頭退下。

榮家人這幾日一個個焦心不已，他們已經請了妙真大師來唸經，幾日過去，榮寶珠完全沒有醒來的跡象，岑氏夜以繼日地守在女兒的床邊，只盼著她能早點醒過來。

大夫讓岑氏每天記得幫榮寶珠按揉身子，活動一下筋骨。這幾日岑氏會給寶珠餵食流質食物，說也奇怪，餵進去的食物寶珠都吞嚥下去了，但人還是沒清醒。

這幾日榮寶珠就跟睡著了一樣，面色平和紅潤，越是如此，岑氏越是難受。

妙真大師已經唸了七日的佛經，這日佛經唸完後，妙真大師道：「施主，小施主只怕是被人下了定魂咒，這咒不會傷人性命，只會讓人昏睡，需小施主用過的東西才能下咒。又因小施主三魂中的命魂極其不穩，這才如此輕易中了咒。老衲如今不敢肯定能幫小施主解咒，只能盡力，若是玄空師父在便簡單多了。」

玄空即是那曾經給榮寶珠玉簡的得道高僧，如今在外雲遊，已經數年沒出現過了。

岑氏急了，腦子都有點空。「誰……誰會對我們寶珠下這種東西？」又急忙問道：「除此之外沒有別的法子了嗎？」

妙真頓了下。「除非下咒之物毀掉或下咒者死去。」

岑氏閉眼，腦中一團混亂，既必須是寶珠用過的物品才能被下咒，可見是寶珠身邊有丫鬟被收買了，不一定是內院的丫鬟，也可能是外院的人。那幾日剛好榮家人都去了石榴鎮，府中看管恐怕不嚴。下咒只需寶珠用過的物品，就算是不要的舊衣物也可行……不管如何，這人她一定要查出來。

過了一會兒，又聽見妙真道：「施主，老衲上次說過，小施主三魂中的命魂極不穩，最好能夠在庵裡修身養性一段日子。」

岑氏疲憊地道：「若是寶珠能夠醒來，我自會送她去庵裡修養一段日子。」

若寶珠真能醒來，似乎不去都不成了，上次她只想著尼姑庵裡清冷，又只能食素，身邊連個伺候的人都沒有，怕寶珠吃不住這個苦頭，如今看來，性命才是最重要的。

趙宸給子騫的任務並不好解決，大半個月後才查了出來。

「殿下，是長安公主所為。公主喜歡盛家那小子，不滿榮七姑娘與盛名川訂親，便找人買通了榮七姑娘外院的一個丫鬟，取了榮七姑娘曾經用過的物品找人下了定魂咒，這咒不會傷人性命，只會讓人沈睡不醒，大概是想攪和了榮七姑娘和盛名川的親事。」

趙宸此刻坐在紫檀木太師椅上，聽了子騫的話皺了下眉頭，手指無意識地敲了敲太師椅背，俊美的面容下一刻又恢復了淡漠。「那人呢？」

子騫知道他問的是下咒的僧人，回道：「那僧人並不在宮中，已派人去查了。」

「尋到後直接殺了吧，既參與了這等陰私之事，活著也是無用。」

子騫遲疑了下。「那……長安公主？」

趙宸笑了笑，子騫一怔，正覺得自家主子像是氣極而笑時，就聽見主子的聲音道：「先不動她，咱們如今怎麼動得了她？先留著吧。」

子騫又問：「那皇后肚子裡的孩子……殿下，難道咱們要眼睜睜看著皇后弄出一個小皇子？」

趙宸唔了一聲，蹙眉想了下。「不管她就是了，等孩子弄出來自有她好受的。想混淆皇室血脈沒那麼容易，皇上知道後也不會輕饒了她，不必我們出手。若是現在動手豈不是便宜了她？」

子騫一想，可不是，就算現在讓皇上知道這事，孩子到底是沒出來，怒氣也只是一時的，被皇后辯解幾句指不定就沒事了。若是讓皇上把那孩子養上幾年，再得知那竟不是他的孩子，而是皇后當初魚目混珠找來的孩子，只怕皇上連殺了皇后的心都有了。

子騫想著宮中如今的局面，到底忍不住在心底嘆息了一聲，這都好幾年了，風華師傅一直在宮裡安排人，饒是如此，也不過是在幾個妃子、公主和太子身邊安插了眼線，這些眼線都被自己主子信任著。可太后跟皇上身邊就難了些，安插的眼線根本近不了兩人身邊，得到的消息也都有限。

這兩人生性多疑，親信都是身邊的老人，真不愧是親生母子。

子騫正想著以後該如何，冷不防聽見自家主子問道：「那榮家七姑娘眼下如何了？」

子騫回道：「如今還是昏迷不醒，不過其他的一切都好。」

趙宸沈默不語。

到了大年夜那天，榮寶珠還是沒能醒來，妙真大師已經在榮府住了一個月，榮家人很是擔心寶珠，卻不能隨意探望她。這是妙真大師的意思，因寶珠本身命魂就不穩，來的人多了，對她是會有影響的。

就連盛名川自榮寶珠出事後也只看過她兩次，瞧著瘦了一大圈的盛名川，岑氏心疼道：

「你別為寶珠擔心，她如今都還好，就是昏迷不醒，再過兩個月你就要春闈了，若是因此耽誤了，我心裡如何過意得去。」

榮寶珠出事的消息岑氏原本是不打算告訴盛名川的，可榮家兄弟和姑娘們的憔悴他看在眼中，又連著幾日沒見到寶珠，心知出了事情，便在寶珠院外等了整整一天，岑氏看不過才把他叫進去，說出事情始末。

盛名川如何能不擔心，岑氏勸說了他好幾回讓他好好看書，不要再來看寶珠了，他就是不聽。就算見不到寶珠，他依舊每天都過來，站在院子裡待一會兒才回去。

盛名川的失意和消瘦被盛家人看在眼中。這日盛名川從榮府回去後天色已經大暗，忠義伯夫人心疼到不行，讓丫鬟去準備了宵夜，自個兒拉著盛名川坐下，用帕子拭了下眼角，心疼道：「川兒，今兒是除夕，你不陪著家人我不說什麼，可你也不能這樣糟蹋自個兒的身子啊，這些日子你吃得太少了，還日日去榮府，若是累著了，你如何去參加春闈？」

「娘，我無礙，寶珠還沒醒，我如何安心得了。」盛名川心裡亂得厲害。

忠義伯夫人有些急了。「怎麼無礙了，你若是如此，兩個月後的春闈你打算怎麼辦？萬一寶珠到時候還不醒，你莫不是連春闈都不參加了？萬一……萬一寶珠以後……」

「娘！」忠義伯夫人的話還未說完已被盛名川打斷，他的眉頭皺得緊緊的。「不會有萬一的，寶珠一定會醒過來，就算醒不過來，我也會迎娶她進門，我只會娶她為妻！」

忠義伯夫人愣在原地，過了會兒捂著臉哭了起來。「孽子，孽子，你要氣死娘才甘心啊，我到底是做了什麼孽，怎麼會攤上你這麼一個孽子！」

盛名川疲憊地靠在太師椅上，聽著他娘在耳邊嘮叨著：「先前正月的時候寶珠的身子被水泡過，那麼冷的天兒，她的身子怎麼會沒事，以後能不能懷上都成問題。說到底人是你救下的，我也讓你們訂了親，可如今不到一年她就昏迷了，這身子……這身子可不是拖累了你……」

忠義伯夫人饒是心裡喜歡寶珠，這會兒也心生不滿，覺得榮府不會做事，你家女兒的身子虛弱，為何還要同意這門親事。現今自己的兒子更是被寶珠害得生不如死，怕是連春闈都要給耽誤了。

盛名川起身一甩袖。「娘，我睏了，去休息了，您也早些歇了吧！」說罷，頭也不回地回了房。

忠義伯夫人抬頭哭道：「你還沒吃東西呢，這可如何是好，這可如何是好啊。」

榮家這個年過得並不好，全府上下都死氣沈沈的。

連宮裡的太后跟皇上也知道榮寶珠臥病在床，還宣了御醫到榮府給寶珠診脈，得出的結論也差不多，那御醫看到平安寺的妙真大師在此，心裡知曉是怎麼回事，就回去通報了。

太后哦了一聲，跟皇上道：「這榮家七姑娘可真是命運多舛，三歲才清醒，如今又中了邪，真是夠倒楣的。」

皇上點頭。「雖長了一副花容月貌，奈何命太薄了些。」

太后不再多話，今兒是家宴，宮裡的妃子、公主、太子和蜀王都在，高陽公主跟福壽長公主也都到了。

高陽公主有些心不在焉，這些日子她去看過寶珠幾次，瞧她靜靜躺在床上，她心裡就難受得厲害，這幾個月也消瘦了不少，還讓娘親幫著請了不少高僧，奈何完全喚不醒寶珠。

長安公主懷著心事，這事是她做的，她所求只不過是讓盛榮兩家退親，她相信沒有哪家婆婆會喜歡自己的兒媳婦是個病秧子或者是個命魂不穩的人。她沒想過要害寶珠性命，只要兩家退親，她會保寶珠平平安安的，可若是不退親，她就只能讓寶珠繼續昏迷下去。

在心底唸了句佛號，長安公主又轉頭去看皇后的肚子，神色暗了暗，猶豫著要不要讓母后的肚子消了，這事她不願再繼續下去。

宴會散了後，皇后跟長安公主回到寢宮，屏退了身邊的宮女，長安公主把心裡的想法說出來。「母后，我始終覺得這事不穩當，若是被父皇發現，母后就完了，不如趁現在還未生下來，佯裝小產算了。」

皇后裝了七、八個月的孕婦，這會兒怎麼肯放棄。

「宮外已經找好了人家，只等著本宮生產那日就把孩子送進宮裡來，如今妳倒是不同意了？長安，妳莫不是想等太子登基剷除我們？這些年本宮跟德妃鬥得有多狠妳不知？若真是讓太子登基，咱們就只有死路一條了！」

長安公主急道：「母后，就算太子登基，妳也是太后，她不過是太妃，如何鬥得過您？再者，還有太后為您撐腰，您怕什麼！」

皇后不聽，喚了宮女進來，跟長安公主道：「此時不必多說，本宮心意已決。好了，本宮睏了，妳們送公主回她的寢宮吧。」

長安公主挫敗地跟著宮女離開。

第二十章

過了正月十五，岑氏整個人消瘦得嚇人，臉頰都凹陷下去了。

這日妙真誦完經後離開，岑氏就坐在寶珠床頭，握住她的手，柔聲道：「娘的乖女兒，妳快快醒來好不好，妳這樣叫娘心裡可怎麼過，妳都昏睡快兩個月了，娘心裡好難受……」岑氏看著床上面容平靜，臉色紅潤的女兒，再也忍不住，捂著臉哭了起來。

「娘……」

岑氏一怔，以為是幻覺，直到又一聲娘傳來，岑氏猛地看向床頭的榮寶珠，那清澈的雙眼直直地撞進岑氏的眼中，岑氏撲了過去，一把抱起寶珠，眼淚流了一臉。

「妳這孩子……妳這孩子，嗚嗚嗚嗚……」岑氏再也說不下去，放聲大哭了起來。

哭聲驚起外頭榮家四房的人，榮四老爺、榮琅、江懷青、榮明珠和榮海珠都奔了進來，瞧見床上的榮寶珠醒來，眾人喜極而泣。

還是榮四老爺清醒些，立刻去找了妙真大師過來，又讓小丫鬟去請了大夫。

妙真大師進房一瞧見榮寶珠醒來，雙手合十，道了句佛號才道：「小施主終於醒來了。」

榮寶珠這會兒還沒回神，一醒來就在自己的閨房裡，家人們淚眼汪汪地看著她，還有個得道高僧，這是怎麼回事？

榮寶珠疑惑的目光落在岑氏臉上，當下心中一緊，捧起岑氏的臉。「娘……娘，您怎麼瘦成這個模樣？這到底怎麼回事？」

她以為自己只睡了一覺，如今看來並不是。

岑氏這會兒也沒空閒回寶珠的話，上前對妙真大師福了福身子，擦了擦淚道：「大師，您瞧瞧寶珠眼下如何了。」

妙真大師彎下身，上前掀開榮寶珠的眼皮看了一眼，這才露出笑意來。「施主還請放心，小施主已無礙，那定魂咒已經解除，似是下咒之人已身亡。」說著唸了句長長的佛號。

榮寶珠面露驚愕之色，定魂咒，那是什麼？如此說來她並不是睡著，而是中了定魂咒而昏睡過去？她作為重生之人，手中因高僧給的玉簡而有了神奇的瓊漿，這些神奇的事情都能發生，其他的也不奇怪了。

可是，到底是誰會對她下咒？她身上並無不適的感覺，只身子有些痠軟，像是躺得太久的後遺症，顯然這人沒打算要她的命。

岑氏跟榮家人喜極而泣，岑氏激動地跟妙真大師道了謝。

妙真大師雙掌合十，笑道：「善哉善哉，小施主能康復是因小施主的善緣，與老衲無關。如今小施主已醒，盼施主能夠聽進老衲的勸言，小施主命魂依舊不穩，要妥善處理。」

岑氏點頭。「大師的話我記下了，待寶珠身子好些就送她過去。」

妙真大師點頭，這才離開了。

榮寶珠這會兒還沒回神，那高僧方才說她什麼？命魂不穩？不過自己重生而來，命魂不穩怕也是正常的。

屋子裡圍著一群人，岑氏想起大師的話，怕屋裡人多對寶珠不好，便讓其他人先出去，自己把這段時間發生的事情跟寶珠說了一遍，又道：「那拿了妳舊衣裳的人已經找到了，是外院的一個小丫鬟，不過可惜她不知道是誰指使的……真是個蠢的！」岑氏狠狠地罵了句，把榮寶珠摟進懷中。「我可憐的寶珠，如今妳命魂不穩，妙真大師說最好送妳去尼姑庵裡靜養一段日子，吃齋唸佛方可穩固妳的命魂。」

一想到小女兒要一人去尼姑庵中待上一段日子，岑氏心裡就難受。

不只岑氏心裡難受，寶珠心裡亦然，不是怕，而是沒想到自己的命魂如此不穩，竟到了要去尼姑庵修行的地步，看來重活一世並不是沒有代價的。

瞧著娘失落消瘦的樣子，榮寶珠心裡難受得厲害，伸手握住岑氏乾枯的大手。「娘，您別擔心，去尼姑庵修養一段日子是好事。您不要怕我會吃苦，吃不著苦頭的，每日不過是吃齋唸經，我在家還幫老祖宗種過菜呢，娘，您就放心吧。」

岑氏將女兒柔軟的小手貼在臉頰上，心中發苦。

不多時，大夫過來了，替榮寶珠把過脈，並無任何問題，就是這些日子吃流質食物多了些，身上會有些無力，這幾日最好多進進補。

榮寶珠醒來的消息很快在榮府傳開，連京城裡的人都知道了。京城裡的人就是如此，哪家有什麼新鮮事兒就會被傳好一段日子。

榮寶珠的幾個好友自然都過來看她，盛名川也來了。

瞧見盛名川，榮寶珠發現他瘦了不少，有些心酸，叫了聲盛大哥。

盛名川沒有避嫌，他擔心了兩個月，寶珠終於醒了，自然而然地拉住她的手，溫聲笑道：「妳終於醒了。」

到底是有外人在，榮寶珠下意識地想縮手，盛名川卻不許，緊緊地握住，若是沒有外人在，他甚至想要擁她入懷。

高陽公主在一旁笑瞇了眼。「盛大哥總算能鬆了口氣，這些日子盛大哥跟我們都快擔心死了，幸好妳醒了。外人都說妳是中邪了，寶珠，到底是怎麼回事？」

榮寶珠沒瞞著。「大概真的是中邪了，妙真大師說我三魂中的命魂不穩，這樣極易中邪，最好去尼姑庵修行一段日子。」

「啊！」高陽公主張大了嘴巴，隨後皺眉。「那妳一個人可怎麼辦？」

對高陽公主來說尼姑庵比任何地方都可怕，吃齋唸佛，被困在尼姑庵裡，她想想都有些受不住。

榮寶珠把手從盛名川手中抽出，拍了拍高陽公主的手。「這對我來說不是難事，就是以後不能見你們，也不知到底要在尼姑庵裡待多長的時間。」

晚上的時候，榮家留了寶珠這些朋友在家中用晚膳。

等人離開後，盛名川拉著榮寶珠在院中的石凳上坐下。「寶珠，幸好妳醒了。」

這兩個月對他來說簡直是折磨，他甚至不敢想像要是沒了寶珠他該怎麼辦，他覺得自己一定會活不下去。

榮寶珠有點臉紅，細聲細語地道：「盛大哥，這些日子讓你擔心了，對不起。」

盛名川碰了碰她的臉頰。「只要妳醒了就好。」

榮寶珠瞧著盛大哥消瘦的臉龐心裡到底是過意不去，怕他這些日子累垮身子，連累了春闈，於是讓妙玉去搬了兩罈果酒過來。

榮寶珠笑道：「盛大哥，這是去年曾給你的果酒，我記得你說喜歡喝，這裡還有幾罈，這兩罈你抱回去喝。」

盛名川的確很喜歡這種果酒，覺得喝了這酒身上都有勁些，也不客氣，大方地收下了。

兩人在院子裡說了一會兒話，盛名川怕凍著榮寶珠才依依不捨地離開。

回去後，忠義伯夫人有心想說兩句，但瞧見自家兒子的模樣，又有些不忍，只能在心底嘆了口氣。她原本還很喜歡寶珠的，如今看來可真不是良配，她這兒子對寶珠太上心了，不是什麼好事，就怕他上心了，人家姑娘卻沒那麼上心，以後傷的是兒子的心吶。

由於榮寶珠才醒來，身子有點虛，岑氏打算先替她進補半個月再送她去尼姑庵，且安排好尼姑庵也需要一段日子。

這正如榮寶珠的意，家人最近因為擔心她都瘦了不少，她也想用瓊漿替他們補補身子。

如此養了十天，榮寶珠的身子強健許多，做什麼都有勁。這日榮寶珠想出去逛逛，岑氏答應了，她便帶上妙玉出府。

妙玉知道自家小主子之後要去尼姑庵，原本想跟著一塊兒去，無奈寶珠不願，說她是去修行的，又不是去享福的，帶著丫鬟像什麼話。

坐在馬車上，妙玉笑道：「姑娘，您想去哪逛逛？您過些日子要去庵裡，不如去挑選一些素色的布，好回去給您趕製幾身素色的衣物出來。」

其實這些事都有人操辦，妙玉看著寶珠呆呆地坐在馬車裡，顯然沒有逛街的打算，說想出來只是個藉口了。

榮寶珠回過神，捏了捏荷包裡的東西，笑道：「我們去當鋪吧，我有點事。」

妙玉點頭，跟前面的車夫說了聲，馬車就轉頭去當鋪。

很快找到一間當鋪後，榮寶珠下了馬車，不讓妙玉跟去。「我進去一下，妳就不用跟著進去了，我待會兒就出來。」

妙玉遲疑了下，還是點了點頭。

榮寶珠進了當鋪，很快就出來了，手中攥著一疊銀票，這會兒腦子還懵懵的，她沒想到那黑色玉珮會這麼值錢。她想著自己要去庵裡，蜀王當初給的玉珮自然不能留著，還給蜀王，蜀王又不要，丟掉也太浪費了，便想說當掉後，拿些銀子捐給廟裡或者捐給一些窮苦人家，哪想到這玉珮竟這麼值錢。

握著手中的一萬兩銀票，榮寶珠有些不知所措了起來，最後到底是一咬牙把當票撕掉扔了，將銀票塞進了衣襟中。

京城有一個衙門，專門接受各種賑災的糧食、衣物和銀票。眼下還算太平，這些東西一時半會兒或許用不上，可這天災人禍難測，指不定哪時候就派上用場了。

榮寶珠暫時沒打算把這一萬兩銀票給捐了，那衙門油水大得很，一萬兩銀票捐出去用在災民身上的能有十兩銀子就不錯。她打算把銀票先留著，日後有什麼災難，施粥贈糧就是了，絕對比捐給那衙門好。

回府後，榮寶珠將銀票壓在箱底，岑氏這些年給她的東西太多了，估計連岑氏自己都不記得，自然也不知道榮寶珠的小金庫有多少。

轉眼又過了十日，岑氏把寶珠需要的東西都打點好，連尼姑庵也安排好了，那尼姑庵名普渡庵，距離京城有兩百里的路程，坐馬車需要三、四日的時間，快馬加鞭則只需一日就能到了。

普渡庵算是比較出名的尼姑庵，曾經有兩位公主和太后住過，雖說是前朝的人物，卻也不會影響它的名聲。許多出家女子都會選普渡庵，不過庵裡並不是什麼人都收，榮家把榮寶珠送過去也花了不少功夫。

翌日一早，榮寶珠坐馬車前往普渡庵，高陽公主、盛名川都來送她。盛名川原本是想送她入庵，可榮寶珠覺得這樣實在不妥，就沒同意。

榮家對外只稱榮寶珠身子不好，要在家靜養，因此並沒有太多人知曉她去了普渡庵。

馬車晃了三、四日終於到了普渡庵，早有人在山下接她。普渡庵位於山半腰，從山下看去仙氣繚繞，不似人間。

那迎接榮寶珠的人是個小尼姑，看起來年紀不大，和她差不多。

小尼姑瞧見寶珠愣是呆了好一會兒，還摸了摸自己的臉蛋，這才上前雙手合十，唸了句佛號。「敢問小施主可是榮氏寶珠？小尼是普渡庵的人，特奉師太之命下來接小施主。」

榮寶珠跟著小尼姑上了半山腰，小尼姑還有點氣喘吁吁，榮寶珠體力不錯，臉色都沒怎麼變。小尼姑羨慕地看了她一眼，這小姑娘不僅長得漂亮，連身子都比她好，走這麼久竟都不顯疲倦。

榮寶珠知道這小尼姑叫元夢，是師太撿來的孩子，庵裡還有好幾個同樣被撿來的小姑娘，年紀最大的十三、四歲，最小的才四、五歲的模樣，除了師太元空，還有不少尼姑。元夢一路嘰嘰喳喳地全部告訴了她。

進了尼姑庵後，元夢帶著榮寶珠來到她的住處，是座單獨的小院子，正房一間，廂房一間，還有一間雜物房和小廚房。

元夢帶著榮寶珠進去後笑咪咪地道：「寶珠，以後妳就住在這裡，我住妳隔壁的院裡，妳的院子都收拾乾淨了，有什麼需要妳跟我說就是了，師太現在在唸經，怕是要等到下午才能見妳。」

榮寶珠點頭，元夢又交代了幾句才出去。

她看這房間很是樸素，只有一張床、一張桌子、一個豎著的大櫃子和幾把小凳子。房間裡頭很乾淨整潔，榮寶珠環視一圈後，順便把帶來的東西整理了一下。

這次來普渡庵，榮寶珠並不知道要待多久，不過庵裡肯定什麼東西都有，她就帶了幾套素色的衣物跟一些日常用品。

東西很快收拾好了，榮寶珠坐在床榻上發呆，一時還有點難以置信她已經在尼姑庵裡了。

晌午的時候，元夢過來找她去吃午膳，都是素菜素湯，榮寶珠之前在家，岑氏給她弄了不少湯湯水水，如今倒不覺得膳食寡味。

幾個尼姑們說著話就聊到了師太身上，小尼姑們顯然對師太很是崇拜尊敬，在聽到師太還會醫術，甚是厲害的時候，榮寶珠心中一動。

下午的時候元空師太就面見了寶珠，元空師太是個很嚴肅的人，不苟言笑，只跟她說了幾句話，告訴她以後每天上午跟著她唸經、抄寫經書，下午跟著其他小尼姑們學習，說罷又問了句寶珠還想學些什麼。

榮寶珠撲通一聲跪了下來。「寶珠還想跟著師太學習醫術，求師太成全。」

元空並不意外，只淡聲道：「既然如此，以後下午妳抽出一個時辰來找我，我會教妳的。」

榮寶珠歡喜道謝，從師太改口成師父。

翌日一早，榮寶珠跟著小尼姑們用了早膳，然後去找師太，跟著她一塊兒唸經書、抄寫經書。榮寶珠第一次做這些事情，速度自然很慢，到下午的時候，一卷經書還未抄寫完畢，師太便讓她去用膳。

晌午休息半個時辰，她再過去找元空師太，師太開始教她醫術，每天一個時辰學習完後，榮寶珠會繼續抄寫經書。

之後的日子也都如此，一個月後，她唸經、抄寫經書的速度就快了許多，上午就能全部完成，下午則跟著元空師太學習醫術，不知是不是她在這方面有天分，榮寶珠覺得學醫術要比平日她做的功課還簡單一些。

榮寶珠雖然不是聰明的人，卻很努力，就算下午從師太的房間回去後也會繼續看醫書。

平日裡幾個小尼姑也都會過來找她玩，後來元夢還忍不住跟她嘮叨，說她怎麼每天這麼辛苦。

偶爾，榮寶珠也會跟著幾個小尼姑一起去後山玩，甚至這一個月中還偷偷地跟著她們吃了兩回烤雞。回師太處的時候，師太只淡淡看了她一眼，榮寶珠總覺得有被看穿的感覺。

轉眼就到了桃花盛開的三月，寺廟後山有一大片桃花林，這時桃花正豔，榮寶珠有時會跟著幾個小尼姑一起去那裡玩。

等到桃樹的果子開始成熟的時候，榮寶珠的醫術已經小有進步了。

這幾個月，榮家四房的人有來看過她，岑氏還帶了一個好消息給她，榮琅跟盛名川在春闈分別奪了第一和第二，最後在殿試被皇上欽點成狀元和榜眼。

榮寶珠心裡的大石落地，當初四哥跟盛大哥因為她昏睡的事情憔悴不已，她生怕兩人春闈會被耽擱到，幸好他們都高中了。

岑氏又告訴榮寶珠，兩人都進了翰林院，只怕以後沒時間過來看她。岑氏說著說著就忍不住流淚了，女兒雖然還是那個女兒，面色紅潤，可她就是心疼啊。

師太讓榮寶珠留了榮家四房的人在她的小院子裡用了午膳，岑氏拉著寶珠說了許多話，猶豫了下才道：「寶珠，元空師太可說過妳什麼時候可以下山？」

「還沒呢。」榮寶珠覺得在庵裡除了有點想念家人外，其他時候過得還是很愜意，庵裡的尼姑們人都很好，哪怕師太待她很冷淡，可她能感覺得出來師太對她的用心，且如今醫術她不過學了個皮毛，也不想離開。

岑氏也不多問，陪著榮寶珠用了膳，榮家四房的人就離開了。

光陰似箭，歲月如梭，轉眼已是三年後。

桂花飄香的季節，乾淨整潔的小院裡，一個約莫十四、五歲的姑娘捧著一個木盆，木盆裡放著幾件衣裳。那姑娘的五官很是靈動，僧帽下露出的頭髮烏黑發亮，哪怕身上穿著青灰色的長袍也掩蓋不住她玲瓏的身段。唯一可惜的就是姑娘的皮膚有些發黃，讓人忍不住想嘆息一聲。

姑娘出了院子，走了小半刻鐘，來到一小院前，進去把房檐下搭著的幾件衣裳取下放在木盆裡，正打算抱著木盆去漿洗的時候，房間裡傳來一道有些清冷的聲音。「寶珠，妳進來一下。」

這姑娘正是在普渡庵裡修身養性的榮寶珠。

榮寶珠應了一聲，把木盆放在外頭的木架上，推門而入，裡面傳來淡淡的焚香味。房間正中央擺著一個蒲團，上面跪著一名身穿青灰色長袍的尼姑，正是元空師太。

元空師太聽見房門響動的聲音便從蒲團上起身，瞧見走進來的榮寶珠時神色柔了幾分，再瞧見她發黃的皮膚後臉色又冷了下去。「妳怎麼又用藥草把皮膚給染黃了？」

「師父。」榮寶珠笑嘻嘻地上前，雙手挽住元空師太的手臂。「我是昨兒試那草藥的時候才染上的，今兒就打算去山中尋了草藥再把皮膚洗乾淨。」

元空有些無奈，原先這孩子才來的時候她還有些看輕她，覺得高門大戶出來修身養性的姑娘如何受得了庵裡清冷的日子。後來瞧她努力的樣子才慢慢喜歡上，且這孩子也真是努力極了，硬是用三年多的時間學會自己一身的醫術，甚至她製作出的解毒丸跟傷藥膏比她做出來的效果還要好。

元空忍不住在心底嘆息一聲。「好了，妳快些去尋了草藥回來把身上的東西洗了，我有事情跟妳說。」

榮寶珠明亮的笑容暗淡了幾分，似知道師父要跟她說什麼，便點了點頭，退了出去。她端起木架上的木盆去後山的小溪旁漿洗衣裳，除了元夢、元安，還有個一直跟榮寶珠不對盤的元青也在。

元青在榮寶珠之後進尼姑庵，身世並不清楚，只知道她是庵裡被另外一位師太元妙撿來的，撿回來的時候身上瘦得嚇人，就此被養在尼姑庵裡。

元青瞧見榮寶珠發黃的皮膚忍不住冷哼了一聲，榮寶珠今兒不想搭理她，她曉得師父待會兒怕是要跟她說下山的事情。

幾人洗好了衣裳，榮寶珠回去把衣裳晾起來，又去後山找草藥熬煮出水，將身上發黃的藥汁全部洗淨。

忙好後已經是晌午，榮寶珠過去元空師太的房裡。

元空師太已在房裡等著她，讓寶珠坐下後才道：「如今妳醫術也學得差不多了，我已沒什麼可教妳的，這三年多來妳的命魂穩定許多，不會再有大礙。我已讓人給榮家送了信，約莫這兩日他們就要過來接妳回去。」

榮寶珠緊緊攥著衣裳，有些想哭。

元空心裡也有些不好受，到底是出家人，比榮寶珠看得淡些，冷聲道：「好了，這兩日妳就不必過來了，等榮家人來，妳直接跟著他們回去就是。」

「是，師父。」榮寶珠哽咽著，硬是將眼淚逼回去。她起身來到元空面前，屈膝跪下，朝著元空磕了三個響頭。

兩天後，榮家人過來接榮寶珠回去，她臨走的時候跟幾個要好的小尼姑告別，元夢、元安都快哭了，榮寶珠也很不捨，告訴她們以後若是能下山，可以去榮府找她。

跟著岑氏離開的時候，榮寶珠沒有去跟元空師太告別，只在她的院前磕了三個頭，才忍著淚跟著家人一塊兒下山。

今兒榮家四房的人都來了，盛大哥因為有事要忙而來不了，不過這三年多中，盛大哥來看過她幾次，每次都只待短短半個時辰就走了。

三年多過去，榮府的大少奶奶又添了一個女兒，三少奶奶和四少奶奶皆生了個兒子。三姊榮平珠已經出嫁了，嫁的是忠武侯家的二少爺鄭良峪，雖然他愛玩了些，可如今性子收斂不少，在大理寺做寺副，對榮平珠挺好。

現今榮家還未成親的人剩下榮明珠、榮海珠、榮寶珠跟還在邊關的榮琤和榮灩珠。

四姊榮明珠已經十八，早些成親的話都該是孩子的娘，奈何她還是沒出嫁。說起這事，榮寶珠也挺無奈的。上輩子她的四姊夫是理國公家的嫡出長子，以後是要繼承爵位的，容貌很是無雙，長得好看，但四姊就是看不上。

這輩子四姊的事情和上輩子的軌跡一樣，理國公世子尹冀堯上門提了幾次親，都被岑氏拒了。岑氏本不想拒，是因四姊死活不同意，甚至還說岑氏要是答應了，她就去死。這大概是岑氏第一次見端莊的女兒這麼堅決。

這準四姊夫把他追求四姊的事情鬧得全京城的人都知道，其他人又怎麼敢上門提親？在這樣的情況下，外人都只道理國公世子有情有義，惋惜為何榮家四姑娘不肯答應親事，沒有傳出對兩人名聲不利的話來。

這事肯定是四姊夫做的，可見這四姊夫根本不是什麼老實人。偏這四姊夫臉皮厚得很，每天都登門拜訪，但四姊一次都不見。同為國公府，理國公世子也不好硬闖。

後來四姊還是嫁了，因為這四姊夫直接求到皇上跟前請求賜婚。皇上大概被他的真心感動，於是就賜婚了。

榮寶珠知道四姊為何討厭四姊夫，因為四姊說過兩人第一次見面的時候，那人輕薄過她。四姊這般端正的人，最厭惡的就是這樣不正經的人了。

後來榮寶珠知道了四姊夫對四姊是一見鍾情，儘管在她眼中一見鍾情簡直是件不可能的事，可四姊夫的確是一眼就喜歡上四姊，在追求四姊的時候就把家裡的兩個通房打發了，成親後更是對四姊好得要命。想起上輩子四姊夫對四姊的好，榮寶珠都有些忍不住想勸勸四姊了，到底還是忍了下去。

這會兒榮海珠已經把準四姊夫做的事全部告訴了寶珠，榮寶珠被驚得有點目瞪口呆。再看旁邊的四姊，已經是一臉冰霜了。

岑氏坐在旁邊不說話，有心想勸榮明珠兩句，可瞧著榮明珠的臉色又不敢了。

一路上，榮海珠把榮家現在的情況都告訴了寶珠。

榮海珠已經訂親了，定的是昭武將軍家的六少爺袁秈，也是榮琤的好友。他跟榮海珠也算是青梅竹馬，兩人小時候有些不對盤，沒想到長大後竟生了感情。

因為四姊沒成親，五姊自然不可能越過四姊，好在榮家和袁家兩家是舊識，兩個孩子感情也好，也不急在這一時半會兒的。

想到差不多十七的榮海珠，岑氏心裡嘔到不行，到底還是忍不住跟榮明珠道：「那理國公世子哪裡不好？我聽說他連房裡的兩個通房都給打發走了，妳還要如何？人家天天上門求見妳，這都半年多了，妳一次都沒見，他求親也求了十來次，妳全拒了，人家也不氣。我瞧他對妳是真心的，明珠，妳怎麼就這麼死心眼？」

榮明珠冷笑了下。「娘，我不肯嫁！」

氣得岑氏話都說不出來了。

三天後，榮家四房才回到了京城，榮寶珠看見闊別已久的京城，心底有點小激動。在尼姑庵裡的時候高陽公主也去看過她幾次，不過她終究是姑娘家，出行不便，如今兩人都已經半年多沒見過面了。

回到榮家時，幾房人都在門口迎接，榮寶珠看著這麼多親人，心裡暖洋洋的。她身邊的丫鬟也都在，不過有好幾人因為年紀到了，被岑氏放出去嫁人了。如今身邊的大丫鬟只有妙玉跟碧玉，二等丫鬟只有四個，年紀都跟她差不多，估摸著再過兩年也要放出去了。

晚上榮家擺了家宴，大家許久沒見到寶珠，一家人其樂融融地吃了晚飯。

天色暗了下去，榮寶珠回房，幾個丫鬟都已經在房裡等著了。

岑氏笑道：「如今妳身邊的丫鬟減了一半，明兒我找人買些丫鬟進來，調教後再送來妳房中。」

「娘，還是別了。」榮寶珠拉著岑氏坐下，頭輕輕靠在岑氏的懷中。「就她們幾個就成了，再說還有幾個三等丫鬟，外院的丫鬟也不少，實在用不著太多。」

岑氏撫摸女兒柔順的髮，柔聲道：「好，好，妳說如何就如何。」

母女倆說了會話，岑氏怕榮寶珠累著，讓丫鬟們好好伺候著就回去了。

妙玉跟碧玉伺候榮寶珠梳洗，隔壁淨房的白玉池裡已經注滿了熱水，還灑了寶珠喜歡的玫瑰花露，兩人伺候寶珠脫了衣裳，那一身白玉般的嫩膚看得兩個丫鬟直了眼，心裡都忍不住顫了顫，這樣的美景多看一眼都讓人覺得是褻瀆。

霧氣氤氳，榮寶珠白皙的皮膚透出淡淡的粉，越發襯得皮膚嬌嫩如玉。

榮寶珠下了浴池，舒舒服服地泡了個澡，又點了自製的安神香這才入睡。

一夜好眠，榮寶珠一早起來不用去上課，習慣性讀誦了一遍經書。

此時妙玉進來，通報高陽公主和盛家大少爺過來了。

榮寶珠讓丫鬟把兩人請了進來，高陽公主一進來就抱住寶珠，伸手在她臉蛋上捏了捏。

「妳這模樣越長越饞人了。」

榮寶珠跟她笑鬧了兩句，才看向盛名川。三年多的時間，他長高了，不見少年的稚嫩，身姿修長，美如冠玉。

盛名川只站在原地看著榮寶珠，嘴角噙著溫柔的笑意。

高陽公主知這幾年兩人甚少見面，跟寶珠說了句，就去找榮海珠了，只餘下兩人站在院子裡。

「盛大哥快坐吧。」榮寶珠在桂花樹下的石凳上坐下，讓丫鬟上了茶水。

盛名川坐下，目不轉睛地看著榮寶珠，這三年他在翰林院中每日都是早出晚歸，只有休沐的時候才能去看她，基本上都是去見上一面就要趕回來了。

榮寶珠被看得有點不好意思，把茶水推到他面前。「盛大哥，喝茶吧，這是你喜歡喝的雲霧茶。」雲霧茶味濃，很難想像盛大哥這麼一個清雅的人會喜歡這種濃郁的茶。

盛名川握住榮寶珠的手，毫不掩飾自己對她的思念。

榮寶珠有些不習慣，把手掙脫了出來。「盛大哥，快喝茶吧。」

盛名川也不強求，端了茶水飲了一口。

兩人的話漸漸多了起來，榮寶珠把在庵裡的一些趣事說給盛大哥聽，又告訴他自己跟著師父學了醫術。

晌午的時候，榮家四房擺宴，高陽公主和盛名川都留了下來。

坐下後，岑氏心中歡喜得很，告訴大家一個好消息。「阿琤要回來了，今兒收到他的家書，估摸著下個月就能到家了。」

岑氏頓了頓。「下個月灩珠也要回來，老祖宗已經同意了。」

當初的事情是榮二老爺做的，他們根本不可能把事情遷怒到榮灩珠頭上，且這六姊是聰明人，在邊關三年多的時間，每隔一個月，老祖宗跟狄氏就會收到她的信，上面寫著她對她們的掛念，岑氏不覺得那丫頭是真的思念這邊的長輩，純是為了今日回來做準備。

不過老祖宗都同意了，岑氏也不好說什麼。

榮寶珠只留意前面的話，心中一緊，五哥下個月就要回來，只盼著五哥的事情莫要重蹈覆轍好。

榮寶珠心裡多了點事，就有點心不在焉的。

正吃著，外面的丫鬟進來通報，說是理國公世子求見。

榮寶珠終於回神，去看四姊的臉色，果然剛才還一臉溫柔的四姊立刻變得一臉冰霜和不耐。「推了，推了，這都多少次了，不是跟妳說過，只要他來一律不許進來通報，直接讓他走人就是！」

小丫鬟瑟瑟發抖，心裡委屈得厲害，人家是理國公世子，她沒那個膽子啊。

「好了，好了，四姊不氣。」榮寶珠做和事佬，心裡覺得四姊夫真是太淒慘了。

小丫鬟退了出去，還要去跟大門口面帶微笑的理國公世子解釋一番。「世子，真是對不起，我家四姑娘有些不舒服，不能見客。」

尹冀堯也不氣惱，只把手中一個四四方方兩個巴掌大的錦盒跟一個只有拳頭大小的錦盒交給了小丫鬟。「聽聞府中七姑娘回府，這是送給七姑娘的禮物。」又指了指那拳頭大小的小錦盒。「這個是給四姑娘的，務必要交到四姑娘手中。」

小丫鬟捧著兩個錦盒朝回走，臉頰有些燙，心裡撲通撲通跳得厲害，這會兒都還沒回過神來。小丫鬟特別不解，理國公世子這麼謙和的一個人，四姑娘為何不喜歡？世子這半年來可是天天風雨無阻地上門拜訪，甚至每天都會送四姑娘一份禮物，這般好的男兒，四姑娘怎麼就不喜歡呢？真是怪哉。

一想到溫和端莊的四姑娘提起理國公世子就翻臉不認人，小丫鬟縮了縮腦袋，為難地看了一眼手中的兩個錦盒，大的是世子送給剛回府的七姑娘，小的是世子送給四姑娘的……丫鬟遲疑了下，想著今兒有七姑娘做掩護，四姑娘應該不會當著所有人的面把世子的禮物給扔出去吧？

回了四房，小丫鬟把兩個錦盒捧到四姑娘面前，老老實實交代了世子的話。「四姑娘，這個小錦盒是世子送您的，那個大錦盒是世子送給七姑娘的禮物。」

榮明珠抿著嘴沈默了半晌，目光落在兩個錦盒上，什麼都沒說。

小丫鬟知道這關過了，慌忙把大的錦盒遞給榮寶珠，笑道：「七姑娘，這是理國公世子聽聞您回府送您的禮物。」

榮寶珠接過，也不見外，當著家人的面把錦盒打開，裡面竟是一本手撰的經書，翻到最後一頁，上面寫著經書的抄寫人「一行大師」，除了這本經書，錦盒裡還有一顆舍利子。

「呀，是一行大師手撰的經書和舍利子。」榮寶珠忍不住激動了起來，這一行大師可是得道高僧，非常出名，如今大師已經圓寂，平常人光能瞻仰一下大師的字跡和舍利子就已經是一種福氣了，沒想到世子竟會把大師撰寫的經書跟舍利子送給她。

榮寶珠能得這兩樣東西庇身，簡直是常人無法想像的福氣了，她都覺得這四姊夫實在太大方了點。

岑氏有些忍不住了，也不怕高陽公主和盛名川在場，數落起榮明珠。「妳瞧瞧他對妳有多上心，要不是因為妳，他會把這種東西送給寶珠嗎？」

榮明珠側頭看了榮寶珠一眼，瞧見她臉上歡快的笑容，冷淡的臉上有了一絲鬆動。

看榮明珠緩和了一些的臉色，岑氏不再說話。

飯後因盛名川還要去翰林院當差，只餘下高陽一人。

榮寶珠把理國公世子送的經書和舍利子鄭重地收了起來，這才拉著高陽公主坐在旁邊說話，兩人是要好的朋友，說著她就問起高陽公主的親事，畢竟她已經十六歲多了。

高陽公主一怔，隨後笑道：「我這般潑辣，誰敢娶我，且我年紀還小呢，打算在家多陪娘幾年。」

榮寶珠笑道：「到時候可就成老姑娘了，阿玉性格直爽，長得又漂亮，莫不成還沒人上門提親？」

高陽公主終於紅了臉，卻支支吾吾地說不出話來，過會兒就把話題岔開了。

如今榮府對外宣稱榮寶珠的身子已經康復了，便有不少人家下帖子邀請榮家女眷上門。榮家姑娘除了在邊關的榮灩珠，就只剩下榮寶珠沒有訂親，而且榮四老爺在吏部任職，三年時間從五品的郎中爬到正三品的吏部左侍郎，可見是個有本事的，就算不依靠國公府以後也是大有作為。榮家四房又有個會賺銀子的岑氏，京城不少人家都動了心思。

榮寶珠才從庵裡回來，對這些宴會沒什麼興趣。再說，那些夫人太太們，還不是為了挑兒媳，她實在懶得去。

榮寶珠越是如此，外頭的人也就越是好奇。偏榮家女眷這幾日就算出門也只是岑氏一人，不會帶著幾個女兒。

這幾日，榮寶珠每日都會跑去看幾個小姪兒跟小姪女，如今她已經有四個小姪兒一個小姪女，最喜歡的當然是獨苗的小姪女了，府中的長輩也都很喜歡她，畢竟這是最小一輩的女孩。

小姪女已經六、七個月大，正是翻身爬的時候，鬧騰得很，偏偏每次一瞧見榮寶珠來，這小丫頭的眼睛就會瞪直，非要寶珠抱，且還要在她臉上啃半天。小姪女長相隨了大嫂杜秀好，大大的眼睛，白嫩嫩的小包子臉，可愛的模樣讓榮寶珠的心都快化了。

上輩子她最遺憾的事情就是到死都沒能有個孩子。不過幸好沒有孩子，不然真不知今生她會惦記成什麼樣子。

如今府中都是她最親近的親人，沒發生什麼齷齪事，榮寶珠整日過得很是舒心，唯一讓榮寶珠心裡不舒服的大概就是二哥榮珂了。

二嫂葉姚給榮珂生了個兒子，榮家的家規是男子三十無子才可納妾。但榮珂兩年前不知從哪弄回來一個女子，身段妖嬈，他說沒她會活不下去，求狄氏讓他納妾。

狄氏被他氣個半死，哪會同意，讓人去查了下，發現這女子竟是高家送給榮珂的揚州瘦馬。揚州瘦馬在京城算是出了名，為了迎合男人們，這些揚州瘦馬不僅會彈琴吹簫，還會吟詩寫字、作畫圍棋、打雙陸、抹骨牌，百般淫巧樣樣皆通。

狄氏沒想到榮珂竟會跟高家人接觸上，還是那個曾經傷了寶珠身邊大丫鬟的高墉。

狄氏本想將這揚州瘦馬給打死，可榮珂哭得淒慘，跪在地上求饒，最後還是葉姚出面讓榮珂納了這揚州瘦馬。

榮寶珠非常不喜這二哥，因此她釀製的果酒從來都只給二嫂，不會讓二哥沾上一杯。二嫂也知這果酒極其難得，自然不會給那混帳夫君喝。

這日，榮寶珠過來看葉姚，她在庵裡做的一些頭油跟胭脂水粉，都已經給家人送了不少，這日拿了一些過來準備送給二嫂。

剛過去葉姚房中，沒想到那揚州瘦馬苗氏也在。

苗氏在府中經常聽到關於榮寶珠的傳聞，對於寶珠的容貌苗氏有些不屑一顧。她本身就長得極美，彈琴吹簫、吟詩寫字、作畫圍棋什麼都會，身段更是妖嬈，一個十幾歲的毛丫頭能長成什麼模樣？

當年她被高墉送給榮家二少爺，就算破了身子，榮二少爺還不是對她寵愛極了，這兩年一直都是歇在她的房中，根本沒正眼看過二少奶奶。

苗氏覺得自己有自傲的資本，今兒她在二少奶奶跟前伺候著，聽說那榮七姑娘要過來，硬是留下來想看看這傳聞中的七姑娘是何模樣。

苗氏瞧見屋裡的玉珠簾子被掀開，人還未走進，聲音先飄了過來。「二嫂，我來看妳……」

聲音倒是嬌音縈縈，苗氏覺得就憑聲音這七姑娘容貌應該很不錯。

等到人走了進來，苗氏忍不住吸了口氣，連呼吸都頓住了，腦中閃過那句話：手如柔荑，膚如凝脂，領如蝤蠐，齒如瓠犀，螓首蛾眉，巧笑倩兮，美目盼兮。

苗氏從來不相信有姑娘家能長成這副容貌，或多或少都該有些小缺點，可眼前這七姑娘真是當得起這句話，連看慣了美人的她都覺得以前那些人算什麼，怕是連這姑娘的一根髮絲也比不上。

苗氏那點自傲此刻消失得一乾二淨，有些自卑起來，甚至下意識地縮了縮身子。

榮寶珠進來後並不去看在下邊坐著的苗氏，只走到葉姚身邊坐了下來，讓身後的妙玉把東西遞給二嫂的丫鬟。

榮寶珠笑道：「這是我在庵裡做的一些頭油、胭脂水粉，想著二嫂之前的肯定是用完了，這就趕著給二嫂送過來。」

葉姚對這個小姑子也是喜歡寵愛得緊，不客氣地讓丫鬟收下，又讓丫鬟捧出一個小錦盒給了寶珠，笑道：「這是之前給妳準備的禮，妳瞧瞧看，不過之前那理國公世子已經送了一本經書和舍利子，我這禮物倒有些拿不出手了。」

榮寶珠歡喜地捧過暗紫色錦盒，笑咪咪地道：「二嫂不管送什麼我都喜歡，就是送個小石子，我都要每天摸上三遍。」

「妳這丫頭，嘴真甜。」葉姚失笑，看著小姑子如玉般的臉蛋忍不住怔了怔，小姑子長成這般絕色，也不知是福還是禍，只盼著這嬌憨天真的小姑子能一輩子順心如意。

榮寶珠打開錦盒，裡面是一串用菩提子串成的佛珠，是難得的白玉菩提，每顆都圓潤飽滿，約莫拇指大小。最難得可貴的是這一顆小小的菩提上都刻著十八個字的佛經。

榮寶珠心裡又熱乎又感動，這是用心愛她的家人，不管什麼時候都會守護著她的家人。她把佛珠戴在手腕上，朝葉姚嫣然一笑。「二嫂，謝謝妳。」

葉姚笑道：「妳喜歡就好。」

坐在下面的苗氏終於忍不住紅了臉，這種被人無視的感覺可不好受，只能輕輕咳了一聲。「奴家是苗氏，見過七姑娘，給七姑娘請安。」目光不經意地落在葉姚身後小丫鬟捧著的那些頭油、胭脂水粉上。

她進府兩年了，自然知道這些頭油、胭脂水粉有多好，光看葉姚白玉般的臉龐就曉得了，可她是府中的妾，七姑娘又如何會把這種東西送給她。

平日裡她會跟榮珂撒嬌，讓他跟葉姚討要一些，但每次都是無功而返。

這次瞧見七姑娘，她才想起這七姑娘是個嬌憨天真的小姑娘，對府中的人都很好，只要能夠討好這小丫頭，以後這些東西自然也有她一份，奈何她想得容易，進屋後這七姑娘連看都不看她一眼。

她知道七姑娘是大家閨秀，對她們這種妾室不會主動搭理，那自己主動搭理七姑娘就是了。

榮寶珠這才看向坐在下面的苗氏，長得不錯，身段很妖嬈，可這樣的人真讓她厭惡。她不說話，只看了葉姚一眼。

葉姚淡聲道：「好了，妳先回去吧，日後妳不用每天都過來請安，只管照顧好二爺就是了。」

苗氏看了榮寶珠一眼，有些不甘心，到底是不敢逾越了，起身向兩人福了福身子就退下去。

等到苗氏離開，榮寶珠才道：「二嫂，妳怎麼讓她進門了？只要妳不願意，祖母肯定不會讓二哥納妾的。」

葉姚揮手讓丫鬟們全退了下去，這才無奈道：「我知道祖母待我好，可二爺那種人，妳攔著又如何？倒不如讓他把人納進府中來，這房裡是我說了算，她哪翻得出我的手掌心？」

瞧見小姑子正目不轉睛地看著她，葉姚心裡嘆息一聲，覺得這小姑子還是太嬌憨了一些，小姑子若是真的能夠跟盛名川成親還好，不能的話，以後嫁的夫君府中有小妾可該如何，小姑子又如何拿捏得住？

葉姚握住榮寶珠的手輕聲道：「她進府的時候我就給她下了藥，以後她都不可能懷上孩子，如此，我還怕什麼？」

榮寶珠不覺意外，二嫂只有用這樣的手段才能保全自己，為了不讓二哥生下庶子，自己只要安安靜靜地把兒子養大就好。她並不覺得這樣很可憐，反而覺得這種日子很好，男人的情愛從來都是飄渺的東西，要來何用？還不如有一個孩子。

她兩輩子都沒有喜歡過人，自然不懂這種感受，就算是上輩子看過四姊夫對四姊的好，她也從不羨慕，更體會不到那種感情，也不願意體會，對她來說，她只要有親情就夠了。

看著榮寶珠乾淨的雙眼，葉姚有些迷茫，她做姑娘的時候也很天真嬌憨，就算繼母待她不好，她仍從沒想過要用這等陰私手段害人，哪想到嫁人有了孩子之後竟身不由己起來，想著那軟軟會抱著她喊「娘，我好愛妳」的兒子，她的心都化成了一團，也絕不允許她的兒子受到委屈。她幾乎能夠想像得出，若是讓那揚州瘦馬生下孩子會如何，說不定就如同老國公對待自己三個親生兒子一樣。祖母當初若是狠一些，直接給菀娘灌下一碗紅花，菀娘怎麼能夠生下兒子，讓老國公連心都偏了？她知道自己跟狄氏的性子有些像，若真是有了庶子，自己肯定不會不管，誰知會不會跟狄氏一樣養出個白眼狼，倒不如一開始就絕了後患。

榮寶珠在葉姚房裡跟小姪兒玩了一會兒才回去。

沒兩天，宮裡下了帖子，說是小皇子三歲生辰，宴請大臣及家眷進宮。

宮裡送帖子的老太監笑道：「太后說這幾年都沒見過七姑娘，七姑娘若是身子恢復了，這次宮宴可是一定要去的。」

這話都說得這麼明白，榮家人知道十日後的小皇子生辰必得帶著寶珠一塊兒進宮。

榮寶珠還沒見過這位由皇后所出的小皇子，卻知道上輩子好似是這兩年小皇子就病故了，也是個可憐人。

十日後，榮家人搭乘馬車入宮，在宮門口就要下車，等岑氏帶著三個女兒從馬車上下來，碰見不少官員的太太夫人們，她們瞧見榮寶珠那模樣連呼吸都頓住了。

榮寶珠的五官真是沒得挑，一身如玉肌膚一點瑕疵都沒有，這三年來她的五官跟身段都長開了，當真是傾國傾城。

那些太太夫人們慢慢回了神，笑著跟岑氏說了幾句話，都有意打聽寶珠婚配了沒。

岑氏只笑咪咪地把話帶了過去，並不提寶珠有無婚配，打算等女兒跟盛名川的成親日子定下來後再對外宣佈這件事。

由宮女領到大殿前，小宮女帶著榮家女眷坐到她們的位置上。今兒是小皇子的生辰宴會，沒把女眷跟男客分開，女眷坐在左邊，男客坐在右邊，中間則是舞女和戲臺。

榮寶珠幾年不在京城，這猛地一看過去，好多閨秀都不認識，三年多前認識的姑娘們如今差不多都嫁人了。上輩子的四嫂蘇青霞也在，做婦人打扮，臉上的表情祥和、安寧滿足，並不似記憶中那個跟四哥爭吵的猙獰面孔。

榮寶珠忍不住問了身邊的榮明珠。「四姊，蘇姊姊嫁了哪家？」

榮明珠低聲道：「嫁給國子監司業何家的嫡出長子。」

何家？榮寶珠知道一些，家世跟財勢都一般。她在心底嘆息一聲，如此看來，上輩子果真銀錢改變了蘇青霞，若不是嫁到榮家，她也不會變成那個為了銀錢翻臉不認人的婦人，嫁到這樣人家的蘇青霞反而得到幸福。

榮寶珠坐在位子上環顧四周，這些年經常服用瓊漿，她的感官已經極其靈敏，饒是很遠的距離都能看得清清楚楚，這會兒瞧見了上輩子那老是針對她討好長安公主的林妙芙。

榮海珠瞧見她的目光落在林妙芙身上，嗤笑一聲。「這林姑娘如今在京城裡就是個笑話，以她的家世哪能來參加宮宴，還不是這些年一直圍著長安公主轉，不過公主這幾年也不耐煩她了，進宮也都是她厚著臉皮求來的。說起來長安公主這三年性子轉變了不少，沒以前那麼討人厭、假惺惺了。」

榮寶珠在心裡回憶著前世長安公主的結局，似乎不是個好結局，但到底是如何她卻有些記不清楚了。

聽見榮海珠這麼說，她下意識地就問道：「長安公主怎麼了？」

榮海珠湊在她耳邊道：「反正變化挺大的，這兩年不少地方有天災發生，長安公主捐了不少銀子，甚至還跟皇上說，平日裡後宮妃嬪的日常過奢，可以儉省一些。於是，後宮各種用度少了一半，宮裡的妃嬪怕是恨死長安公主了。」

榮寶珠哦了一聲，也覺得這長安公主的變化挺大。

榮海珠知道寶珠對如今的局勢不大明白，兩人湊在一起偷偷地把在場的人都指給她認識了一遍。

榮寶珠把女眷認了一遍，又去看小皇子，那是個很普通的孩子，呆呆的眼神、普通的五官，實在和俊秀的其他皇家人有著天壤之別。

不說蜀王那俊美無雙的長相，皇上、太子跟長安公主的容貌也是沒得挑剔的。

不過天下間所有的孩子在家人眼中都是最特別的，皇家自不例外，太后正笑咪咪地跟皇后說話。「瞧瞧咱們天崇，眼睛跟皇上小時候可像了，就是小了點，不過他還小，長大長開了，到時肯定是個翩翩公子。」

皇后看了眼趙天崇，心裡得意得很，要不是她堅持把這孩子弄進宮來，怎會受到這種待遇，不說皇上寵著小皇子，連太后都把小皇子抱在身邊養著了。

太后對自家姪女生的皇子自然是更親近一些，甚至想著等他再大點就改立太子。

榮寶珠訕訕地摸了摸自己的耳朵，覺得聽力太好也是個問題。

她轉頭去看太子，太子如今已經娶了太子妃——是太子太師于家的嫡出長孫女，長得不錯，端正地坐在太子對面。

太子這會兒心裡有些不好受，心疼得厲害，當初自己放棄了寶珠，如今再見，才發現心裡還是不捨。可要是讓榮寶珠做妾，他又不願意，更何況她已經訂親了，他不是什麼好人，但也不願意做傷害寶珠的事情。

榮寶珠也瞧見了太子正朝著她這邊張望，急忙移了視線，正好對上坐在太子上方的蜀王目光。

榮寶珠只覺得呼吸一頓，差點被蜀王那陰冷的雙眼給嚇住，慌忙轉頭，心裡撲通撲通地跳著，記起前些日子聽小丫鬟們在嚼的舌根，這蜀王自從與張家姑娘毀婚後，跟變了個人似的，性子陰冷，行事猖狂，在外得了個殘暴的名聲來。

榮寶珠並不覺得是因為被張家姑娘攪的，上輩子這人就是如此，在他還是少年的時候可能好點，反正成親後他就是如今這般模樣。

那個會救她、會對她溫柔說話的蜀王已一去不復返，榮寶珠在心裡為未來的蜀王妃默哀著，也為自己能夠早點撇清和蜀王的關係鬆口氣。當初去庵裡之前，她就把那塊黑色玉珮典當了，那銀子在前兩年全用在救治災民上，她跟蜀王沒有任何關係了。

榮寶珠低頭亂想的時候，殊不知那在她眼中殘暴不已的蜀王正目不轉睛地盯著她，手中正摩挲著一塊瑩潤的黑色玉珮。

人到齊後，眾人上去跟小皇子道賀，岑氏也帶著榮家女兒上前參見太后，太后瞧見榮寶珠的時候還愣了下，神色也淡了下去，隨後說了幾句話就讓岑氏她們退下去。

太后的目光忍不住落在榮寶珠的身上，暗暗想著，幸好當初沒把這姑娘許給蜀王，這般漂亮的人兒哪個男人不愛，蜀王若是中意，對她太好，豈不連帶著榮家都倒向蜀王那邊，幸好……

長安公主瞧見榮寶珠容貌的那一刻也是一怔，神色暗淡了下去，攥了下拳。

榮寶珠跟著岑氏下去後就輕鬆多了，也不跟人應酬，只管吃喝看戲就好。那些舞女舞姿妖嬈，請的是京城有名的戲班子，時間很快就過去了，到了申時，榮家人便離開。

幾日後，不少人上門提親，都被岑氏拒絕了，過沒兩天，一件讓人沒想到的事情發生了。

盛名川被外放了，還是西北那種貧瘠之地。

榮寶珠聽到這消息時臉都白了，她知道盛大哥在翰林院任五經博士，又得學士的喜歡，不出意外過兩年大概就能入內閣，怎會突然把他外放了？

這消息還是榮四老爺告訴寶珠的，榮寶珠急了。「爹，可是弄錯了？」

榮四老爺搖頭。「吏部已經下了文書，過幾日怕是就要走了。」

「怎這麼突然……」榮寶珠心底隱隱有些不安。

榮四老爺道：「既已下了文書，基本上是不可更改了，他過幾日就要走，去問妳娘商量商量你們的親事吧。」

岑氏知道之後，有些猶豫，盛名川這一去，兩、三年都算是短的，可就這麼幾天時間，且女兒還未及笄，若是貿然匆忙地趕著這幾天將女兒嫁過去，外人還指不定會怎麼說寶珠。

榮寶珠總覺得心底不安，怕這親事出了意外，要是她成親的話跟蜀王就絕無可能了，怕就怕沒成親，在盛大哥外放這幾年，她的命運就身不由己了。

咬了咬牙，榮寶珠道：「娘，要不就……就趁著這幾日趕緊成親，然後我跟著盛大哥去西北。」

離開京城對她反而是好事，榮寶珠心裡有些歉疚，她清楚自己對盛大哥是什麼感情，可為了擺脫今後的命運，她還是利用了盛大哥對她的感情。

岑氏道：「這事兒不急，聽聽名川怎麼說吧。」她想瞭解一下盛名川心中的想法。

另一廂，盛家忠義伯夫人哭得厲害。

「這好好的怎麼就突然外放了？」

她不由得想起前兩日碰見的那名道長所說的話，說榮家七姑娘是名川的剋星，兩人若是成親了，對名川會不利，指不定都不能撐到成親那日。

她原本還有些不信，哪想到這七姑娘回來沒幾天，她兒子就要外放了，還是那種貧瘠之地，心裡也不由得信了幾分，心中更擔心得厲害。

忠義伯夫人拉著盛名川的手道：「名川，你這一外放還不知要耽誤幾年，依娘看……不如你跟榮家七姑娘的親事就這麼算了吧。」

在盛名川冰冷的目光中，忠義伯夫人咬牙把剩下的話說完。「前兩日我碰見一個道士，說你和榮家姑娘八字不合，你若繼續跟她在一起，以後就不僅是流放這樣了，甚至連性命都難保……我看不如把寶珠的庚帖退了，你們之前就沒對外宣稱訂親，這對她的名聲也沒什麼影響。」

原先她對能娶到國公府最小的七姑娘是很滿意的，可後來一件件的事情都表明是寶珠拖累了她的兒，如今更是害他被外放。再仔細一想，娶了這麼一個高門兒媳，兒子如此喜歡兒媳，以後她還怎麼管教？怕是連說都說不得，心中也就越來越不滿意這門親事了。

盛名川並不想對養育他長大的母親說出什麼難聽的話來，只疲憊地道：「除非我死，否則我是不會退親的。娘，我還有事要忙，就先出去了。」

說罷，只餘下忠義伯夫人在原地憤恨不已。

盛名川自然是去榮家找榮寶珠。他先去見了岑氏，岑氏直言道：「如今你要外放，再過幾日就要離京，你跟寶珠的婚事你是如何打算的？你若是希望在這幾日成親雖來得及，就是倉卒一些，若是等你外放回來也是可以。寶珠是希望這幾日先成親後，跟著你一塊兒去西北，你怎麼想的？」

盛名川心裡一暖，他自然不希望喜歡的姑娘跟著他去那種地方吃苦，又如何會這般倉卒地迎娶了她？

「岑嬸，我打算等外放回來再迎娶寶珠，這幾日只把我們訂親的事情對外宣稱便可。」

岑氏點頭。「我同你想的差不多。」到底是嬌養十來年的女兒，如何肯讓她這般匆忙地嫁了。

跟岑氏說好後，盛名川就去看了榮寶珠，把自己的想法跟她說一遍，又打趣她道：「沒想到寶珠如此急著想要嫁給我，還以為我這幾年的真心都白白付出了。」

榮寶珠心裡一疼，難受得厲害，紅著眼看著盛大哥說不出話來，嘴唇也有些抖。她攥緊拳頭，暗暗發誓以後一定要對盛大哥很好很好。

「快別哭了。」盛名川伸手替她擦了眼角的淚。「妳放心，最多兩、三年我就能回來了，到時候一定風風光光地迎娶妳。」

「盛大哥……」榮寶珠實在有些忍不住了。「我等你回來。」

「好。」濃香的桂花樹下，姿容秀美的修長少年鄭重地對著心愛的姑娘做出了承諾。

幾天後，盛名川就去了西北，送行的人挺多，除了榮家人和盛家人，連高陽公主、鄭二爺、袁六爺也來了。

讓人不曾注意的拐角處，停著一輛華美的馬車，馬車簾子的一角被輕輕掀開，露出一隻骨肉勻稱、如玉般的手臂來，手臂的主子只靜靜地坐在馬車上，凝視著那容姿俊美的少年。

這兩日，榮家已經把兩人訂親的消息公布出去，京城中的大戶人家都有些譁然，畢竟一個國公府，一個伯府，相差的不是一丁半點，沒想到這樣不動聲色地訂了親。不過盛家大少爺也是個有本事的，如今雖外放，以後肯定還是會回京的，也算是個好兒郎了。

大家這會兒都反應過來，只怕兩家早就定下了親事，能夠在男方被外放的情況下把親事宣稱開來，可見榮家是挺滿意這門親事的，榮寶珠也是個有情有義的女子，一時之間榮家的名聲倒是上升了不少。

把盛名川送出城後，榮寶珠取了身後的小包袱遞給他。「盛大哥，這些都是我製的解毒丸跟止血膏，效果很好，還有驅蟲粉，灑在周圍就能避開蛇蟲鼠蟻，你路上帶著，肯定會有需要的。」

榮家人一開始並不知道榮寶珠學了醫術，還是她回來後告訴家人們的，榮家人只以為是小姑娘好奇心重，並不知道自家女兒的醫術已經得了元空師太一身的真傳。

盛名川接過小包袱，伸手握住寶珠的手，柔聲道：「妳放心，我很快就回來了，只是委屈妳了。」

榮寶珠搖頭。「不委屈，只要盛大哥能夠平安回來就好。」

兩人說了一會兒話，還是忠義伯夫人心裡有些吃味了。「好了，時辰不早了，讓名川趕緊走吧。」

榮寶珠退下，跟盛大哥揮了揮手，看著他上了馬車。「盛大哥，一路順風，等你到了，一定要寫信回來。」

盛名川揮手點頭。

看著盛名川的馬車離開後，大家就回去了。

高陽公主這一路有些悶悶不樂，她跟寶珠坐在一輛馬車上，憤恨地道：「盛大哥也太倒楣了些，眼看著已在翰林院熬了三年，還是榜眼出身，怎麼就外放了？」

榮寶珠心裡還是覺得不安，在心底默默誦了一句佛號。

京城距離西北差不多有兩千公里，坐馬車的話約莫要兩個月才會到，越是接近西北越是貧瘠，土匪眾多，榮寶珠只盼盛大哥能夠平安無事。

榮寶珠對送給盛大哥的解毒丸跟藥膏之類的東西是很有自信的，她的醫術本就鑽研頗深，做的這些東西裡又添加瓊漿，效果自然是好得沒話說。榮家人一直以為她醫術不怎麼樣，她也沒辯解，實在是不想救治祖父，這樣的誤會正好。

高陽公主這會兒神情有些低落，絞著手指不知在想些什麼，半晌後輕輕地嘆了口氣。

回到榮家後，榮寶珠心裡還是掛念著盛大哥，可等到十月中旬的時候，她就不得不惦記別的事情了，因為五哥榮琤回來了。

第二十一章

翌日一早，榮家人就在府門口迎接，等到巳時才聽見外頭傳來馬蹄噠噠的聲音。

榮琤進府的時候還被嚇了一跳，不等榮家人開口，他就道：「怎麼都在這兒等著，嚇了我一跳，都趕緊進去吧。」

四年時間未見，榮琤變得又高又瘦，身姿比一般京城中的兒郎魁梧一些，皮膚沒了往日的白，是經常曬太陽的古銅色，渾身上下透著男兒的英姿，剛毅的臉猶如刀削，眼中更是多了幾年前沒有的堅定。

榮寶珠有些激動，上輩子五哥可不是這個模樣的，軍營的日子對五哥的改變真的很大，盼著這次五哥再也不要跟上一世那麼糊塗了。

榮家四房這會兒都有些激動，榮琤離開前，三哥和四哥還沒成親，現在連孩子都有了。榮琤也很稀罕幾個姪兒姪女，不過他最稀罕的還是小姪女，誰叫這小丫頭長得這麼可愛又是獨苗苗。

榮琤抱著小胖丫頭往回走，一邊跟著家人說話，連榮家人都看得出來這老五不僅是樣貌改變，連性子也堅定不少，再也不是以前那個只會鬥雞走狗的紈袴子弟。

隨著榮琤回來的還有小八，小八又威武了不少，此時瞧見榮寶珠立刻親暱地撲了上去。

算了算，小八都十歲了，已經算是大齡的狗，寶珠對小八也是掛念得緊，這次回來就沒打算讓小八再離開。

榮琤正跟家人說著邊關的一些事，小胖丫頭很嫌棄地掙扎著，顯然這硬邦邦的胸膛沒有小姑姑的懷抱舒服。小胖丫頭看了眼旁邊的小姑姑，開始流口水了，使勁往小姑姑那邊蹭，要小姑姑抱，小姑姑香，小姑姑軟……

榮琤瞧著懷中的小胖丫頭似乎很嫌棄他，正往七妹那邊伸出胖胖的手臂。榮琤有些失笑，這幾年在軍營裡養成的大男子習慣，讓他忍不住朝小胖丫頭的小屁股拍了兩下，恐嚇道：「別亂動，小心摔下去，腦袋摔破，破相了就沒人要了。」

小胖丫頭怔了下，反而掙扎得更厲害了。

榮琤失笑，榮寶珠從他手中把小胖丫頭接了過來，笑咪咪地道：「還是我來抱吧，這小胖丫頭就喜歡讓我抱。」

眾人失笑，繼續朝榮府大廳走去，榮琤這才道：「六妹沒跟我一塊兒回來，我提前幾天走的，她怕是要等好幾日才會到。」就算不喜這六妹，總要交代一下她的行程。

狄氏道：「我曉得了，這幾日我會讓人去城門口守著。」

榮琤回來自然是擺了家宴，兩個老祖宗歡喜得很，還貪嘴多喝了幾杯果酒，榮琤也在家宴上把自己在邊關這幾年的事情簡單地說了一遍。對他而言，實在沒啥好說的，這都是男兒該經歷的事情，他上了戰場，受過幾次輕傷，小八在邊關立的軍功都加在他身上，如今他已經是從五品的副千戶了。

岑氏擔心的是以後的事。「那你這次回來後有何打算，以後還去嗎？」

榮琤道：「這幾年邊關穩定了許多，至少兩、三年內都是安穩的，我打算在京城待個兩、三年，之後還是要回去。」在邊關待了幾年，他也真的喜歡上那種生活，打算回來娶了媳婦就去駐守邊關吧。

岑氏不多言，這是兒子自己的選擇。

等到家宴散了，各房都回去了。

這會兒四房的人正坐在廳裡說著話，榮寶珠笑道：「五哥，你是回來娶媳婦的嗎？」

榮琤笑道：「七妹就這麼想讓五哥娶媳婦？」

榮寶珠瞪大眼。「當然希望，就只剩下五哥沒娶媳婦，我想要五嫂。」

岑氏也笑道：「寶珠說的是，你年紀不小了，這相看姑娘再把親事定下，怎麼樣也要一年，你可有中意的姑娘？若是沒有，娘就幫你相看了。」

父母之命，媒妁之言，榮琤只想有個能夠孝順爹娘、性格純善一些的媳婦。跟七妹相處了這麼多年，他覺得還是七妹這樣的姑娘最讓人心疼，也就喜歡七妹這種嬌憨的姑娘。「娘且看著辦吧，孝順善良就好，別的沒什麼要求了。」

榮寶珠鬆了口氣，又跟岑氏撒嬌。「娘給五哥相看媳婦的時候，我也要去。」

之後幾日，榮琤天天在家陪幾個兄弟姊妹，最常待的地方就是榮寶珠這裡。

幾天後，他被好友邀著一塊兒出去玩，榮寶珠一聽，頭皮都炸了，萬一讓五哥碰見上輩子那個姑娘可怎麼辦，慌忙拉住了榮琤。「五哥，你才剛回來，多在家陪陪我、陪陪爹娘好不好？」

榮琤忍不住捏了捏榮寶珠的臉蛋，痞笑道：「五哥要在京城待幾年，天天都能陪妳，今兒鄭二跟袁六叫我出去喝酒，咱們可是幾年沒見面了，肯定要出去喝點小酒什麼的。妳放心，晚上就回來陪七妹吃飯。」

榮寶珠一把扯住榮琤的手臂。「可是我就想五哥白天也在家陪我，要不，讓鄭二哥和袁六哥在家陪你喝酒好了，反正他們一個是我三姊夫，一個是我未來的五姊夫，都是親人，沒什麼好見外的……」

榮琤可不願意在家喝酒，那有什麼意思，也不把榮寶珠的勸說放在心裡，笑咪咪地揉了揉她的頭髮就朝門外走去。

榮寶珠終於急了，扯住了榮琤的衣角。「五哥……」

榮寶珠眨了眨眼，心中一動，笑道：「要不我跟著五哥一起出去玩吧？我從庵裡出來兩個月了，都還沒出門好好瞧過，五哥也帶上我吧。」

榮琤摸了摸下巴。「妳這容貌太出挑了些，我們三個爺們帶著一個小姑娘還怎麼去喝酒？到時妳讓人調戲了可怎麼辦？」

榮寶珠笑道：「那五哥等我半個時辰，保證到時連五哥都認不出我來。」

榮琤有些好奇，就點頭允了。

榮寶珠立刻去淨房沐浴，裡面點了幾滴她在庵裡熬出的那種能夠讓皮膚發黃的藥汁，等從浴池裡起來，身上嬌嫩如玉的皮膚變得有些乾黃。

妙玉伺候她起身的時候還被嚇了一跳。「姑娘，您這是？」

榮寶珠跟妙玉解釋了一番，妙玉這才伺候著她穿衣，這衣裳還是從五哥那拿來，是五哥十歲時穿的，榮寶珠這會兒穿上正合適，一頭黑髮全部用玉簪束在頭頂，一位俊俏的公子就出現在妙玉眼前。

榮寶珠的五官極靈動，就算掩去一身如玉的肌膚，也還是位翩翩公子哥兒。她又把眉頭畫粗了些，唇色描淡了點，更有幾分男兒的樣子。

榮琤見著後，呆了一下，才拍掌大笑。「不錯，不錯，甚妙。」

榮琤帶著榮寶珠去見鄭良峪跟袁秈的時候，兩人一時還沒認出寶珠來，只笑道：「榮四，你從哪找來這麼一個俊俏的小公子哥兒？就是皮膚黃了些。」

榮寶珠抿嘴偷笑，聽見她的笑聲，兩人才瞪大了眼睛。「是……寶珠妹妹？」

榮琤無奈。「可不就是這丫頭，非要跟著我一起出來，說是在家悶。」

鄭良峪跟袁秈都不介意讓寶珠跟著，他們早就不是以前的紈袴子弟了，不是去鬥雞走狗，喝個小酒帶上寶珠也不是不可。

幾人直接去了歸雲齋，在樓上要了一間包廂，店小二上了好酒好菜。他們喝的可不是什麼果酒，而是清酒，酒勁大得很，寶珠不敢沾，只在一邊吃著小菜。

榮琤他們三人幾年未見，聊得起勁，都是些敍舊的話題，沒什麼姑娘家不能聽的。

幾人說著說著偶爾逗榮寶珠一句。

在樓上待了半個多時辰後，樓下忽然傳來「砰」一聲巨響。

榮琤皺眉。「怎麼回事？」

榮寶珠心裡有不好的預感。「許是客人打架吧，五哥莫要去管閒事，自有人收拾的。」

榮琤當然不願意去管什麼閒事，也只是問問，幾人喝了口酒，下面又傳來砰的一聲。

榮琤頭疼道：「還讓不讓人喝酒了？我出去瞧瞧。」

榮寶珠想要攔時卻是遲了，榮琤的長腿一腳把包廂的房門給踢開，鄭良峪跟袁和無奈地跟了上去。

四人很快來到樓下，發現樓下一片混亂，幾張桌子東倒西歪的，地上躺著一個年約三、四十的婦人，穿著半舊的衣裳，一頭的血跡，躺在那裡哎喲哎喲叫。

婦人旁邊跪著一名約十五、六歲的姑娘，容貌極出眾，一雙桃花眼微微上挑，此刻這雙漂亮的眼睛裡全是淚水，撲在那婦人身上哭得淒慘。「娘，娘您沒事吧。」聲音也是吳儂軟語，聽得讓人骨子都酥了。

在那姑娘旁邊還有一個摔碎的古箏跟幾名壯漢，看模樣，那婦人應該是被這幾個壯漢出手打的。

榮寶珠一瞧見那姑娘的容貌，心裡咯噔了一聲，眼前這人可不正是上輩子五哥喜歡的那姑娘？她隱隱記得叫白靜娘。

榮琤不耐地皺了下眉頭。「怎麼回事？還讓不讓人喝酒了，都趕緊滾出去！」

那幾個壯漢轉頭惡狠狠地瞪了榮琤他們一眼。「快滾開，別亂管閒事！」說著又想上前去抓撲在婦人身上痛哭不已的姑娘。

榮寶珠扯著榮琤的衣角。「五哥別多管閒事了。」

白靜娘哭得淒慘，回頭瞪了幾個壯漢一眼，哭道：「還有沒有王法了，天子腳下豈容你們這般放肆。」

那壯漢冷笑。「王法？老子就是王法，不過是一個唱小曲的，老子看上妳是妳的福氣，還想反抗？要是再如此，老子直接把妳扛回去了。」

白靜娘氣得瑟瑟發抖，楚楚可憐的眼神立刻看向榮琤他們幾人。

眼看那壯漢又要抓那姑娘，地上躺著的婦人忽然一頭撞過去，尖叫道：「不要碰我的閨女！」

白靜娘哭得越發淒慘，看著娘的血跡更多，便不管不顧地從地上抓起桌子的斷腿，朝著那壯漢揮過去，口中哭道：「你莫要打我娘，我跟你們拚了。」

一個柔弱的姑娘家怎麼會是那幾個壯漢的對手，一腳就把白靜娘手中的桌子斷腿給踢開了。

榮琤挑了下眉，輕聲道：「想不到是個孝順的人，救下來也無妨。」

榮寶珠的頭皮都快炸了，一時又不敢上前去勸五哥，深怕激起了他的保護慾，只朝著旁邊的鄭二哥跟袁六哥使了個眼色。

鄭良峪跟袁秈自幼就跟寶珠認識，兩人都把她當成親妹妹，這會兒瞧見寶珠的眼神也看懂了幾分，是要他們阻止榮琤腦子發昏上前救人，就連寶珠都看出她不是什麼單純的姑娘。要真是單純，怎會到歸雲齋這種地方來唱曲賺銀子？

歸雲齋是京城有名的酒樓，進出的人都非富即貴，這幾個壯漢怕也都是有來頭的人。再說，這地方怎肯讓外面唱曲兒的人進來，可見這姑娘手段了得。要真是清清白白的單純姑娘，做什麼不能賺銀子，就算是縫補都比出來賣唱好。若要出去賣唱就該先想到會被人看上，何況到歸雲齋這種非富即貴的人才能來的地方唱曲，不就是想找個這樣的金主嗎？

鄭良峪跟袁秈在京城也廝混久了，看得清楚，也知道榮琤為人耿直單純，這種姑娘最喜歡榮琤這樣的人，若猜得不錯，這姑娘待會兒肯定會跟榮琤求救。兩人也明白寶珠的擔憂，他們這個兄弟自幼對女色都沒什麼興趣，就怕有了興趣後會太執著。

兩人上前握住榮琤的手臂，袁秈瞧著那姑娘冷笑了下。「阿琤，不要多管閒事了，咱們還是上去繼續喝酒，跑到這種地方來唱曲兒的姑娘，就該想到會有這樣的後果。」

白靜娘臉色白了兩分，泫然欲泣地看向他們。「這位爺，靜娘出來唱曲兒也只是生活所迫，家有病人，迫不得已，還請爺口裡饒人。」

「扯什麼亂七八糟的！」那壯漢有些惱了，又想上前去扯白靜娘。

白靜娘尖叫一聲，看向榮琤，哭道：「爺救命……還請爺救靜娘一次，滴水之恩，日後當以湧泉相報。」

榮琤也實在看不慣這種欺民霸女的行為，二話不說，用力掙脫了鄭良峪跟袁秈，一腳朝著那壯漢踹過去。在軍營待了幾年，兩人又哪裡拉得住他，連那壯漢都被他一腳踹得磕在酒樓的大門上，眼一翻，徹底昏了過去。

另外幾人呆了，罵道：「哪家的小子，連爺的事情都敢管了？你倒是報上名號來！」

榮琤哼笑兩聲。「你大爺我是榮家五少爺，可記好了！」

那幾個壯漢無非就是仗勢欺人罷了，他們本就是做奴才的，主子沒國公府厲害，這會兒聽見榮琤報上名都有些傻了，自家名號也不敢報了，灰溜溜地出去抬著那昏迷不醒的壯漢走人。

白靜娘扶著婦人起身，這才來到榮琤面前福了福身子，紅著臉道：「靜娘多謝五爺的救命之恩，大恩不言謝，五爺若是有需要靜娘的地方，儘管說就是了。」

榮琤不在意地道：「好了，沒多大的事。」又看了眼那頭破血流的婦人。「那位是妳娘親？可有事？若不行我就讓人送妳們回去。」

白靜娘柔聲道：「無礙，我扶著娘去看大夫就好，不煩勞五爺操心了。」

榮琤也不在意，任由白靜娘扶著那婦人離開。

鄭良峪跟袁秈對視一眼，都露出苦笑。

幾人又上樓去喝小酒，榮寶珠有些悶悶不樂，榮琤以為她是擔心自己，笑道：「七妹不用擔心，我一身武藝不是白練的，那幾個不過是小意思，再多幾個都不成問題。」

榮寶珠苦笑，她擔心的可不是這個。上輩子她就知道那白靜娘身世不好，是個小家族的落魄戶，倒沒想到她竟然還出去唱過曲兒。

鄭良峪喝了一口清酒才道：「阿琤你就不該多管閒事，那姑娘不過是面上裝得可憐罷了，要真是清白的姑娘家，怎會來這種地方唱曲兒？還不是想找個像你這樣的傻子！你要是看上她，她可就一飛沖天，麻雀變鳳凰了！」

「別瞎說。」榮琤嗤笑一聲，不以為然。「生活所迫罷了。好了，咱們不說她了，不就是個唱曲兒的姑娘，有什麼好說的。喝酒，趕緊來喝酒……」

結果這一喝三人都喝醉了，榮寶珠頭疼，讓府裡的人來把三人扶回去。

回府後，岑氏瞧見榮寶珠的模樣臉都黑了，數落道：「瞧瞧妳這像什麼樣子，哪有姑娘家像妳這般。」到燈光下，又瞧她一身枯黃，臉更加黑了。「趕緊回去把身上洗乾淨了！」

榮寶珠到淨房把身上洗乾淨，換了一身綢軟的衣裳，便跟岑氏把今天發生的事情說了一遍，想跟娘親提個醒。只要娘親早些注意到，肯定不會讓那白靜娘如意的。上輩子就是因為岑氏知道這事已太遲了，等榮琤帶著白靜娘上榮府時為時已晚，兩人的感情好得誰都不能介入，饒是岑氏再厲害也無法。

榮寶珠說完後，又道：「那姑娘不是個好姑娘，竟跑去酒樓唱曲兒，五哥可千萬不要喜歡上她。我看戲曲裡有不少這樣的橋段，身世淒慘的姑娘被惡霸欺負，得大戶人家的公子相救，兩人譜寫一段美麗的愛情。」

岑氏有點不以為然。「不過是救個姑娘罷了，兩人的身份天壤之別，又沒什麼交集，且妳五哥就是個榆木腦袋，我瞧他這些年也沒喜歡過哪位姑娘，京城裡溫柔漂亮的大家閨秀多的是，何苦喜歡上一個唱小曲兒的？」

岑氏是真覺得榮寶珠瞎擔心了，且不說京城的人口有多少，兩人以後再碰上的機會甚微，光想想榮琤那性子，她還是覺得不大可能，這兒子就是個榆木腦袋。

岑氏拍了拍榮寶珠的手。「好了，別多想了，趕緊睡覺去，我已經在給妳五哥相看姑娘了，有幾個不錯的人選，先找人打探打探。」頓了下又道：「妳以後別跟著妳五哥往外跑，好好的一個姑娘家，弄成那樣子做甚！」

榮寶珠撒嬌。「娘，我在庵裡待了三年多，想出去看看，再說，我換了男裝，不會有什麼事。」

岑氏沈默，想著女兒在庵裡肯定吃了很多苦，竟說不出拒絕的話，想了想才嘆氣道：「那妳可要好好跟著妳五哥。」

有了岑氏的允許，榮寶珠真的天天跟在榮琤身後了。榮琤本就最寵這七妹，身邊多了個小跟班也不覺得有什麼。

榮琤是個在府中待不住的人，隔兩、三天就要出去蹓躂一下，榮寶珠當然是扮成男裝緊跟著他。又過了幾日，榮琤帶著榮寶珠出門，兩人打算去買些墨錠，哪想剛到墨齋門口，榮琤就和裡面出來的一個人撞個正著，那人被榮琤給撞到了地上，看樣子是位姑娘家。

榮寶珠慌忙上前把人扶了起來，待一看清那姑娘的面容也懵了，竟是白靜娘。

榮寶珠簡直不知這是什麼孽緣了。

榮琤已經把地上散落的宣紙撿起來準備遞給白靜娘，一瞧見是她，就笑了起來。「是姑娘？真是對不住了，沒摔著吧？」

白靜娘接過榮琤手中的宣紙，跟榮寶珠道了謝，又對榮琤道：「多謝五爺，並無大礙。」

榮琤笑道：「下次可小心些，別又撞著了，怎麼這般莽撞。」他家妹子也是莽撞得很。

「五哥，咱們進去挑選東西吧。」榮寶珠瞧這兩人有要聊下去的感覺，忙扯著榮琤往裡走。

白靜娘的目光落在榮琤身上，朝前走了一步，忽然哎呀一聲，蹲下身捂住了腳踝。

榮琤回頭，瞧她似扭了腳，只好轉身走回去，無奈地道：「怎麼這般不小心？我找馬車送妳回去吧。」

榮寶珠現在幾乎肯定這白靜娘對五哥有別的心思，榮家兒郎在外的名聲還不錯，畢竟要到三十無子才能納妾，家裡的長輩也都是講理的，這白靜娘會看上榮琤並不奇怪。她最擔心的就是五哥這般單純的心思，若是喜歡上一個人，那就真的喜歡上了。

榮寶珠這會兒沒辦法攔著，越是攔著反而越壞事，說不定還會讓榮琤起疑，她只能跟著兩人上了馬車。

看得出來榮琤現在對這白靜娘頗有好感，三人坐在馬車上，榮琤跟白靜娘攀談了起來，白靜娘的確很會看人臉色，就算跟身為男子的榮琤也能聊得起來。榮寶珠不多說什麼，只偶爾回一、兩句話。

等到了白家的時候，她已經稱呼榮琤為榮五哥了。

這一路榮寶珠也把白靜娘的身世聽得差不多了，白家原本是個小家族，之後漸漸落魄，她的家中有一雙父母和一個哥哥，因父親臥病在床，為了給父親治病，她就經常跟母親出入酒樓，靠著唱曲兒為生。

白靜娘紅著臉道：「榮五哥不會看不起靜娘吧？」

榮琤笑道：「怎會？姑娘不過是為生活所迫，能自力更生才讓人佩服，姑娘是個好姑娘，榮某佩服。」

白靜娘紅著臉不說話，只羞答答地抬頭看了榮琤一眼。

馬車停下，榮寶珠扶著白靜娘下了馬車，她可不願意讓五哥碰她。

白家是座一進的宅子，已經有些破舊了，不過院裡卻打掃得乾乾淨淨。榮寶珠剛扶著白靜娘進房，就瞧見一個約莫二十左右的青年從房間走了出來。

青年瞧見他們時愣了一下，目光落到寶珠身上隨即露出一絲驚豔。榮寶珠雖做男裝打扮，身上又塗了藥水，可五官還是很靈動。

榮琤不動聲色地皺了下眉頭，白靜娘顯然沒料到這時候她大哥會在家中，露出一絲慌張，不等那青年說什麼，白靜娘已經道：「大哥，這兩位是榮家的五爺跟六爺。」

白靜娘並不知寶珠是女兒身，榮琤介紹的時候也只說是堂兄弟。白靜娘又跟兩人介紹起自家大哥，名白揚。

白揚露出笑容。「既然如此，我就不打擾妹妹了。」說著，目光又落在榮寶珠身上，一臉了然。他經常混跡煙花之地，怎會看不出這俊俏的公子哥其實是女兒身。

看著白揚出了門，白靜娘才鬆了口氣，轉頭跟兩人道謝，邀請兩人歇息用茶。

榮琤笑道：「這個就不必了，我同六弟還有事，就先行一步。」

兩人離開後，榮寶珠也不多問，跟五哥一塊兒買了墨錠後就回去榮府。

榮寶珠知曉這件事肯定不能由她出面，便找岑氏說了今兒的事，又皺眉道：「那靜娘的大哥看著也不像個好人，一雙眼睛總在我身上亂飄。娘，我不喜歡那白家姑娘，我瞧五哥跟她聊得可開心了，什麼都能聊到一塊兒去，娘，我不要白家姑娘給我做五嫂。」

岑氏這次上了心，這白家姑娘一聽就不是個心思單純的人，若真對榮琤有意，只怕那傻兒子會一頭栽進去，岑氏也不會允許這樣的事情發生。她拍了拍寶珠的手道：「不用操心，這事我自會解決。」

榮寶珠得了這句話就放心了。

岑氏立刻讓人去打聽有關白家的事，接下來半個月，榮寶珠跟著榮琤出去過幾次，其中有兩次都碰到了白靜娘，這顯然已不是巧合。

岑氏派人打聽白家很快就有了結果，一得知白家是什麼樣的人後簡直氣炸了。母親是個老潑婦；爹是個賭棍，前些日子被人打斷腿一直在家中休養；大哥也是個敗類，吃喝嫖賭樣樣精通；女兒是個白蓮花，跟好幾個男人都有過接觸，那幾人家世都不怎樣，這會兒搭上榮琤肯定不會放手的。

榮寶珠問岑氏的時候，岑氏也沒瞞著，把這事跟她說了，聽得寶珠目瞪口呆，又問岑氏。「娘，您打算怎麼辦？」

岑氏冷笑一聲。「我自有法子。」

岑氏並沒有告訴榮寶珠用什麼法子，只說等過幾日她就知道了。榮寶珠知道有娘親出手，白靜娘肯定是沒什麼好果子吃。

說起來，榮寶珠有些弄不懂五哥對白靜娘的感覺，要說兩人見面的時候，五哥跟她聊得雖熱絡，可回到榮府後，五哥該怎樣還是怎樣，也不見他提那白姑娘兩句。

除了擔心五哥的事情，榮寶珠還擔心盛大哥，盛大哥已經走了兩個月，也不知到底如何了？

榮寶珠很快就知道岑氏的辦法是什麼了。

這日，丫鬟急匆匆地過來找榮琤，榮琤剛好跟寶珠在屋裡下棋。

丫鬟稟告：「五少爺，府外有個小乞兒，說是要找您的。」

小乞兒？榮琤可不認識什麼小乞兒，只道：「不見！」說著白子落下，吃了寶珠的黑子。

榮寶珠的棋藝只能算一般，四、五年前跟五哥下棋的時候還總是五哥輸，如今再跟五哥對弈竟是輸多贏少了。

小丫鬟繼續道：「五少爺，那小乞兒說是一位白姑娘求他來找您的。」

榮琤心中一動。「既如此，就叫他進來吧。」

榮寶珠卻有些不滿。「五哥，下棋就下棋，還見什麼小乞兒，且一個大姑娘這般讓人來找你，也不怕被人說三道四。」

榮琤意味深長地看了自家妹子一眼，笑道：「許是那姑娘心中就是如此想的。」

榮寶珠一時有些懵了，五哥這話是何意？難道他知道白姑娘心中對他的想法？那五哥為何還要跟這白姑娘接觸？

胡思亂想間，榮琤已經放開手中的白子起身。「既如此，我出去看看吧，就不用那小乞兒進來了。」

榮寶珠自然是跟了上去，一出府，果然瞧見一個身上有些髒亂的小乞兒縮著脖子站在府門口。

榮琤問了一句，那小乞兒就道：「榮五少爺，是有位叫白靜娘的姑娘給我銀子，讓我來找您的，說是讓您去長樂坊救救她，說她實在沒法子了，求榮五少爺救命。」

長樂坊是個賭場。

榮琤微微一笑。「那我去看看。」

榮寶珠心中已經有些猜到是怎麼回事，應是岑氏給白靜娘的大哥設了局，讓白揚欠下一大筆賭債，只能拿白靜娘還債。

這白靜娘怕是也沒法子，便求人找到了五哥。

榮琤讓人去備馬車，榮寶珠只能咬牙跟上，此時她也來不及換衣裳，連面紗都忘了戴，便匆匆坐上馬車跟去。離去前，榮寶珠悄悄讓小丫鬟去找岑氏。

長樂坊距離榮府不遠，片刻就到了，榮寶珠跟著榮琤下了馬車，就瞧見長樂坊門口挺鬧騰的。

白靜娘跟白揚都在，正跟長樂坊的打手對峙著。

眾人瞧見有人過來，最先注意的是那跟在高大男子身後的姑娘，一時都有些呆住了。

白揚自然認出榮寶珠就是那日跟在榮琤身後的公子哥兒，沒想到竟會是這樣一個美人兒，好半晌才反應了過來。他曉得目前最重要的是先解決眼前的局面，朝著對面的幾人道：「就告訴你們不要動我妹妹，這不，有人來替我妹妹贖身了吧。」

榮琤不多說什麼，只走到白靜娘面前道：「白姑娘託人去榮府找我，可是發生了什麼事情？」

「求榮五哥救命。」白靜娘臊紅了臉，幾乎快哭了，她不想讓榮五少爺知道家裡的情況，可眼下卻只能求他救命。「是……是我大哥欠下了賭債，要拿我抵債，求榮五哥救救我，以後做牛做馬我都願意。」

白靜娘得知自己被大哥拿去抵債時差點氣瘋了，奈何那些人根本不聽她說話，直接把她從家裡拎到了賭坊，無奈之下她才說出自己認識鎮國公府的榮五爺，讓他們給她一點時間求他來贖人。

這些人是賭坊裡的打手，本是不同意的，可老闆突然發話了，他們這才讓人去找榮家五少爺。

榮琤定定地看著白靜娘，沈默不語。

白靜娘心中有些不敢確定，這些日子跟這位五少爺接觸，感覺得出來他對自己懷有好感，可她也不敢點破。這位五少爺的身分實在太令她滿意了，性子又耿直，若是真心喜歡她，肯定會好好待她。不過這樣的人要喜歡上一個人極難，她本想溫水煮青蛙，兩人慢慢接觸下來就有了感情，哪曉得今天就出了這麼大一個醜，可要是不跟五少爺求救，她指不定就會被這些人給賣到煙花之地，白靜娘簡直恨死了大哥。

榮琤半晌後才問道：「要多少銀子？」

其中一人拿著一張按著紅印子的條子道：「五千兩……」

「……」

榮寶珠愣了一下後才反應過來，她五哥沒銀子啊，娘果然威武。五哥這些年用銀子一直是大手大腳的，回來後每次都是從四房走帳，用多少拿多少，身上怕是連一百兩銀子都難湊得出。

榮琤回頭看了寶珠一眼，榮寶珠道：「五哥你不用看我，我身上也沒銀子，之前存的銀子早在前兩年的天災中買糧食賑災花光了。」

白靜娘臉色慘白，一下子撲到榮寶珠面前。「求姑娘救命，求姑娘救命。」她知道榮家四太太對這個小女兒有多寵愛，京城裡誰人不知，只要她願意，就一定能夠拿出這五千兩銀子來。

榮琤瞧白靜娘撲到榮寶珠面前，抓住了她的裙角，眼中閃過一抹怒氣，伸手把她拉了起來。「站起來好好說話！」

白靜娘卻以為他是不願意自己跪在地上求人，心中歡喜，正要開口的時候，忽然從長樂坊走出幾人，其中一人道：「怎麼回事？」

眾人一瞧，竟是蜀王。

白靜娘第一次看見這樣俊俏的男子，一時呆愣在原地。

榮寶珠也轉頭去看蜀王，他正滿臉不耐地看著這邊。

「怎麼回事？」趙宸再問一次，目光在幾人臉上掠過，最後落在榮寶珠和榮琤身上。

這些人都是認識蜀王的，自然是先行禮問好。

榮琤淡聲道：「不過是點小事，不煩勞殿下操心了。」又轉頭跟長樂坊那些人道：「我是榮家五少爺，這姑娘我先帶走了，銀子之後奉上。」

榮寶珠頭皮都炸了。「五哥，你做甚！」

榮琤瞧了白靜娘一眼，看不出表情，又轉頭看向長樂坊裡的人。那幾人也為難了起來，有什麼事他們也只聽老闆的，可老闆這會兒並沒有指示。

榮寶珠真是又驚又怒，她沒想到五哥到了如此地步還要贖這女子，莫不是真對這白姑娘動了情？

白靜娘這才回了神，感激地看了榮琤一眼。榮寶珠這時心裡真是亂得厲害，眼眶都有些紅了。

趙宸瞧見她如此，垂下雙眸，跟長樂坊的人道：「這姑娘我贖了，子騫給銀子！」

眾人大概沒料到蜀王竟會橫插一腳，都愣住了。

榮琤的神色暗了暗，只看向白靜娘。「妳願意跟誰走？妳若是願意同我走，此地也沒人敢攔著妳。」

白靜娘遲疑了，一想到方才乍見蜀王俊美無雙的模樣，心裡就撲通撲通跳得厲害，可那是蜀王——皇上的同胞弟弟，府中的妾室肯定有不少，正妃她是絕對不敢想的，可做妾她又不甘心……

蜀王根本不管兩人，只朝子騫道：「給銀子，把這姑娘帶回府中安置好。」

子騫上前給了銀子，長樂坊的人有些遲疑，這時有人從賭場裡走出來，在幾人耳邊匆匆說了幾句，那幾人毫不遲疑地把手中的賣身契給了子騫。

白靜娘攥緊了拳，做妾就做妾吧！不管如何，蜀王這樣的男子才是她心儀的，就算做了妾，只要能夠生個一兒半女一樣能在王府裡站穩腳跟。

榮寶珠沒想到會是這麼個結局，心裡再不待見蜀王，也悄悄地在心底跟他道聲謝。

榮琤臉色冷淡，榮寶珠瞧不出他心中的想法，只拉著他的衣袖小聲道：「五哥，咱們快回去吧，方才的對弈還沒完呢。」

榮琤輕笑出聲，揉了揉她的髮。「咱們走吧。」最後又看了白靜娘一眼，神色暗沈。

坐在回府的馬車上，榮寶珠心中的大石終於落地，臉上也有了笑容，卻又怕榮琤難受，畢竟這是他第一次有了喜歡的姑娘，到頭來被蜀王攔走了，其實還是有點丟臉，榮寶珠只能扯著榮琤的袖子撒嬌引開他的注意力。

「五哥，咱們的對弈回去了可還要繼續？你若是輸了怎麼辦？」

榮琤笑道：「妳說怎麼辦？」

榮寶珠轉了轉眼睛，笑道：「不如輸的人罰酒三杯如何？」她酒力雖不好，可家裡的果酒沒什麼酒勁，只在家中自飲是不礙事的。

榮琤笑了笑。「好。」

榮寶珠又纏著榮琤說起其他的話，榮琤忽然轉頭直愣愣地看著她。「七妹，妳方才是以為我贖了白姑娘，是想娶她？」

榮寶珠瞪眼，難道不是嗎？

瞧她這模樣，榮琤就知道這丫頭肯定以為他喜歡上白靜娘了。

伸手捏了捏榮寶珠如玉的臉蛋，榮琤隨意地靠在軟枕上，兩眼看著馬車頂上的玉珠。「若我說，我給她贖身，不過是想拿下她的賣身契呢？」

榮寶珠有些摸不著頭緒了。「五哥，這是何意？」

若是不喜歡那白姑娘，為何還要替她贖身？用五千兩銀子贖一個不喜歡的人，也太浪費了些。

還有一點讓榮寶珠不解的就是蜀王，蜀王為何要替白靜娘贖身？方才他們在長樂坊外起爭執的時候，蜀王已經在長樂坊裡，肯定目睹了事情的發生，為何不是一開始就替白靜娘贖身，非要等到她和五哥去了之後？他是喜歡白靜娘還是想幫自己？

榮寶珠覺得自己肯定是多想了，蜀王怎會幫她，再說，他又怎會看出自己並不希望五哥幫白靜娘贖身。

看著糾結的妹子，榮琤輕笑。「一開始我對白靜娘就沒什麼想法，自然也不會喜歡上她，不過也不討厭她就是了。」

除了府中他喜歡的幾個姊妹，以及討人厭的六妹，在他眼中，這世上的其他女子對他來說都是一個樣。

初始認識白靜娘的確覺得她還不錯，但喜歡倒也談不上，他又不是傻子，慢慢接觸下來，怎麼會看不出這姑娘什麼性子？後來瞧她偶爾提起寶珠，說羨慕寶珠有他這麼一個哥哥，他心裡便不舒服。知道她的性子後，他就覺得這女人不配開口提他七妹的名字。

再後來，他作了一個夢，從夢中驚醒後，想起夢裡的情形他還忍不住後怕。事後想想，他覺得這夢實在太身歷其境了。他夢見自己喜歡上白靜娘，帶白靜娘回榮家說非她不娶，娘親跟家人氣得要命。娘讓人打探了白家，得知白靜娘並不是個單純的女子，甚至之前還跟幾個男人有過不簡單的接觸。榮家當然不允許她進門，岑氏還說了狠話，說若是他喜歡這女人，想娶這女人就滾出榮府，榮家不會承認她。

不僅娘親生氣，兄弟姊妹們也都很傷心，就連榮寶珠都偷偷哭泣了好幾次，勸他莫要為一個女人跟家人嘔氣。他卻猶如鬼迷心竅般，誰的話都聽不進去，硬是傷了家人的心帶著那女人走了。

夢境戛然而止，醒來後，他足足愣了半晌，由於這夢境太真實，家人那種傷心欲絕的樣子他一直記著，他不明白怎麼會作這種夢，以至於對白靜娘還產生了厭惡的感覺。

之後他又跟榮寶珠和白靜娘見過幾次面，白靜娘總是拿寶珠來做筏子，跟寶珠比較，叫他榮五哥，他心中十分厭惡。哪想到她今天就出了這件事，本想拿了她的賣身契，領到榮府來做奴才，羞辱羞辱這心比天高的女人，最後再把她賣了就是，哪想到卻被蜀王插手了。

罷了，蜀王要去就要去吧。

榮琤嘆息一聲，也不打算跟寶珠明說，反正事情都過去了，以後他也不會做出讓家人傷心的事情來。

長樂坊內的一間房間裡，趙宸正看著手中的信件。

子騫很快就進來了，道：「那姑娘已經安排在府中，是先抬了姨娘，還是直接做妾？」

趙宸莫名其妙地看子騫一眼。「誰要她做通房妾室了？」自己至於這麼餓不擇食嗎？這麼髒的女人也配？

子騫這會兒完全猜不準蜀王的心思。「那殿下的意思是？」說起來這幾年，蜀王的性子越來越暴躁，心思也從不對外人說，就像這次。

蜀王本就是長樂坊幕後的老闆，這京城好幾間賭坊都是由風華師傅打理，因為這裡三教九流的人都有，不僅打探消息最快，銀子也來得快。

今兒他跟自家殿下在長樂坊中商討事情，過會兒聽見外面雜亂的聲音，殿下就讓他出去看了一眼，回來他彙報說有人欠債不還，拿了自家妹妹來還債。

蜀王本不搭理這件事，過一會兒竟聽見那姑娘嚷著認識榮五少爺，子騫就有些想笑，榮家的人又如何，你欠了長樂坊的銀子，又畫了押，就算是天王老子來了也沒用。

哪曉得殿下聽聞榮家後，竟讓那姑娘去找了榮家人來，隨後榮五少爺跟榮家七姑娘都來了。

子騫這才覺得不對勁，敢情他家殿下還惦記著榮家七姑娘？他去偷瞄了眼外面的榮七姑娘，整個人都呆住了，那姑娘的容貌簡直一絕，難怪自家殿下到現在都還惦記著。這幾年榮七姑娘去了尼姑庵裡，殿下從未提起過榮七姑娘，他還以為殿下歇了這心思。

又過了會兒外面的榮五少爺說要贖人，榮七姑娘卻是嚇了一跳，慌亂阻止，於是自家主子就出去做了個順水人情，如此看來主子並不是看上那白姑娘，而是看上榮七姑娘，這是想幫她一個忙，可子騫又覺得殿下是在白忙活，人家榮七姑娘都訂了親，是別人家的媳婦了，難怪殿下這幾年的脾氣越來越暴躁了。

子騫還在想著，趙宸已經把桌上的書信都看完了，問道：「東北那邊的事情怎麼樣了？那座鐵礦可還有其他人發現？」

子騫回過神，想起了正事。「並無其他人發現，風華師傅說只有咱們的人知道，殿下的打算是？」

趙宸靠在紫檀木太師椅上閉目想了會兒。「這件事交給風華來做吧，這些鐵礦切不可讓外人發現了。」

子騫領命後，立刻出去。

趙宸則是坐在太師椅上有些出神。

第二十二章

榮寶珠跟榮琤回榮府時，岑氏已經在大門口等著了。她一瞧見榮琤就想上前去揍他，她真是快氣死了，自己為這臭小子操碎了心，給他挑賢慧的媳婦兒，結果他竟然喜歡上那麼一個女人，還想去把那女子贖回來。

岑氏本來怒氣沖沖地想要踹榮琤一腳，但榮琤還不待岑氏說什麼，就已經笑咪咪地道：「娘，您給我找媳婦找得怎麼樣了？您不去給我挑媳婦兒，堵在大門口做甚？」

岑氏呆愣住，這是怎麼回事？她轉頭去看寶珠，榮寶珠也不曉得。

等母女倆回了房，岑氏就問是怎麼回事，榮寶珠便把事情說了一遍，岑氏聽出了些眉頭。「妳五哥或許並不是喜歡那姑娘……罷了，事情都已經過去了，今後不必再提。我給妳五哥挑了一家姑娘，性子很是溫婉，妳五哥是個急脾氣，找個性子太活潑的也不好，改日那姑娘府中下了帖子，我就帶妳去相看相看。」

榮寶珠笑道：「給五哥相看五嫂，我自然是要跟去的。」

過幾日，尤家就下了帖子。尤家也是世家大族，有好幾個子弟在朝中為官，岑氏看中的是尤家嫡出二姑娘，長得漂亮不說，性格又溫婉，榮寶珠挺喜歡那姑娘的單純性子，跟她說了幾句話，兩姑娘就挺要好的。

尤家也有意跟榮家結親，過了半個月，岑氏就讓人去尤家提親。之後的問名、納吉、納徵、請期，兩家人都決定等到明年開春再來定日子。

轉眼間天氣冷了起來，榮寶珠心底越來越不安，盛大哥已經走了三個多月，為何還是沒有任何消息傳回來？

卻說榮灩珠回來已有好一段日子，這姑娘回來後只是安靜地待在二房那邊，由著二嫂照顧著。

榮寶珠這些日子經常去跟二嫂見面，見過苗氏幾次，寶珠自然不會跟她說上什麼話。

這日一早，妙玉伺候榮寶珠穿了件粉紅立領中衣，外加粉綠繡竹葉梅花領襖子，梳洗過後，便去跟老祖宗和祖母請了安，榮寶珠吃過早飯後，照例去小佛堂唸誦一遍經書。

剛從小佛堂出來，妙玉就說二少爺過來找她。

榮寶珠皺眉。「他找我做甚？」自己可是最不喜這二哥了。

妙玉搖頭。「奴婢也不知，二少爺只說要親自跟姑娘講。」

榮寶珠去了偏廳，榮珂笑道：「七妹，我等妳好久了，妳總算是出來了。」

讓小丫鬟上了茶水，榮寶珠笑道：「二哥怎麼突然有事找我？」

榮珂不在意地道：「不是什麼大事，就是想問問妳那還有頭油、胭脂水粉那些東西沒，還有便給我一些。」

榮寶珠現在算是明白了，這二哥怕是為了他那小妾在向她討要東西吧！

她臉色一沈。「二哥，你要這些做甚？若要送給二嫂那就不必了，我已經給二嫂了。」

「這個……」榮珂訕訕地笑道。「不是給妳二嫂用的，是給苗氏用的……」

榮寶珠冷笑一聲。「二哥莫不是糊塗了？我的東西可都只有榮府的主子們才能用，她一個奴才也想討要？好大的臉面！」

榮珂惱羞成怒。「七妹怎麼如此說話，苗氏在我心中就是唯一，七妹若是把我當成哥哥，妳那些東西就給我些！」

榮寶珠懶得給這糊塗蟲好臉色了，直接起身朝外走。「東西沒有了，我還要出去一趟，就不陪二哥了，二哥自便！」

榮珂快氣死了，正想說兩句什麼，外面的碧玉忽然匆匆跑了進來，臉色白得有些嚇人，還未到榮寶珠面前就哭道：「姑娘，不好了，盛家大少爺出事了。」

榮寶珠腦子轟的一片空白，耳邊嗡嗡作響，只覺得天旋地轉，身邊的妙玉跟木棉立刻上前攙扶住她。

妙玉急道：「姑娘，姑娘您沒事吧？」

榮寶珠整個身子都在顫抖，深吸了一口氣，壓住渾渾噩噩有些發昏的腦子，強忍著心中那股懼怕，她上前抓住碧玉的手問道：「盛大哥怎麼樣了？哪來的消息？如今……如今……」她只盼著盛大哥千萬不要出事。

「姑娘。」碧玉抹了把臉上的淚水。「盛大爺在去西北的路上遇見土匪，被……被害了，還是官差發現盛大少爺的屍首，聽說已經不成樣子……」

榮寶珠再也堅持不住，只覺喉嚨有股腥熱的東西從口中噴出，眼前一黑，耳邊就只剩下丫鬟們的尖叫聲。

榮珂看得一愣一愣的，這會兒瞧見榮寶珠昏了過去，不敢再討要什麼東西，急匆匆地走了。

碧玉才得了消息就來告訴姑娘，卻沒想到姑娘承受不住這個打擊吐血昏迷了，妙玉吩咐小丫鬟們去叫大夫，並讓木棉守在姑娘床邊，自己則跟著碧玉去找岑氏。

兩人去找岑氏的時候，岑氏已經知道了盛名川的消息，呆呆地坐在太師椅上，臉色慘白。「怎會如此，怎會如此……」

妙玉跟碧玉心中一酸，也落了淚，岑氏看見兩人，臉色又白了幾分，踉蹌地起身。「是不是把消息告訴寶珠了？她……她怎麼樣了？」小女兒的性情她最瞭解，她如何受得了這個打擊。

碧玉哭道：「太太，奴婢把消息告知姑娘後，姑娘承受不住，昏死了過去。」

岑氏手抖得厲害，都快喘不上氣了，便讓丫鬟扶著她朝寶珠的院子而去。

等到了房裡瞧見地上那鮮紅的血跡，岑氏整個人晃了幾下，看著榮寶珠面色慘白地躺在床上，岑氏再也忍不住，終於落淚，上前坐在床頭邊，握住她的手傷心道：「我們寶珠的命為何這麼苦，老天爺為什麼要讓妳受這種磨難……」

妙玉跟碧玉也在一旁傷心落淚。

大夫很快就來了，替榮寶珠把了脈，說是氣血攻心所致，因姑娘身子骨兒不錯，並無大礙。寶珠被大夫扎了幾針後就轉醒過來，然後大夫開了藥方讓丫鬟去熬藥。

榮寶珠白著臉躺在床頭，沙啞著聲音問碧玉。「盛大哥的屍首呢？可運回來了？」

岑氏側身不忍看榮寶珠傷心的模樣。

碧玉哭道：「姑娘，盛大少爺的屍首並沒有運回來，說是放在義莊的時候，被外頭的野獸給叼去了，如今不過是把盛大少爺的隨身衣物送回盛府。」

榮寶珠本就慘白的臉色越發蒼白，連唇色都是青白一片。她茫然地看著一處，耳邊什麼聲音都聽不見了。

盛名川的事情很快在京城中傳了開來，不少人都暗暗唏噓，盛家大少爺這般出色的一個人物就這麼去了，真是可惜。

沒幾天，京城忽然傳出榮家七姑娘剋夫的傳聞。都說榮七姑娘十歲就跟盛名川定了親事，盛名川中了榜眼後本該步步高陞，哪知在翰林院裡待了三、四年，竟被外放到那種地方，這一去更是死無全屍。

這不是剋夫是什麼？

榮府卻顧不上謠言，榮寶珠這幾日都是昏昏沈沈的，整日躺在床上。岑氏則要忙著去忠義伯府慰問，還要處理之後的事宜。

過沒兩天，高陽公主來看榮寶珠，一雙眼睛是又紅又腫，顯然知道盛大哥出事後她也不好受。

岑氏希望能有人多陪陪榮寶珠，開解她一下，便讓丫鬟把高陽公主送進寶珠房間就退了出來，只餘她們兩人。

榮寶珠這些日子沒吃多少東西，瘦得嚇人，瞧見高陽公主來，這才墊高軟枕，靠在軟枕上對她露出一個比哭還難看的笑容。「阿玉，妳來了。」

「寶珠……」高陽公主哽咽道。「我來看看妳，妳……」瞧見寶珠的模樣，她實在說不出什麼勸說的話來，連她都傷心不已，更何況是寶珠。

她默默地坐在床頭，兩人都不說話，過了會兒，高陽公主才咬牙切齒地道：「這事都怪長安！」

榮寶珠一驚，抬頭看著她。

高陽公主恨聲道：「我當初就覺得盛大哥去西北的事情不對勁，找人查了查，沒想到這事與長安有關……」

高陽公主說著看了榮寶珠一眼，紅著眼眶。「寶珠，對不起，之前我沒有告訴妳，其實長安一直屬意盛大哥，可我想著盛大哥只喜歡妳一人，根本不會搭理長安，就沒把這件事告訴妳。哪想到長安為了讓你們分開，會讓盛大哥去那種地方……」

榮寶珠驚愣，過會兒才捂著臉無聲地哭了起來。「都怪我……」淚水順著指縫滴落在錦衾之上，隨即沒入其中，只餘下淡淡的印子。

「要不是我……要不是我盛大哥就不會出這種事情了。」要不是她利用盛大哥對她的感情定下親事來，要不是為了擺脫嫁給蜀王的命運跟盛大哥定下親事，長安公主就不會為了讓他們兩人分開做出這種事情了。

兩人若是沒有訂親，盛大哥不會去西北，也就不會出事了，都怪她，都怪她，她太自私了！

「都怪我……」榮寶珠哽咽著，重複著這幾個字。「要不是我，盛大哥就不會出這種事情，都是我不好……」低聲的哽咽終於變成了嚎啕大哭。

高陽公主無措地坐在一旁，不知該如何勸解，想起那玉樹臨風的少年再也回不來，心中悲憤，忍不住跟著哭了起來。

兩人哭得傷心，岑氏在外聽著也是落淚，卻並未進屋去勸。

兩人傷心地哭了一番，榮寶珠漸漸不哭了，只愣愣地靠在軟枕上，腦子一片空白。

高陽公主擦了眼淚，咬牙道：「我覺得這件事太蹊蹺了些，不管如何我打算去西北一趟，就算盛大哥真的死了，我也要把他的屍骨給找回來。寶珠，我一定會把盛大哥找回來的！」哪怕他被野獸啃得只剩下骨頭，她都要把他帶回來。

榮寶珠終於回神了點，眼裡有了些精神。「我也去，我跟妳一塊兒去。」

「妳如何去得了？西北我熟悉得很，現今妳在京城被人傳得不堪，好好待在家裡就是。

我會悄悄動身去西北，妳莫要擔心，我一定會找回盛大哥。」

榮寶珠卻很堅持。「不成，我一定要去！」她這會兒反而有了些動力，搖了床頭的鈴鐺讓丫鬟們進來伺候她起身吃東西。既決定去西北，她就不能這麼糟蹋自己的身子。

丫鬟伺候榮寶珠梳洗好，又端了熱食進來，榮寶珠幾乎是強忍著反胃的感覺吃了一小碗。

用了膳，榮寶珠便想跟岑氏說去西北的事情，誰知不等岑氏來，忠義伯夫人先上門了。忠義伯夫人連帖子都沒下，來榮府也不找岑氏，直接過來榮寶珠的院子。

不過短短十幾日，忠義伯夫人就蒼老得厲害，滿頭的白髮。榮寶珠心中越發自責，恨不得給自己一刀，幾乎是強忍著才不讓淚水落下來，她請忠義伯夫人進屋，讓丫鬟上茶水。

「不必了！」忠義伯夫人的聲音沙啞，從袖中掏出一個東西甩在桌上。「這是妳的庚帖，現在他已不在人世，你們的婚事就此作罷！」

「夫人……」寶珠腦子嗡嗡作響，身上抖得厲害。「您這是……不管如何，我……我都會嫁給盛大哥的，我……我要去西北找回盛大哥。待定下日子，我會去忠義伯府守著的，這輩子我都會守著盛大哥。」

「夠了！」忠義伯夫人終於尖叫出聲。「要不是妳，我家名川怎麼會去西北？要不是妳，我家名川又怎麼會死？他走之前我就同他說了，妳不是良配，妳會剋他，可他偏偏不在意，什麼都不聽，說什麼都要娶妳，如今可好，如今可好……」

「嗚嗚嗚……」忠義伯夫人當著眾人的面，掩面哭了起來。「名川生前最喜歡的就是妳，我不想為難妳，就如我說的吧，你們的親事就此作罷。妳不要去西北找他，我自會派人去尋，妳去了，指不定連他的屍骨都……」

榮寶珠呆愣在原地，再也說不出一句話來。

岑氏很快就過來了，聽見了忠義伯夫人說的那些話，並不多說什麼，只把盛名川的庚帖拿出來還給忠義伯夫人。

忠義伯夫人離開後，榮寶珠被人扶進房裡，沈默地坐著，什麼話都說不出。

高陽公主心中不忍。「寶珠，妳放心，無論如何我一定會把盛大哥帶回來的。」

「妳把小八帶上吧。」榮寶珠沙啞著聲音道：「小八的嗅覺很靈敏，會幫上忙的。」

高陽公主沒有拒絕，這種事情找一支軍隊來，還比不上一隻鼻子靈敏又聽話的犬。

榮寶珠尋了盛名川曾經送她的一些東西，讓小八聞了味道，便讓高陽公主帶小八離開了。

高陽公主沒有耽誤，當天下午就啟程帶著小八去西北，為了趕路，她並沒有坐馬車，而是騎馬，數十日時間就抵達西北了。

之後榮寶珠一整日都待在佛堂中，每日吃齋唸佛，只求能夠找到盛大哥的屍骨。

過了十來日，天氣越發冷了，在陰冷的佛堂裡跪上一個時辰沒什麼人受得住，可榮寶珠除了吃飯和睡覺，整日都是跪在佛堂中唸經、抄寫經書。

看著越來越消瘦的女兒，岑氏心裡難受，到底是沒忍住，在吃飯的時候勸道：「寶珠，娘不阻止妳每日去佛堂，可妳待在那的時間太長了，妳的身體如何受得了？要不每日在佛堂裡待兩個時辰就好了，畢竟……名川的事情怪不得妳，外面那些謠言妳莫要相信……」

榮明珠也勸道：「寶珠，娘說的對，這件事我們都很難過，可妳也不能這樣糟蹋身子。」

「不是……」榮寶珠放下銀筷，沙啞著聲音道：「這事都怪我，如果不是我，盛大哥不會落得這樣的下場。娘和四姊莫要管了，這是我犯下的孽障，現在我只求阿玉能夠找回盛大哥的屍骨。」

要不是她當初想利用盛大哥擺脫自己的命運，盛大哥又怎麼會遇上那些事？說來說去都是因為她的自私自利，明明對盛大哥沒有男女之情，卻還利用了盛大哥，該死的人是她，不是盛大哥。如今這罪孽，她是一輩子都洗不掉了。

榮家四房一片愁雲慘霧，二房的榮灩珠則怔怔地跪在小佛堂裡的蒲團上，唸誦了一遍經書才嘆息道：「本想著這世大家的命運都該不一樣了，七妹會嫁給盛大少爺一世安好，卻不想會是如此，若是……若是今後還隨了上輩子，寶珠，妳可莫要怪我。」

她好不容易重活一世，不是為了嫁個普通人度過一生，她要登上高位，要讓上輩子那負心男一家都不得好死。

榮灩珠跪在蒲團上對著面容慈祥的菩薩磕了個頭，心裡默唸著，求菩薩原諒信女。

轉眼到了年關，榮家上下卻沒有半分喜悅，因為京城裡關於榮寶珠的謠言越傳越離譜，說她命格不好，專剋夫，誰要是跟她成親，遲早會被剋死。

不過在除夕前一天，榮家多了件喜事，皇上賜婚了，榮家四姑娘和理國公世子開春後即刻成親。

岑氏擔心小女兒的同時，要開始忙著準備大女兒的親事，榮明珠這些日子臉上看不出喜怒，只每日陪著寶珠。

榮寶珠這些日子越來越消瘦，好在她的身子骨兒不錯，一直都沒出問題。除夕那天，榮寶珠只跟大家吃了團圓飯後就繼續回到佛堂中。

轉眼就到正月十五的晚上，岑氏看榮寶珠從佛堂裡出來，便讓她跟著姊姊嫂嫂們一塊兒出去轉轉。

榮寶珠搖頭。「我就不去了。」

幾個姊姊跟嫂子實在看不下去，勸說她許久，又說她不出門，大家也都不去了。榮寶珠知道大家都是為了她好，也知道自己不可能這輩子都不出門，便在家人的勸說下，跟著四姊、五姊、六姊和嫂嫂們一起出了府。

街道上熱鬧非凡，到處都是花燈，榮寶珠想起九歲那年跟著盛大哥和阿玉一塊兒出來看花燈遊湖的事情。正是因為那次遊湖，她掉進湖中被蜀王所救，然後對外宣稱是盛大哥救下她，她才貪心地利用了盛大哥。

榮寶珠茫然地跟在家人身後，人太多，等回神的時候她已經被人擠開，和家人分散了。她站在熙熙攘攘的人群中，看著大家明亮歡快的笑容，眼睛乾澀得厲害。她尋了個角落的位置坐下，看看人群，腦中一片空白。

感覺身邊有人走近，榮寶珠抬眼看去，只見一個頭髮花白的老婆婆挨著她坐了下來，笑道：「小姑娘怎麼一個人坐在這？妳的家人呢？莫不是跟他們走散了？」

這老婆婆是個人牙子，方才就注意到榮寶珠了，雖然這姑娘戴著面紗，但她從這姑娘水靈的眼睛便知曉寶珠的容貌不差，若是能夠得手轉賣出去肯定能得一個好價錢。

榮寶珠神色冷淡，並不答腔。

這婆子心裡笑開了花，覺得這姑娘腦子肯定有點問題，瞧著穿著這般好，肯定是大戶人家的姑娘。大戶人家姑娘出來定有丫鬟婆子跟著，這姑娘走散了也不知道要找人，腦子肯定不好使。

老婆子笑道：「姑娘可是找不到回去的路？姑娘別怕，跟老婆子說說，老婆子送妳回去。」

榮寶珠又不傻，豈會看不出這老婆子心懷不軌，依舊不願意搭理她，只低著頭不說話。

老婆子瞧見姑娘這般，更加肯定她腦子有問題了，笑道：「姑娘莫怕，老婆子這就帶妳回家去。」說著，便伸出乾枯的手想要抓住寶珠。

那老婆子的手剛挨到榮寶珠手上，老婆子忽然就覺得身上被人踹了一腳，都還沒叫出聲，已經摔出去好幾丈遠了。

老婆子身上疼得不行，躺在地上哎呀哎呀地叫了起來，又看了一眼那踹她的人，竟是個很好看的男子，此刻正一臉怒氣地看著她，目光猶如看死人一般。

那男人道：「子騫，把這老婆子送去官府查看！」

老婆子頓時慌了，爬起來就想逃，可男人方才那腳顯然踹得不輕，這會兒她根本爬不起來，只好任由另外一個男人抓住她朝官府而去。

榮寶珠沒想到會有這麼個變故，她愣愣地看著蜀王，過半晌才打算起來行禮道謝。還未起身，蜀王已經按著她的肩膀讓她繼續坐著，榮寶珠只能坐下，口中說了句謝謝。

三歲那年，她無意間救下蜀王一命，還有一次在山間發現他受傷，幫他處理了一下傷口，之後蜀王就像要還她恩情似的，每次她出事都必定會被蜀王救下。想來也是，他以後會是天底下最尊貴的人，自己救他兩次，怕是能抵上他救自己十幾次了，這可真是孽緣。

趙宸緊抿著嘴，心裡說不清是什麼感覺，惱怒肯定是有，為了那一個小子，她就尋死尋活的，要不是自己，她是不是就打算任那婆子把她給拐走了？

他緊盯著她，沒有坐下，微微俯身對上她有些呆滯的雙眼，這雙漂亮的眼睛再也沒有之前的靈動。

趙宸心中一縮，開口道：「這般想尋死？」聲音冷若冰霜。

榮寶珠低頭。「沒有，殿下誤會了，不過是心情不好，在這裡坐一會兒而已。」

人。」

「呵……」趙宸冷笑一聲，語氣裡有說不出的嘲諷意味。「看不出妳還是個深情的人。」

榮寶珠不答話，趙宸也不再說話，順勢在一旁坐了下來，過了會兒才道：「心裡不舒服多出來走走就是，切記讓丫鬟婆子陪著，以後碰上這種婆子就直接讓她滾。」

榮寶珠聽完只說了聲是，趙宸側頭看她，感覺她清瘦了不少。看了半晌，他神使鬼差地伸手摸了摸她沒什麼肉的臉頰。

榮寶珠抬頭看他，好看的眉微微皺著。

趙宸神色自然地收回了手。「妳臉上落了隻蟲子。」

大冷天的，哪來什麼蟲子。榮寶珠心中不滿，但她此刻身上沒什麼力氣，不想搭理這人。

兩人都沒有注意到巷子口的人群裡，有個豐韻娉婷的姑娘正緊緊咬著牙根瞪著他們。

趙宸坐了一會兒就有些坐不下去，起身站了起來。「我送妳回去吧。」

榮寶珠搖頭。「不必，我方才同家人走散，他們待會兒肯定會尋到這裡，就不煩勞殿下操心了。」

趙宸點頭，等瞧見榮家人出現在巷子口的時候就轉身離開，走的時候沒再看榮寶珠一眼。

榮家人差點沒嚇死，幸好找到了寶珠，之後幾人更是牽著寶珠的手才肯放心，帶著她轉了不少地方，只希望她的心情能好些。

幾人看過花燈後去了湖邊上，觀夜湖的景色。

「寶珠，方才在巷子裡的時候我似瞧見妳身邊還有個人，那人是誰？」榮灩珠死死壓下心頭的嫉妒，才讓自己和顏悅色地跟這七妹說話。

榮寶珠淡聲道：「妳看錯了，哪有什麼人？」之後便不肯再說一句話。

榮灩珠咬牙。

三月的時候，高陽公主從西北來信，上頭只簡單地說還未找到，她不會放棄。

榮寶珠看完信後就把信燒掉了，每日繼續在佛堂吃齋唸佛。

榮家人都擔心到不行，寶珠這樣已經幾個月了，他們覺得她有些傷心過度，整個人似陷入深深的自責中。岑氏並不知道他們兩人之間是怎麼回事，卻也不敢多問，怕在寶珠的傷口上撒鹽。

三月是榮明珠跟理國公世子成親的日子。

榮寶珠一大早起來就去四姊的房中，看著喜婆給四姊梳妝打扮，看著岑氏淚眼汪汪地叮囑道：「嫁過去後就好好跟世子過日子，他對妳是真心的，娘知道妳表面溫順，脾氣卻是倔得很。雖不知道妳為什麼這般討厭他，但夫妻倆過日子跟做姑娘的時候不一樣，妳鬧鬧小脾氣就算了，千萬不能真的鬧僵。夫妻間小吵怡情，大吵那就是傷感情了，妳小姨母就是前車之鑑，可記住了？」

「娘，我都知道。」榮明珠紅著眼眶點頭。「既然成親的事情無法改變，我自然會好好跟他過日子的，女兒心裡明白。以後女兒不能在您身邊伺候了，您一定要好好保重。」

岑氏點頭，眼睛也紅了，還是榮海珠道：「娘，四姊，別哭了，這是喜事。」

岑氏悄悄地擦了擦眼，笑道：「海珠說的對，這是喜事。」

榮寶珠心裡終於有些動容，走到榮明珠身邊握住她的手，一字一句地道：「四姊，妳一定會幸福的。」

榮明珠頓了下，反握住寶珠的手，露出一個溫婉的笑容來。「是，我會幸福的，七妹也會幸福，那些不幸的事情跟七妹沒有關係，七妹也不想這樣的，是不是？」

榮寶珠的眼眶漸漸紅了，卻硬是強忍著沒流淚。

等吉時到了，榮明珠被送上花轎，出了榮府。榮寶珠一個人回房間大哭了一場，之後人就精神許多，吃的飯多了點，每天固定去佛堂兩個時辰，其他時辰則繼續看醫書。

大家瞧寶珠恢復了些精神終於放心了，過沒幾天，宮裡下了帖子，說宮中御花園百花爭豔，邀大家進宮賞花。

這明面上是邀請大家賞花，京城裡的人卻都知道這是打算給蜀王挑選妃子了。自從幾年前賜婚給蜀王的張家大姑娘名聲不潔後，蜀王一直未曾娶妻，如今都快二十二了，只怕太后是急了。

給榮府下帖的小太監還說了，太后要榮家沒訂親的姑娘都一塊兒進宮。

幾天後榮家女眷就進宮去了。

榮寶珠坐在馬車上一直在思考長安公主的事情，上輩子長安公主因為是女子算是躲過一劫，並沒有被蜀王囚禁。她的公主封號被剝奪，依舊住在京城裡，只不過蜀王不允她出京，榮華富貴照樣享受。

榮寶珠慢慢攥緊了拳，冷笑一聲，她不會為自己辯解，盛大哥的死跟自己脫不了關係，但最可恨的還是長安公主。明知兩人已經訂親還要橫插一腳，甚至為了讓兩人分開把盛大哥外放去西北，只怕京城中的那些謠言也是長安公主所為，為的只是讓忠義伯夫人厭惡自己吧，如此狠心的女子，到頭來要是還能享受榮華富貴也太便宜她了。

一時半會兒想要動長安公主根本不可能，榮寶珠告誡自己要慢慢來，不管如何，這是她第一次這麼恨一個人，恨不得她去死。

榮寶珠並不擔心太后會賜婚給她和蜀王，就算京城傳言她剋夫，這也不足以入太后的眼，不過若她長得醜了些，太后肯定會賜婚的。

跟著岑氏進宮，榮寶珠冷眼看著榮灩珠在太后面前獻殷勤。

太后只是淡笑，目光在榮寶珠臉上流連了一圈，在心裡嘆息。有剋夫這傳言倒是不錯，奈何長得太漂亮了些，不是她挑蜀王妃的首選。

在場的女眷都心知肚明太后想做什麼，有意的姑娘就在太后跟前多轉幾圈獻殷勤，無意的姑娘就躲得遠遠的。

在場女眷中，太后只跟榮寶珠說了兩句話，無非就是節哀什麼的，不一會兒就讓女眷們散開了。

太后找來蜀王，讓他打量一下周圍的女眷，笑道：「可有中意的，若是有，哀家就賜婚給你。」

趙宸看了一圈，回道：「都差不多。」

太后又笑道：「那你瞧瞧這些女眷當中哪個最漂亮？」

趙宸的目光落在榮寶珠身上，神色平淡地道：「那榮家七姑娘的容貌最為出挑。」

榮灩珠攥緊了拳，為什麼他的目光永遠都落在七妹身上，自己到底哪裡不如七妹，她不就是一張臉蛋比自己長得好看點。她狠狠地看著寶珠的臉蛋，心想要是沒了這張臉，我看妳還得意什麼，我看蜀王還會不會喜歡妳！

第二十三章

過了幾天就是榮寶珠的生辰，她本沒打算過，不過因為是及笄，便跟家人擺了宴，吃了一碗長壽麵。

四月十五的時候，狄氏帶著榮家女眷去平安寺上香。

女眷們依次上了香，過了一會兒，有個小和尚過來找榮寶珠。「小施主，妙真師父有幾句話想同妳說。」

當初榮寶珠兩次昏迷都是由妙真大師誦經讓她醒過來的，這會兒榮家人都不疑有他，讓她跟著小和尚一起過去。

岑氏本想跟著，那小和尚卻道：「還請施主留步，妙真大師說今日只見小施主一人。」

岑氏遲疑了下，到底還是止步了。

來到寺廟後院的時候，榮寶珠便察覺有些不對勁，她來過平安寺好幾次，知道妙真大師並不住這裡，便頓住了腳步，問道：「小師父，請問妙真大師找我所為何事？」

小和尚回頭道：「小僧也不清楚，妙真大師只說是跟小施主今後的命格有關，小施主還是去問問妙真大師吧。」

這時距離小和尚近了些，榮寶珠聞見一股熟悉的香味，她不肯再往前走。

瞧她遲疑的樣子，前面的小和尚突然露出個古怪的笑容來，榮寶珠心中一驚，正想大聲呼叫，頸子後方就傳來一陣疼痛，眼前一黑她就徹底昏迷了過去。

榮寶珠是被尖叫聲給驚醒的，醒來後只覺臉頰左側火辣辣的疼，她撐起身子瞧見自己還躺在方才那個小和尚帶她來的院子裡，地上一片血跡，自己的衣裳上也沾了不少。她去摸火辣辣的左臉，入手就是一片濕潤，定睛一看，手心全是血跡。

「啊啊……」那尖叫聲還在不斷叫著。

榮寶珠抬眼望去，是個四十多的婦人，粗布麻衣的打扮，那婦人巍巍顫顫地指著寶珠的臉。「姑娘……姑娘，妳臉上……」

那婦人不過是替寺廟送菜的山下村婦，今兒按照約定來給平安寺送菜，哪想到一進寺廟的廚房和放雜物的院子裡就瞧見地上躺著一位衣著精緻的姑娘，走近一瞧，那姑娘竟一臉的血跡，左臉頰自下巴處有一道幾寸長的刀疤，紅肉翻出，顯然是不久前才受傷的。

「姑娘……姑娘妳……」婦人驚懼不已。

榮寶珠的拳頭攥了又攥，心中的一口氣差點提不上來，這會兒她顧不上傷勢，只求這婦人去把榮家人找來。

榮家女眷很快就過來了，方才她們聽那婦人的描述就心知不好，這會兒到後院瞧見榮寶珠臉上和身上的血跡，岑氏腳一軟，生生地跪在地上，其他榮家女眷更是一臉驚慌。

榮海珠瞧見榮寶珠的時候，臉色慘白，幾乎不敢上前了。「這怎麼回事，怎麼會這樣……」

幾個嫂嫂也嚇到不行，榮灩珠臉色蒼白得厲害，哆嗦著嘴唇。

還是狄氏抖著手上前一把握住了榮寶珠的手。「這是怎麼了？妳的臉……寶珠……」饒是平日裡最淡定的狄氏此刻也沒法面對，方才還好好的一位姑娘，不過半個時辰就被人毀去了容貌，這是生生毀了寶珠啊！

狄氏哭道：「到底是誰這麼狠的心腸啊，我可憐的寶珠啊！」

「祖母……」榮寶珠扶住了狄氏。「祖母別擔心……」

狄氏繼續哭道：「寶珠……寶珠……」

這會兒大家都被嚇著了，根本來不及思考什麼。

岑氏哭得快昏死過去，渾身發軟地跪在地上。

榮寶珠扶起狄氏，死死地看著榮灩珠，臉上露出個古怪的笑容，她鬆開扶著狄氏的手，慢慢朝著榮灩珠走過去。

榮灩珠此刻心中十分害怕，看著那渾身血跡一步步朝自己走過來的女子，猶如看見地獄的羅剎一般。

榮寶珠直直走到榮灩珠面前，什麼都不說，直接一巴掌揮了過去，這巴掌幾乎用盡了榮寶珠全部的力氣，榮灩珠的臉頰立刻腫了起來。

眾人被這一變故驚呆了，都愣愣地看著。

「妳好狠的心腸！」榮寶珠攥著拳。「我沒想到六姊會是這樣的人，為了一個男人如此不擇手段，竟設計毀了我的容貌！」

榮灩珠被驚得往後退了一步，臉色煞白。「妳……妳胡說，我根本不知道妳在說什麼！」

為何七妹會知道？她明明做得如此隱蔽，那和尚如今早就走了，只怕已在逃去外地的路上。

「怎麼回事？」狄氏這時已經顧不上傷心，走到榮灩珠面前厲聲道：「這事是妳做的？」

榮灩珠慌張道：「祖母，不是我做的，真的不是我做的，我怎麼會去害寶珠。」

榮寶珠忍著臉上的劇痛道：「當年遊湖的時候，妳撞我落下湖，根本就是妳故意為之，偏所有人都被妳騙去，那時不過因為蜀王多看了我一眼，多跟我說了兩句話妳便懷恨在心。正月十五那日我跟姊姊們走散又碰見了蜀王，妳多問了我兩句，待我否定的時候，妳咬牙切齒。前些日子去宮裡的時候，太后與我多說了兩句話，妳便以為太后屬意我，心裡怕是恨我恨得不行，所以這才找人毀了我的容貌！」

「不是，不是！」榮灩珠哭道。「妳是我七妹，我怎會害妳？七妹，妳誤會了，真不是我做的，妳相信我。」

她哪敢承認毒害姊妹的罪名，她怕榮家人會為了家族名聲不把她送去官府，而是直接給弄死。

這時榮家人回了神，岑氏強忍著悲傷從地上站起來，撲到榮灩珠身上，顧不上儀態，又是一巴掌打在她的臉上。「妳這賤人，連自己的妹妹都要害，妳自個兒喜歡男人妳自個兒喜歡了就是，何必拉上寶珠，何必嫉妒寶珠！」

岑氏相信女兒的話，不然怎麼會這般巧，她們一到平安寺就出了事，對方甚至搬出了妙真大師來當誘走寶珠的理由。妙真大師對榮寶珠的恩情只有榮家人知曉，不管怎麼看，這件事都是熟人所為，而府中跟榮寶珠不對盤的似只有榮灩珠一人。岑氏真恨當初寶珠落湖的時候，她為何就沒瞧出這丫頭的詭計來，如今害得寶珠毀了容貌。

女子毀容，下半輩子也就毀了，這跟要了寶珠的命有什麼區別？寶珠臉上的傷疤甚至比當初妙玉臉上的更加嚴重，妙玉因為體質的緣故能夠痊癒不留疤痕，可寶珠能嗎？

岑氏看了眼女兒血肉模糊的左臉，心裡恨不得殺了榮灩珠。她這一巴掌比榮寶珠搧的還重，榮灩珠另一側的臉頰也迅速腫脹起來。

「妳可知為何妳會暴露？」榮寶珠心裡恨極。「方才那小和尚挨近我時，我在他身上聞見了蘭花的香味，是妳常用的蘭花膏香味。榮府就妳最喜歡蘭花，且妳不愛市面上那種摻雜各種香味的蘭花膏，一定要讓丫鬟們親手做。妳身上的蘭花膏香味在京城都算是別具一格，妳可莫要忘了，當初許多人還稱讚妳身帶異香！且那小和尚出現之前，所有人當中就只有妳消失了一刻鐘，說是去如廁，其實妳是去通知那小和尚了！」

榮灩珠的臉色越發蒼白。「不是我……」為什麼七妹的鼻子會這麼靈敏？

狄氏果斷道：「現在趕緊下山去官府報案，想必那歹人還沒走多遠……」看了眼院子外，已經有幾人在指指點點了，這事怕是根本包不住。

狄氏原本是想秘密了結榮灩珠，可若如此榮寶珠臉上的疤痕就無法對外說，若是讓京城裡的人亂傳，指不定傳出什麼樣的謠言來，說不定會傳出寶珠在寺廟被歹人所害，還被歹人毀去清白之類的流言。

想來想去，只能去官府報案，榮家六姑娘殘害七姑娘的事情對榮家的名聲雖有影響，卻不會將寶珠傳得更加不堪。且榮家除了榮寶珠，其他人都已經有了婚配，榮家人也不怕。

榮家人一路下山碰見不少人，有幾個相熟的人家看見榮寶珠摀著受傷的左臉，再瞧見被打腫臉的榮灩珠，那些人心中立刻就有了答案，曉得是榮家六姑娘嫉妒七姑娘的美貌，毀了榮家七姑娘的臉啊，好狠的丫頭。

下了山，坐馬車回去的時候，岑氏抱著榮寶珠哭得傷心，榮寶珠這會兒半邊臉已經麻木了，心中更是木然。自幼她就為了逃離今後跟蜀王在一起的命運打算著，哪想到如今陰差陽錯，毀了名聲又毀了容貌，被宮裡那位知道後她或許會立刻被賜婚吧。

這幾年的功夫都白費了，還搭上了盛大哥，她恨，她好恨。不管是上輩子還是這輩子，她兩輩子良善，可到頭來得了什麼？害死了盛大哥，讓家人為她如此的傷心，最後還要嫁給蜀王。

人善被人欺嗎？榮寶珠心中冷笑一聲，慢慢閉上了雙眼，耳邊傳來岑氏和姊姊、嫂子的哽咽聲，刺得她的心生疼。

馬車很快回到榮府，狄氏立刻讓人請了大夫，又把還在衙署的大老爺、三老爺和四老爺找回來。

三位老爺很是震撼，榮大老爺以前在五城兵馬指揮司當差，如今那裡還有不少有交情的同僚，這事他們應該能幫得上忙。

榮大老爺瞧了眼寶珠血肉模糊的左臉也心疼得厲害，轉身跟榮家的女眷們道：「可瞧見了那歹人的容貌？立刻去畫他的畫像出來……」

榮海珠紅著眼眶道：「我去畫吧。」

那歹人在榮家女眷面前露過臉，榮海珠的書畫在她們之中是最厲害的，便轉身去了書房。

榮寶珠忍著痛道：「大伯，他們應該是兩人，還有一人也是男子，跟那喬裝成小和尚的年紀差不多，都是約莫二十左右……」她回想了一下當時的情況，以及那人敲她脖子的力道和角度。「把我打昏的那人是左撇子。」

榮大老爺點頭。「成了，我都知道了，妳先回房去，大夫很快就來了，等畫像出來我會派人去追查，這事待會兒自會去上報承天府。」他看了一眼榮灩珠，厭惡地道：「至於她，就先捆了送到柴房去！」

榮灩珠尖叫道：「大伯，憑什麼，不是我做的！」

榮大老爺不是傻子，他看得出來這事肯定是熟人所為，除了國公府的人，有誰那麼熟悉榮家人的動向，這詭計可比當初榮灩珠她爹的還要不堪，更是破綻重重。

榮大老爺並不搭理她的尖叫，讓婆子把人捆了扔進柴房。

榮寶珠受傷的事情根本瞞不住，榮家人也不想隱瞞，倒不如直接讓京城的人知道，省得他們又亂傳出什麼話來。

榮寶珠被丫鬟們攙扶著回房，身上已經連一絲力氣都沒有了，丫鬟扶著她來到銅鏡前，榮寶珠就那麼看著鏡中自己受傷的左臉。

妙玉跟碧玉都哭得傷心。「姑娘，您先躺著休息一會兒吧，大夫很快就來了，姑娘……」

碧玉哭道：「六姑娘怎麼這麼狠的心腸，她怎麼下得了這個手？姑娘以後可怎麼辦啊。」

耳邊傳來丫鬟傷心的哭泣聲，榮寶珠伸手摸了摸左臉，傷口附近已經腫得不成樣子了。她沒什麼表情，只起身讓丫鬟幫她把身上的髒衣裳換下來，又端了清水過來把臉上的血跡擦拭了下。

查看過傷口後，榮寶珠又讓丫鬟去取了幾種草藥過來，由她親自熬煮，並在裡面加了一滴瓊漿，她再用熬煮好的藥水把傷口清洗了一遍，這藥汁有止血跟消腫的功效，傷口清洗乾淨後，血也差不多止住了，這下更能清楚瞧見傷口有多深。

妙玉跟碧玉都不忍心再看，眼睛都快哭腫了。

榮寶珠淡聲道：「去把我房中那一套銀針用沸水煮了，再取針線過來放在一起用沸水煮過。」她從庵裡回來後，院子裡就搭了一間小藥堂，裡面大多數的草藥跟醫用針線都有。

家裡人只當她是一時興趣，根本不知道她醫術如何。

碧玉顫聲道：「姑娘，還是等大夫來了，讓大夫來處理吧，您若是一個不小心……」

「快去！」榮寶珠的聲音冷了兩分。

碧玉從沒瞧見自家姑娘如此，心裡竟有些怕，不敢多說什麼，去小藥房裡取了姑娘要用的東西用沸水煮開，並讓小丫鬟偷偷去跟岑氏報了信。

岑氏還在大房那邊商量寶珠的事情，聽見小丫鬟的通報時，嚇了一跳。她知道寶珠學了醫術，可只當那是女兒的興趣，如今見她竟要親手處理傷口，既是擔心又是難受。

等岑氏過去的時候就瞧見榮寶珠已經準備開始縫合傷口，她立刻上前握住寶珠的手，哭道：「我兒這是作何，就算妳真會醫術，可這是給自己縫合，該有多疼，我們等大夫來好不好？妳就聽娘一次。」

看著岑氏淚流滿面的樣子，榮寶珠放下手中的針線，柔聲道：「好，就聽娘的，娘，您不用擔心，我沒事，不疼的。」

用了瓊漿後的確沒那麼疼了，而且有瓊漿，她幾乎是想要臉上的傷什麼時候恢復，就能什麼時候恢復。

岑氏讓丫鬟把桌上的東西都收走，自己扶著寶珠到床榻上。「寶珠好好休息，大夫很快就來了，妳不會有事的，莫要多想，不管如何還有爹和娘，知道嗎？」

榮寶珠乖巧地點頭。「娘，我都知道，我不會有事的，爹娘也不要擔心。」

岑氏哪裡都不敢去了，只在房裡陪著寶珠。

大夫很快過來了，一進屋瞧見榮寶珠臉上血肉模糊的樣子心裡咯噔了一聲。

榮府兩姊妹的傳聞，他來的時候都聽說了，沒想到那六姑娘真下了這麼狠的毒手，這七姑娘真是毀了，以前再美貌又如何，臉已經成了這個樣子，怕是會留下很深的傷疤。

大夫在心裡嘆息了一聲，手邊開始替榮寶珠處理傷口，傷口先前已做過簡易清理，現在只需要把傷口給縫合。一般人都受不住縫合傷口的疼痛，這嬌生慣養的姑娘只怕會痛暈過去吧。

岑氏讓丫鬟們都出去，自己則留在房中看著大夫。

榮寶珠起身坐在窗臺下明亮些的位置，大夫叮囑道：「姑娘，待會兒縫合的時候會非常疼，妳要忍住，最好口中咬著一個東西。」

岑氏讓丫鬟送了乾淨的帕子捲成團含在榮寶珠口中，大夫這才開始縫合。

榮寶珠知道大夫、宮裡的御醫都沒辦法麻痺一部分的身體，縫合傷口的疼痛是避免不了的。幸好她之前從元空師父那裡學習了一套針法，用銀針下在身上的一些穴位，能夠讓身體的一部分暫時麻痺，縫合時才不會過於疼痛。

就算傷口已經用瓊漿清洗過，可大夫用針縫合傷口時還是有些疼，榮寶珠的額頭緩緩冒出冷汗。她緊緊地咬著帕子，愣是一聲不吭，旁邊的岑氏早已淚流滿面，卻是不敢哭出聲來，只捂著嘴巴無聲地流淚。

等傷口縫合好後，大夫也出了一頭的汗，對這七姑娘很是佩服，縫了十幾針，這七姑娘竟硬是一聲不吭，這樣的姑娘被毀了容貌，真是可惜了。

大夫縫好傷口後又熬煮了藥汁清理傷口，並開了方子讓丫鬟們去抓藥。「這幾種藥要每天熬出藥汁，用來擦拭傷口，另外幾種藥煎成一碗，每天給姑娘喝。還有這藥膏能淡化疤痕，也是要每天塗抹，不過……」大夫看了眼寶珠的傷口。「恐怕效果不大，哎……」

送走大夫後，榮寶珠睡了過去，榮四老爺、岑氏、榮海珠、榮琅和榮琤一步不離地守著她。

過了會兒，榮琤起身道：「我出去一會兒。」

出了房，榮琤攥緊的拳才鬆開，不一會兒榮琅也出來了，他只看了榮琤一眼，並沒有多說什麼，榮琤則一言不發地朝關了榮灩珠的柴房走去。

榮琤進了柴房，一腳就踹在榮灩珠身上，厲聲道：「賤人，寶珠把妳當成姊姊一般對待，妳卻毀她容貌，妳好狠的心腸！」

榮灩珠被踹得吐了一口血。「不是我……不是我做的……」她死都不會承認的，只要沒抓住那兩人，榮家人就不敢輕易殺她。

「呵……」榮琤冷笑一聲。「妳真以為大伯找不到人？別傻了，妳等著吧，我看妳到時還怎麼狡辯！」心中到底是氣不過，又給了榮灩珠一腳他才離開柴房。他倒是真想現在就殺了這女人，可人沒找到，證據不齊全，還是忍住了。

當天這事就在京城裡傳開了，榮家讓人放話傳出二房過往的所作所為，雖只提點了一些，饒是如此就夠京城中的人議論紛紛。說是榮家二房肯定做了什麼傷害兄弟的事情來，不然怎麼就突然外放了；還說榮家二爺是個白眼狼，又養出這麼一個小白眼狼，竟嫉妒妹妹的容貌，毀了其容貌，好狠的心腸。

京城裡流言傳得沸沸揚揚，第二日宮裡的人就知道了這件事。

太后坐在寬大的貴妃榻上，任由小宮女們替她捏著雙腿，半晌後才淡聲道：「去把太醫院使叫來。」

立刻有小太監去太醫院叫了院使正大人過來。

太后讓人起身，這才道：「哀家聽聞榮家七姑娘被其六姊毀了容貌，你去瞧瞧是怎麼回事。記得替榮家七姑娘仔細看看，姑娘家的容貌可是大事，馬虎不得，可千萬莫要留下疤痕了。」

正大人立刻趕去了榮家，榮寶珠得知正大人過來的時候冷笑了一聲，暗道太后可真是忍不住，這才不到一天工夫就派人來看看她是不是真的毀容了。

查看過榮寶珠的傷勢，正大人很是心驚，下手的人真是狠毒，這疤痕是留定了，且還會是一道猙獰的傷疤。正大人開了一些藥又留下膏藥這才回宮去覆命。

太后問道：「榮七姑娘的傷勢如何了？」

正大人道：「回稟太后，榮七姑娘的傷在左臉，自臉頰到下巴，非常嚴重，想不留下疤痕是不可能的，就算是薛神醫來醫治只怕也無能為力。」

「這般嚴重？」太后愕然，皺眉道。「可真是那榮六姑娘所為？」

「臣不知……」正大人回道。「臣只知榮六姑娘如今已被關進了柴房。」

太后嘆氣道：「真是可惜了榮七姑娘的那副容貌。好了，你退下去吧。」

等正大人退了下去，太后又讓侍衛協助承天府好好捉拿傷了榮七姑娘的逃犯。

等事情都吩咐得差不多了，太后讓人把蜀王叫了過來。

趙宸身姿高大修長，光風霽月，朝著殿裡走去的時候，太后忍不住恍惚了一下。先帝的兩個孩子也只有他跟先帝有幾分相似，可他為何是出自玉妃的肚子呢，倘若他是別的妃子生的，她或許還能讓他安安穩穩地過一輩子。

太后心中嘆息一聲。蜀王，要怪就只能怪你是那女人的兒子。

等蜀王來到殿前的時候，太后已經換上一副笑咪咪的面孔，朝他招了招手。「快些過來，來哀家旁邊坐著吧。」

趙宸的面色柔和兩分，身上的暴躁戾氣收斂了起來，先給太后行過禮才在她身邊坐下來。「母后，找兒臣過來可是有什麼事情？」

太后笑道：「自然是有事情，那榮家七姑娘的事情你可聽聞了？」

趙宸心中一動，冷笑一聲，面上不動分毫，笑道：「自然是聽聞了，那般絕色的容貌到底是可惜了。」

「可不是……」太后跟著感嘆。「前些日子給你挑選妃子的時候我就看中了她，還讓人查了她的八字。雖說京城傳聞她剋夫，但這根本不可信，她的八字極其旺你，我原想著要給你們賜婚，哪想到會發生這種事情，哎，真是可惜了。」

聲音一頓，太后又問道：「你是怎麼想的？她臉上雖受了傷，不過若是能夠尋到薛神醫，臉上的傷大概就不成問題了。你若是願意，哀家就賜婚，若是不願意，哀家就瞧瞧別家姑娘，不過其他姑娘的八字就沒榮七姑娘的好。」

趙宸溫聲道：「父母之命，媒妁之言，一切單憑母后作主就是。」

太后遲疑了下。「這些姑娘中我最喜的還是榮七姑娘，可就怕尋不著薛神醫，這姑娘臉上又是……」

趙宸再次道：「兒臣全憑母后作主。」神色冷淡了兩分。

太后心中冷笑，他是不願意卻不好說出來吧？既然不願意那才好。

她不由得笑道：「好，既然如此，母后便作主給你們賜婚，再讓人全力去尋找薛神醫，定會醫治好榮七姑娘的。」

趙宸的神色越發冷淡了。「兒臣多謝母后。」

「好了，你只管回去吧。」太后想了下又道：「如今你快成親了，哀家就算再喜歡你，想留你在宮裡陪著哀家也是不行了，哀家在宮外已經賜給你一座王府，成親後你跟王妃就在王府住著吧。」

「兒臣知曉，多謝母后。」

太后賜婚給蜀王和榮寶珠的懿旨在三日後送到了榮家。

榮家一時半會兒還不知道是怎麼回事，全府跪下接了懿旨就懵了，太后竟賜婚給蜀王和榮寶珠？親王妃子怎麼可能會挑選一個被毀了容貌的人？

榮大老爺好一會兒才回了神，讓人給這太監總管塞了幾片金葉子，笑道：「煩勞公公了，還請公公進去喝杯茶歇息一下。」

太監總管笑道：「不必了，咱還急著回宮去跟太后覆命呢。」

「那我送公公吧。」榮大老爺送著太監總管出了府，路上問道：「公公可知太后為何會突然賜婚？寶珠畢竟傷了容貌，怎有福分嫁入天家？」

太監總管笑道：「太后之前就打算賜婚了，且蜀王也是一片情深，原本就中意你們家七姑娘。蜀王得知七姑娘受傷仍願迎娶七姑娘，太后自不好拒了蜀王的心意，就答應賜婚了。」

榮大老爺有點呆住，他見過蜀王不少次，這位王爺的脾氣有些不好，榮寶珠嫁過去也不知是福還是禍，可若是不嫁給蜀王，寶珠以後怕是只能一輩子長伴青燈了。

送人出府後，榮大老爺回去就把這話告訴了大家。

一時之間榮府的人都不知他們到底該開心還是該煩惱。岑氏這會兒心情最是複雜了，女兒的容貌被毀，她已做了養著女兒一輩子的打算，女兒卻突然被賜婚，她心中有些說不清這到底算不算好事。她想著，就算蜀王中意寶珠又如何，寶珠若還是以前的容貌，岑氏或許會覺得這門親事還成，可女兒容貌被毀，她眼下便有些不願意。何況蜀王的後院還有一堆妾室，寶珠嫁過去後可該怎麼辦？

之後幾日，京城中對兩人的婚事議論紛紛，有人說蜀王情深，有人等著看笑話，男人最在乎皮相，現在情深又如何，對著那樣一副容貌總有厭煩的時候，這根本就不是福氣。

榮家出嫁的幾個姑娘再次回榮府探望榮寶珠，幫著添妝，瞧著寶珠被毀的容貌，姊姊們心裡都難受得厲害，擔心她卻不知該如何勸說。

榮灩珠並不知道府中的情況，說起來自從她出事後，親哥哥榮珂一次都沒來看過她，甚至還躲得遠遠的，深怕會惹禍上身。

榮灩珠心中有些悲涼，為何其他幾房兄妹情深，可他們二房卻是這樣？她的親哥哥竟是如此薄情。被困在柴房裡好幾日，每日她只喝點水和稀粥，柴房外由兩個婆子守著，她們不同她說話，她覺得自己快要憋死了。

她回想自己當初找人毀去寶珠容貌的時候，就跟她第一次推寶珠落湖的時候一樣，如同鬼迷心竅般。她其實並不願意動寶珠，可最終卻落得這樣的結果。

外面看守的婆子小聲地說起話，榮灩珠湊近聽了一會兒，隱隱約約聽到太后賜婚、蜀王、寶珠幾個字。

榮灩珠腦子轟的一聲炸開了，整個人癱坐在地上。「怎會如此？怎會如此？到底是逃不開嗎？可……」

可為何寶珠被毀了容貌，太后還會賜婚？上輩子寶珠容貌健全，她一直以為寶珠會被賜婚是因為榮府。難道還有什麼她不知道的密事，不然太后怎會把破相的女子賜婚給蜀王？

榮灩珠撲倒在地上痛哭了起來。為何會這樣？她重活一世卻落得這樣的下場，到底是為何？

不出幾日，當初她雇用的那兩個歹人落網了，兩人交代了事情的始末，說是榮家六姑娘給了高價，唆使他們毀了榮七姑娘的容貌。

太后知道後十分震怒，杖斃了兩個歹人，又下懿旨說榮氏灩珠心思歹毒，因嫉妒蜀王妃容貌，竟找歹人毀容，其心可誅，賜毒酒一杯。

毒酒直接由宮人送去榮府，等榮府接了旨意，宮人就打算去賜死榮灩珠。

榮家所有人都在場，那宮裡的嬤嬤忍不住多看了榮寶珠兩眼，瞧見右臉的絕美，左臉的猙獰，不由得嘆息一聲。

榮寶珠上前向兩個嬤嬤福了福身子，溫聲道：「兩位嬤嬤還請稍等，我想去看六姊一眼。」

兩個嬤嬤都是通情達理的人，立刻就同意了。

「寶珠！」岑氏卻是急了。「妳進去看她做甚？萬一她不管不顧傷了妳可怎麼辦？」岑氏擔心榮灩珠知道要被賜死，會做出傷害寶珠的舉動。

「娘，沒事的。」榮寶珠安慰岑氏。「我只想進去跟她說幾句話而已，不會讓她傷到我的。」

岑氏倔不過寶珠，讓兩個丫鬟陪著她一起去了柴房。

行至柴房門口的時候，榮寶珠淡聲道：「妳們在院子門口守著吧，不許別人進院子，我同她說幾句話就出來。」

妙玉擔憂。「姑娘，這怎麼使得。」

「妳們只管照辦就是了。」

瞧著神情冷淡的姑娘，兩個丫鬟不敢違抗她的意思，心裡卻都擔心著，姑娘似乎自從這事情後，性子就冷漠了許多。

兩名丫鬟守在院子門口，榮寶珠推門進了柴房，一股霉味和腐爛的臭味衝入鼻翼間。

房門被打開後，昏暗的柴房亮堂了許多，裡面縮成一團的女子微微動了下，抬手擋住刺眼的光線，因是逆著光，她看不清楚是誰，只啞著聲音問道：「是誰？」

榮寶珠不語，轉身關上房門，柴房又陷入一片昏暗。

榮灩珠這才漸漸看清楚了眼前的人是誰，她激動地掙扎著起身。「妳過來做甚？想看我笑話？呵，妳莫要太得意了，就算太后賜婚了又如何，妳容貌被毀，蜀王遲早有厭惡妳的那一天，我就等著看妳的下場。」

榮寶珠尋了一張椅子坐下，動作溫婉，饒是半張臉猙獰不已卻隱隱透著絕代風華，榮灩珠一時有些呆怔。

榮寶珠一手輕敲著椅背，輕笑。「那真是可惜，妳再也沒有機會看到那一日了，那兩人已經被抓，都招供了。」

「呵，到頭來我還是輸了。」榮灩珠的面容有一瞬間的扭曲，為何她毀了容貌卻還能這般從容鎮定？心裡到底有多不甘心，只有她自己清楚，重活了一世她竟落了個比上輩子還不如的下場。

「輸？」榮寶珠淡聲道。「是妳自己選了這條路，妳一開始就錯了。妳可知太后為何要賜婚，為何要把我這樣一個毀了容貌的人嫁給蜀王？」

榮灩珠怔住。是的，王妃關係著天家的顏面，就算蜀王再中意寶珠，太后也不可能把一個毀了容貌的女子嫁給蜀王。試問她自己若是有兒子，可願意讓兒子娶這麼一個被毀了容貌的姑娘？

這就是她兩世都沒弄清楚的地方了，上輩子張家姑娘跟榮寶珠都不出色，甚至可以說是差勁，誰家娘親會願意讓兒子娶她們？
榮灩珠終於恍然大悟，這兩世她都沒看清楚，現在終於明白，太后要給蜀王找的就是一個普通、甚至很差勁的妃子而已。可到底為何？太后不喜蜀王？
榮寶珠見她神色便知她大概猜出了是怎麼回事，淡聲道：「瞧瞧妳做的蠢事，若不是妳毀我容貌，太后根本不可能看中我，又怎會賜婚？」
「妳……妳……」榮灩珠驚恐地看著她。「妳早就知道這些？妳早就知道太后要給蜀王挑選什麼樣的妃子？難不成，妳……妳也記得上輩子的事情？」
她從來沒想過榮寶珠也是重生之人。是了，之前發生的一些事情她一直以為是巧合，四叔的天花痊癒趕上秋闈，岑芷嫁入楊家，連榮琅跟榮琤的姻緣……原來都是她動的手腳。
榮寶珠並不回答她的話，只垂眸道：「我用盡一切心思想擺脫跟蜀王的姻緣，為此還跟盛大哥訂了親事，最後卻因為妳一刀毀掉我的容貌，被太后賜了婚，到頭來還是逃不開，妳可知道我有多恨？」恨自己，恨長安，恨她。
榮灩珠駭然，她從未想到榮寶珠竟能這般厲害，裝了十二年，愣是瞞住了她。
榮寶珠不再說話，只淡漠地看著她，過了半晌才淡聲道：「太后已經賜了毒酒，待會兒宮裡的嬤嬤就會送妳上路了。」
榮灩珠的雙眼驀然瞪大，好久才大笑起來，整個身子匍匐在地上，笑得身子顫抖不已。
「到頭來我卻落得這樣一個下場，可是榮寶珠，就算今生蜀王對妳有情那又如何？妳臉上的傷疤足夠毀了妳下半輩子，妳應該記得清楚，妳上一世可是活生生死在蜀王後宅之中，他若真對妳有情，又怎麼會眼睜睜地看著妳死去？」

「臉上的疤痕？」榮寶珠露出個古怪的笑容，卻不再提疤痕的事情，只淡聲道：「我今後會如何就不勞妳操心了，妳只管顧好自己吧。」說罷，便要轉身出去。

榮灩珠卻死死地扯住了她的衣角，臉色猙獰地道：「太后……太后為何要給蜀王挑選這樣的妃子？」

榮寶珠回頭，目光落在榮灩珠憔悴枯槁的臉上。「蜀王登基後一劍刺死了太后，兩人之間哪有什麼母子情誼，妳說太后為何要這樣給蜀王挑選妃子？」

攥緊的衣角被漸漸鬆開，枯槁的女子喃喃道：「原來如此，原來如此，一直是我弄錯了……可悲可嘆，活了兩世卻落了個這樣的下場，真真是活該……」

她到底是有多糊塗，好不容易得了機緣重活一世，卻不知修身養性遠離上輩子的苦難，偏偏要去搶一個不屬於自己的男人。「我錯了，我錯了……我好悔啊……」

耳邊是女子悔恨的泣語聲，榮寶珠心中卻無半分同情，也不再回頭看一眼，推開房門走了出去。

宮裡來的兩個嬤嬤已經在院門口等著了，瞧見她出來立刻端著毒酒上前。

榮寶珠笑道：「多謝兩位嬤嬤。」說著讓兩個丫鬟給嬤嬤塞了幾片金葉子。

兩位嬤嬤這才笑逐顏開地進了柴房。

榮寶珠站在院中，聽著柴房裡的動靜，裡面並無任何響聲，兩個嬤嬤很快就出來了，手中的酒杯已空，其中一個圓臉嬤嬤笑道：「姑娘怎麼還在這裡？趕緊回去吧，別污了姑娘的眼睛。」

榮寶珠點頭，朝柴房望了一眼。「可是走了？」

「走了。」嬤嬤道。「裡頭的那位走得平靜，我倒是第一次瞧見被賜了毒酒也不反抗的，一下子就灌了進去，瞧著她七竅流血才出來的。姑娘快回去吧，省得她陰魂不散，去了還要纏著姑娘。」

「謝謝嬤嬤了。」

榮灩珠的屍身當天就入殮了，狄氏還請了寺廟裡的高僧來超度，三日後就下葬。送葬的那日，榮珂竟說身子不舒服不願去送自己的親妹妹下葬。

由於這榮灩珠算是橫死，陰氣極重，狄氏不允許寶珠跟其他的榮家子孫去送行，所以只有長輩們前去而已，這群人中唯獨菀娘哭得最傷心。她當日去看六姑娘時是真以為榮家人冤枉了她，哪想到會等到這麼一個結果，她又是自己的親孫女，哭得自然傷心。

榮府的人都以為這件事結束後，寶珠會因為毀容之事傷心欲絕，卻不想並未見她多難過，只是性格變了些，好似再也看不到那個天真嬌憨的榮七姑娘了。

岑氏這些日子最忙碌，因為她要同時顧著三個兒女的親事，太后讓榮寶珠跟蜀王在七月成婚，榮海珠則要在下個月嫁到袁家去，榮琤的親事則是打算明年開春迎親。

岑氏要給兩個女兒置辦嫁妝，還要陪著榮寶珠多說話，怕她胡思亂想。

榮寶珠很多時候都無奈地勸岑氏。「娘，我沒事，您去忙您的吧，我真的無礙。」她知道娘是擔心她因為臉上的疤痕想不開，可她有什麼好想不開的，這疤痕她沒放在心上。不過眼下她還沒打算消掉這疤痕，用的膏藥裡都沒有摻雜瓊漿。

出嫁的四姊榮明珠經常回來探望寶珠，看著寶珠臉頰上的那道疤痕，她很多時候都不知道該開口勸說什麼，毀容對一個女子來說是再痛苦不過的事情，除了多陪陪七妹，她做不了別的。

不過每次榮明珠回來時，榮寶珠都很高興。姊姊們出嫁了，平日能見的次數不多，能夠多見幾次面她當然很開心。

榮寶珠平常去看幾個姪兒、姪女的時候，怕臉上的傷痕會嚇著他們，都會戴好面紗再去。這日，她照例去看過幾個姪兒、姪女，又去二房看望葉姚和小胖姪兒。

葉姚對這小姑子的遭遇也感到難受，能做的就是在小姑子來的時候，多跟她說些話。

小胖姪兒已經四歲了，瞧見榮寶珠過來很是高興，蹦蹦跳跳地走到榮寶珠身邊要她抱。

榮寶珠笑咪咪地把小胖子抱起來，親了親他白嫩的臉蛋。「小乖乖，叫聲姑姑來聽。」

「姑姑……」小胖姪兒噘嘴喊了好幾聲姑姑，高興地在她身上蹭了蹭，蹭了之後還不滿意，想親小姑姑香噴噴的臉蛋。瞧著小姑姑臉上戴的東西，他很是不滿地皺了皺小眉頭，小胖手一揮就把寶珠的面紗打落在地。

榮寶珠心裡一驚，剛好是受傷的側臉頰對著小胖姪兒，她深怕嚇住了小傢伙，慌忙想扭頭過去。

傷疤卻已被小傢伙看見了，小胖姪兒圓溜溜的大眼裡立刻蓄滿了淚水。「疼，疼，吹吹……」說著抱住寶珠的頸子，對著她受傷的臉頰輕輕吹了起來。

葉姚瞧見那傷痕，心都快碎了，這該有多疼，小姑子表面看著無事，心裡怕是難受得很吧。

寶珠沒想到小胖姪兒會有這樣的反應，一時有些怔住，眼睛也有些發酸。這才是她的家人，永遠不會嫌棄她的醜陋，永遠都會護著她。

小胖姪兒還以為小姑姑怕疼，噘起小嘴在寶珠的左臉上親了一口。「不疼，不疼，寶寶親親就不疼了。」

「是，小乖乖親親，小姑姑就不疼了，小乖乖最棒了。」榮寶珠柔聲笑道。

陪著小胖姪兒玩了半個時辰，奶娘就要抱他去休息了，榮寶珠這才得空跟二嫂說了幾句話。

正說著，榮珂突然氣急敗壞地進屋，瞧見榮寶珠還愣了下，但這會兒他顧不上這個七妹在場，直接把一張文書扔在葉姚的臉上。

「瞧瞧妳幹的好事！」

葉姚神色不變，撿起那張文書，瞧了一眼就放在一旁的桌上，淡聲道：「給我看這個做什麼？」

榮珂氣得跳腳，指著葉姚大罵。「妳這不要臉的妒婦，瞧瞧妳做的好事，妳是不是給鳳兒下了藥？我今兒帶鳳兒去看大夫，大夫說鳳兒這輩子都不可能有孩子了，這事是不是妳幹的？妳當初以鳳兒剛進府不便誕下孩子為由，給鳳兒喝了幾個月的避子湯，妳是不是在那時候給鳳兒下了絕子藥！」

鳳兒指的就是苗氏。

葉姚神色淡淡，不為所動。榮珂被葉姚氣得快要吐血，恨得連聲說要休妻。葉姚也不懼，就一句要休便休。

這是二房的事情，榮寶珠當然不會插嘴，只穩當地端著茶杯在一旁看著，心裡不由得嗤笑，這樣的男人竟是他們榮家的種，真是丟臉，還不如死了算。她要是二嫂，就弄死二哥，省得整日來給自己受氣，自己帶著孩子過，別提多舒心。

等到榮珂滿臉怒氣地離開，葉姚無奈地看了寶珠一眼。「讓七妹看笑話了。」

榮寶珠笑著搖頭。「看什麼笑話，有這樣的二哥才真是丟臉，他指不定現在又要跑去祖母那裡鬧了。」

「隨他去吧。」葉姚根本不在意，他若是再過分一些，那就別怪自己會做出什麼了。

還真不出榮寶珠所料，榮珂跑去狄氏面前鬧了一番，說葉姚是妒婦，給自個兒的愛妾下藥，害她不能替自己開枝散葉。

狄氏真想一腳踹死這蠢貨，板著臉好生訓斥了榮珂一頓。榮珂堅決要休妻，狄氏卻給了他一個選擇，要休妻可以，但他得搬出國公府去。

榮珂除了會花錢外，哪會賺錢啊，離開了國公府他根本就活不下去，自然是不敢再提休妻的事情。他不甘心地再提了過繼一個孩子的事，更是讓狄氏好一陣責罵，只能灰溜溜地回去了。

苗氏得知此事後，計上心頭，竟是慫恿著榮珂除去葉姚，好獨佔孩子和銀子，榮珂倔不過苗氏就答應了下來。

到了五月底的時候，榮海珠出嫁了。

榮海珠出嫁時榮寶珠心裡既難過又高興，她看著好幾個姊姊出嫁，有些心酸，卻也真心為姊姊們祝福。榮海珠出嫁這日最擔心的還是寶珠，單獨拉著她說了好久的話，無非就是讓她莫要擔心，有他們榮家人做後盾，還有這麼多的姊夫跟嫂嫂們，要是蜀王敢欺負她，他們絕不會輕饒了他。

榮寶珠卻不擔心這個，蜀王這人冷血，沒幾個喜歡的人，她不奢求能得到他的感情，只願在王府後院中能安穩過日就是。當然，如今她想開了，只要她可以活到蜀王登基，她作為正妻為后的可能性很大，到時長安公主就任由她搓圓捏扁了。

岑氏對幾個女兒的愛都是一樣的，嫁妝給的都差不多，大女兒、二女兒出嫁都替她們準備了一百八十抬的嫁妝，綿延十里，從國公府一直抬到夫家去，那真是風光，讓京城裡的人念叨一個月。

岑氏拉著榮海珠說私密話的時候，把夫妻間羞人的事告訴女兒，又塞給她一本小冊子。「這東西妳好好收著，姑娘做了媳婦就不一樣了，總要討好夫君才是，我就不再說了，妳自己看著就是。」

榮海珠紅著臉把小冊子收了，又跟岑氏撒嬌了幾句才道：「娘，七妹出嫁的時候，我想著她的嫁妝應該要比我跟姊姊多些，七妹的情況到底不同，小時候她吃了不少苦頭，我們都愛她，不會在意這個。況且她嫁入的是王府，七妹的臉上又有傷，總要多些嫁妝，讓京城中的人知道我們榮家最疼愛的就是七妹，也讓蜀王有點顧慮，以後不敢欺負我們家七妹。」

岑氏心酸。「我曉得的。」幾個孩子都是通情達理的。

榮琤揹著榮海珠上了花轎，榮家自此又嫁出去一個女兒。榮家的姻親關係複雜得很，不管是媳婦還是女婿，都是世家大族，榮家的地位也就越發顯赫了。

榮海珠回門那天，不同往日姑娘家的那種嬌羞，而是帶著另外一種讓人驚豔的氣質，讓榮寶珠都有點看不明白了。成親之後的事情她當然清楚，可是那麼痛、那麼難受的事，怎麼能讓人越發嬌豔欲滴如同盛開的花朵一樣？

四姊榮明珠成親三日回門那天，明眼人一看就知四姊很難受，雖有打扮過一番，可眼底發青，雙腿似乎有些沒力，她以為這才是夫妻倆成親後的正常模樣，畢竟那麼疼的事情，肯定是女方吃苦了。可過了一段時間，四姊再次回來的時候，竟是一副嬌豔欲滴的樣子，這會兒連五姊都渾身透著一股嬌媚，榮寶珠真的有些摸不著頭腦了。

榮寶珠雖不明白是怎麼回事，但大概知道這都跟成親後同房的事有關。

榮家的五個姑娘出嫁了，眼下榮府就剩下榮寶珠，岑氏又開始忙碌寶珠出嫁的事情。

榮寶珠的親事最得榮家人重視，得了不少榮家女眷壓箱底的好東西作添妝，岑氏給榮寶珠準備了二百四十抬的嫁妝，比其他兩個女兒多了六十抬，還給壓箱底五十萬兩的銀票。其中田產、鋪子、宅子更是不少，嫁妝裡面珍貴的首飾、珍珠、寶石之類的足足裝了兩大箱子，還有其他稀奇玩意兒，像是金蓮、花盆景、珊瑚什麼的，各種皮草布疋都有幾十抬。家具全都是用珍貴的紫檀木、紅木、金絲楠木、黃花梨木製成的。就連寶珠院裡那些養著的名貴花草，岑氏到時都會讓人抬進王府算作寶珠的嫁妝。

這樣的嫁妝，連公主都只有眼紅的分。

除了原本伺候寶珠的丫鬟會陪嫁過去，屆時還陪嫁了兩個嬤嬤去伺候寶珠，另外還有幾名掌櫃過去幫寶珠打理鋪子、宅子、田產等等。

岑氏什麼都準備妥當了，只等著七月初王府來迎親。

這段日子，榮寶珠的日子還是簡簡單單，早上陪著老祖宗用了早膳，回去小佛堂唸經、抄寫經書，偶爾去看看幾個小姪兒、姪女，多數時間都是在研讀醫書，之前的功課早停了，現在榮家換幾個小姪兒輩開始接受啟蒙教育。

之前忙著榮海珠成親之事的時候，岑氏已讓寶珠先試穿過嫁衣，幾次修改後，忙完時是六月中旬了，再半個月榮寶珠就要出嫁。

這時榮寶珠這才真正得閒下來，抽了個空去幾個嫂嫂那裡坐了會兒，最後過去二嫂那邊。

過去的時候，一個上了年紀的老頭正好走出二房的院子，榮寶珠認出那老頭是經常來替榮府家眷看病的劉大夫，平日裡榮府的人有個頭疼腦熱都會請這劉大夫上門。

難道是二嫂不舒服？榮寶珠心裡默道。

進了院子後，立刻有丫鬟領著榮寶珠進房。這小丫鬟她也認識，是葉姚身邊挺忠心的一個小丫鬟，名叫如意。

榮寶珠問如意。「方才我瞧見劉大夫出去，可是二奶奶不舒服？」

如意愁苦地點了點頭。「二奶奶最近的確不舒服，睡不安穩，人消瘦了，還有些心悸的毛病，就請了劉大夫來瞧瞧。大夫說是二奶奶心氣鬱結所致，要二奶奶放開些。」

榮寶珠道：「怎麼會心鬱？前幾次我瞧著二嫂心情似乎還不錯。」

如意恨聲道：「還不是二爺，整日來跟二少奶奶吵，都是些雞毛蒜皮的事，非要揪著二少奶奶不放，每天都要銀子，這半個月都要去幾百兩的銀子了，真不知他要這麼多銀子做什麼去。」

這會兒榮寶珠不說話了，她這個二哥的確是個混蛋，每個月光從公中的帳上就要花費幾百兩的銀子，還成天纏著二嫂要銀子，不用說，那些銀子肯定是全花在苗氏那女人身上了。

榮寶珠心裡冷笑了一聲，二哥就使勁折騰吧，遲早把自己的命折騰進去。

如意領了榮寶珠進去，葉姚這時正在床榻上休息，聽見寶珠過來，便讓丫鬟攙扶著她起身出來。

榮寶珠見到葉姚的時候心裡就咯噔了一下，二嫂的臉色很難看，消瘦到臉頰都有些凹陷了，這才半個月沒見面，二嫂怎麼就成了這個樣子？

葉姚身上有些無力，讓丫鬟扶著在太師椅上坐下，才朝榮寶珠招了招手。「七妹快過來坐，有些日子沒瞧見妳了，那胖小子這會兒還睡著，我讓奶娘抱他過來。」

「二嫂，不用把小傢伙抱過來。」榮寶珠擺手。「我就是過來看看妳的，妳這是？」

葉姚讓如意去上茶水來。「請大夫來瞧過了，沒什麼大礙，說是心鬱所致，多休息休息就好，也開了藥。」

「二嫂真是的，何必搭理二哥，他若是來了，直接讓人轟走就是。」榮寶珠這時有些動怒了。「更何況他還是拿妳的銀子去跟那苗氏吃喝玩樂，妳給他銀子做甚！」

「能不給嗎？」葉姚無奈。「之前我不肯給，他天天過來鬧，還跑去我兒那裡說我的不好，跟個孩子說這些……我不想孩子被他嚇到，若是能用銀子打發就算了，省得嚇到了孩子。」

她有心想給榮珂一個教訓看看，哪想到最近這一個多月身子一直不舒服，渾身無力，總是多夢心悸，又惦記著孩子，實在沒精力找這男人的麻煩。

榮寶珠抿嘴不語，看著二嫂的臉色覺得有些不妥，便起身走到葉姚旁邊，又讓丫鬟搬了張小杌子過來給她坐。「二嫂，我替妳把把脈吧。」總要自己把過脈她才心安。

葉姚失笑，沒有拒絕，伸手搭在旁邊的桌上。她倒不是不相信小姑子的醫術，只不過醫術並不好學，小姑子才跟著庵裡的師太學三年多而已，能學個皮毛就不錯了。

榮寶珠三指扣在葉姚的手腕上診脈。這脈象虛浮細弱，的確是因為心鬱心悸導致身體虛虧，並不是中毒，難道是自己猜錯了？

榮寶珠收回了手，陷入沈思。

「可把出來了？」葉姚笑道。「大夫說了沒什麼大礙，我也沒其他不舒服的地方，就是夜裡多夢心悸。」

榮寶珠道：「脈象沒有什麼奇怪的地方。」心裡忽然想到什麼，轉頭跟旁邊還有些沒回神的如意道：「如意，妳去我院中找妙玉拿我的藥箱過來。」

如意看了葉姚一眼，葉姚點頭道：「就依七姑娘說的去辦。」

如意立刻轉身出去了。

葉姚沒多說什麼，既然小姑子擔心，就讓她幫著看看好了。

榮寶珠又問了一些其他的，例如這毛病是從什麼時候開始的，還有飲食方面。

葉姚回答道：「這是一個半月前開始的，最近變得比較嚴重，不過二爺每天都來我房中鬧，所以才更嚴重了些。飲食則和以前沒什麼區別。」

榮寶珠不放心，讓丫鬟把這半個月的飲食單子拿來看了一眼，的確並無不妥。想了想才跟葉姚道：「二嫂，我覺得妳的身子不可能無緣無故就這樣，還有二哥以前經常半個月不來妳院中一趟，為何這段時間天天過來？我覺得有些不對勁，待會兒我替妳驗一下血看看如何。」

葉姚聽懂了榮寶珠的話，驚訝地道：「七妹這是懷疑我中毒了？」

榮寶珠點頭。「我覺得有些奇怪……」

正說著，如意已經拎著藥箱過來了，榮寶珠接過藥箱，取出裡面的銀針，讓如意拿著去用沸水煮開，這才繼續跟葉姚道：「妳院中現今並不太平，不管如何，小心為上，且那苗氏是揚州來的。我曾聽師太說過，有戶人家因為揚州瘦馬，曾出過這樣的事。」

榮寶珠能夠得知此事，是因為元空師太就是當時受害者的娘家人，但這都過去了幾十年，元空師太曾經有幸得到過一些那種藥粉，曾研究了一段時日，這種毒藥如今剩得不多，可能都已經絕跡了。

元空師太說這藥粉每日定時定量服用，一般要三到四個月左右才能取人性命。若是中斷的話，這藥粉對人的身體也有很大的傷害。若是中毒時間短一些，只有十天半個月，那麼或許可以保住一命，只不過以後身子仍會很差，能多活個十來年都算是好的，可見這藥粉有多狠毒。

關於這藥粉的詳情，榮寶珠並沒有完全告訴二嫂，只跟她說了關於藥粉的故事。聽完後葉姚的臉色就有些不好，已經有七、八分肯定自己是中毒了。

葉姚仔細一想，怕是那苗氏想要她的命吧，之後她就能得到銀子和現成的孩子，這對狗男女就能逍遙快活了！

緊緊攥著拳頭，葉姚聽寶珠這麼一說知道這藥粉的毒性有多霸道，她回想了一下，這些症狀在榮海珠成親前就已經有了些，因為不嚴重她才沒怎麼在意過，今兒要不是寶珠來，只怕她不出兩個月就要不明不白地死了。這麼毒的東西，就算能勉強熬過，以後對身子也會有很大的影響吧。

「寶珠，算了算，我如今中毒怕是已經有一個多月了，妳跟我說實話，若真是這種毒的話，我還有沒有可能活下來？」葉姚不想死，她還有個乖兒子，她要是死了，如何放心得下。

榮寶珠道：「二嫂不必擔心，若真是中毒的話，我有法子的。」又笑道：「二嫂不用懷疑我的醫術，雖然跟著師父只學了三年多，但師父曾讚我有學醫的天分。」

她學醫比學其他的東西快許多，三年多就得了師太的真傳，更何況她還有瓊漿，二嫂是絕對不會有問題的。

榮寶珠想著，若是二嫂經常服用瓊漿，能否躲開這次的毒？榮家除了四房能夠經常服用瓊漿，其他人只不過是偶爾服用，她給的頭油、胭脂水粉只能在表面產生效果，給的果酒中含的瓊漿很少，最多能改善一些體質，應該無法阻擋這種毒素。若天天都服用一滴瓊漿，屆時有人對她下毒，那些毒藥對她有沒有用？

她到底只是在心裡想想，眼下最重要的還是二嫂的事情。

如意很快就把銀針拿了過來，榮寶珠讓丫鬟們都下去，只餘她們兩人。她用銀針刺破了二嫂的手指頭，一滴鮮紅的血珠子就冒了出來。

寶珠皺眉，又用銀針扎了四縫穴，手指一擠，葉姚手指的四縫穴處就冒出一滴黑色的血，還隱隱夾著惡臭。

兩人都變了臉色，葉姚更是氣得身子都在顫抖。「賤人，我要他們不得好死！」

榮寶珠已經在心底想過解毒的法子，先從藥箱裡拿出一顆解毒丸讓葉姚服下。「這是一般的解毒丸，若是一般的毒，吃幾顆解毒丸就可以了，可妳這毒直接進入經脈之中，這解毒丸的效果不大，還必須用其他的法子。如今妳打算如何？這事肯定是要跟祖母說的，要不然我們先去稟告了祖母？」

這件事自然是要告訴長輩們的，葉姚忍著心中的恨道：「我們現在就去跟祖母說。」

葉姚現下身子不好，連這點路都走不動，還是服用榮寶珠給的養生丸才好了些。葉姚到此時才驚覺原來她這小姑子真是不簡單，光是這養生丸她吃了一顆就覺得身上的力氣大了些。

兩人很快到了狄氏的房間，跟狄氏說了這件事，狄氏的臉都給氣青了，跟葉姚道：「這事顯然是得了珂兒同意的，不然她一個妾室的手也不可能伸到正房去，應該是買通了妳院裡的丫鬟動手腳。我記得妳身邊有兩個丫鬟是自幼就在榮珂身邊伺候的，查查她們應該就知道是怎麼回事了。這事妳不用管太多，讓寶珠安心替妳治療就是。」

想到寶珠如此了得的醫術，狄氏的聲音頓了頓。「不過這件事妳打算怎麼處理？就算查出來，榮珂恐怕會全推到那苗氏的頭上去，且……」

狄氏看了榮寶珠一眼。「寶珠的醫術了得，我不想讓外人得知，若是報官的話，這件事肯定瞞不住，會暴露寶珠的醫術。」

榮寶珠跟葉姚兩人都明白狄氏的意思，這是打算等查出事情跟榮珂、苗氏有關後，直接弄死他們，這樣葉姚中毒跟寶珠會醫術的事情都不會讓外人得知了。

葉姚自然是樂意的，若是可以，她早就希望那沒用的男人死去。

榮寶珠不用說，現在她的心軟只會給疼愛她的家人，對這種人她是沒有同情心的。

隨後，榮寶珠送葉姚回去後便開始治療，其他事情則交給狄氏處理了。

解毒療程很是痛苦，見葉姚受罪，榮寶珠的心裡也不好受，但是為了確保治療的效果，只好讓葉姚多忍耐了，為此她還特意在葉姚喝的藥裡面加了兩滴瓊漿。

榮珂這幾日沒過來，並不知道為葉姚治療的人是寶珠。如此過了三天，下藥的人就被狄氏查了出來，悄悄給弄死了，榮珂對此事仍一無所知。

又過了兩、三日，榮家忽然出了件大事，榮二少爺榮珂死在妾室苗鳳兒的身上。

這件事狄氏只跟如今當家的國公夫人魏氏說了聲，其他人都沒說。

岑氏每天都很忙，起初聽聞榮珂的死訊，便以為榮珂真的是死在苗氏身上。

她瞧見榮寶珠整天往二房跑，幾日後，不由多嘴問了句怎麼回事，榮寶珠沒瞞著，把事情始末跟岑氏說了一遍。

就算榮寶珠不說榮珂的事情是祖母做的，岑氏聽完後也曉得這事肯定是婆婆做的。不過這榮珂的確該死，竟跟妾室合謀想害死正妻，奪謀人家的嫁妝跟孩子，岑氏覺得要是換作自己，即使這人死了，自己都還要去捅他幾刀才解恨。

想起葉姚的情況，岑氏問道：「妳二嫂如今怎麼樣了？妳說那毒無色無味，豈不是很難發覺？怕是對身體有極大的傷害，妳二嫂不會有事吧，她一個女人家今後帶著個孩子已經夠辛苦的，身子若是垮了，可該怎麼辦。」

榮寶珠道：「二嫂無礙，我每天都會過去幫她治療，這件事沒幾個人知道，別人只會當二哥真的是死在女人身上。」

狄氏這麼一安排，葉姚中毒跟她會醫術的事情就不會外露了。

岑氏這才驚覺女兒的醫術是真的很好，她瞧著女兒臉上的疤痕，心中一痛，猶豫了下還是忍不住問：「既然這種毒妳都能解，那妳臉上的傷疤能去掉嗎？」問完這話，岑氏心都提到嗓子眼去了。

榮寶珠摸了摸臉上的傷疤，對岑氏笑道：「娘不用操心，臉上的傷疤我是可以去掉的，不過需要幾味稀有的草藥，等找到了就能調製藥膏，用個半年，臉上的疤痕就能消掉了。」

「找到那幾味草藥，妳的臉就能恢復到以前光潔的模樣？」岑氏只覺心都在怦怦跳動，天知道，她每天夜裡睡覺的時候老是夢見女兒臉上的傷疤能夠好起來。

榮寶珠點頭，此話的確不假，不過那幾味草藥何止是難尋，這世上到底有沒有都說不定，可稱得上是靈草了。但她有瓊漿，想要傷疤什麼時候恢復都沒問題，現在不想恢復，一是怕被太后找麻煩，二是這才沒幾個月臉上就恢復如初，會被人懷疑。

她是打算等到跟蜀王成親後，去了封地上再去除臉上的疤痕。這樣距離太后遠了，時間也足夠充裕讓她對外說找到了草藥。

岑氏喜極而泣，一個沒忍住激動就摟著寶珠，「我的兒，我的兒吃苦了」喊了起來。

榮寶珠心裡暖暖的，任由娘親抱著，兩人緊緊依偎著。

榮珂死在女人身上的事是醜聞，但在京城裡這樣的事情也沒少發生，榮家人沒有瞞著，至於苗氏則被葉姚讓人杖斃了，這一事總算是揭了過去。

不到幾個月，榮家二房就又死了個人，不管如何，總會有人說些不好聽的，說榮家風水是不是有問題。

榮家一概當沒聽到，幾日後就把榮珂下葬了，菀娘哭得最傷心，好好的一雙孫兒孫女，就這麼前後去了，如今二房遠在邊關，榮老爺子的身子越發不好，她往後連個依靠的人都沒有。

這消息，狄氏自然讓人給邊關的二房送了信。

癱瘓在床的榮老爺子得知榮珂死在女人身上差點背過氣去，還是榮寶珠偷偷用了一些摻雜瓊漿的水把人給救回來。

榮老爺子現下還不能死，至少要等到蜀王跟太后、皇上正面交鋒時，爹爹跟伯父們可以藉由守孝，避開那亂糟糟的幾年。

若是以前榮寶珠或許還會有些自責，眼下卻能冷眼旁觀臥病在床的祖父了，她要是瞻前顧後、優柔寡斷，受罪的還不是自己最愛的家人。

榮珂的事情處理完之後，距離寶珠成親的日子只剩下幾天。

這段日子，葉姚身上的毒素已經祛得差不多，不用每天扎針泡藥，只需要服用瓊漿調養身子，於是榮寶珠重新做了些養生丸，在藥丸裡加了不少瓊漿，讓葉姚每天吃上一顆，半個月後應該就沒事了。

第二十四章

距離婚期越近，榮寶珠心中反而越平靜，上輩子她已經嫁過一次，沒什麼好激動的，只不過這次嫁人比上一世早了幾個月。

很快就到了七月初一那日，不到寅時，榮寶珠就被人叫了起來。

今兒是她成親的日子，榮府已經忙碌了一晚上，就連出嫁的姊姊們都回來了，這會兒她們把屋子裡圍得滿滿當當。

新嫁娘是由喜婆來梳妝打扮，而喜婆必須是已婚女子且身分越高越好，今兒給榮寶珠梳妝打扮的人正是國公夫人魏氏。

瞧見榮寶珠臉上的那道疤痕，魏氏心中顫了顫，心裡哽咽得慌，寶珠是她看著長大的，就跟她的親生女兒沒什麼區別，看她遭受如此磨難，她心中如何不痛？

魏氏忍著淚替榮寶珠打扮好，又取了梳妝檯上的木梳，開始綰髮髻。

木梳很順暢地在榮寶珠柔順滑亮的頭髮上一梳到底，魏氏柔聲道：「一梳梳到尾，二梳梳到白髮齊眉，三梳梳到兒孫滿地，四梳梳到四條銀筍盡標齊。」

髮髻綰上，魏氏放下木梳，輕笑道：「咱們寶珠這一轉眼就長大了，真是快呀。」

一屋子人都噙著淚水，每人說了幾句祝福話後，所有人都出去了，只留岑氏跟寶珠說些私密話。

岑氏拉著寶珠的手強顏歡笑道：「我兒這一眨眼就要嫁人了，娘還一直覺得妳是那個小時候軟乎乎的小團子，怎麼這麼快就要嫁人了。」

榮寶珠心裡也難受著，幾乎快哭了。「那我不嫁了，一輩子陪著娘好不好？」

「傻閨女，說什麼傻話呢。」岑氏失笑。「女子總歸是要嫁人的，嫁了人就跟做姑娘的時候不一樣了，要侍奉公婆，照顧好自己的夫君，凡事都不能任性，可也不能心軟。妳嫁的是蜀王，在後院要強硬些，這樣才能拿捏得住那些妾室……」岑氏說著就想哭了，這做媳婦真是跟做姑娘沒得比，她不想女兒吃這個苦頭。

以前一直以為女兒會嫁給盛名川那孩子，那孩子心性好，後宅肯定只有寶珠一人，所以這幾年好多後宅的事情她都沒教給寶珠，哪想到突然會變成這個樣子。

岑氏擦了擦眼睛道：「妳好多事情都沒學，如今就要嫁人了，我身邊的兩個嬤嬤讓妳帶過去，這樣要做什麼事，她們還能提點妳一下。王嬤嬤和紀嬤嬤是跟在我身邊十幾年的老人，有她們在妳身邊，我也放心些。」

榮寶珠當然不會拒絕，她還有許多地方不懂，需要跟兩個嬤嬤學習。

岑氏嘮嘮叨叨地說著，眼看著時辰不早了，外面的丫鬟對內提醒了一聲，岑氏才磕磕巴巴地道：「姑娘家的成親了就……就要跟自己的夫君睡在一起，他……他要做什麼事，妳不要拒絕就是，要……要是覺得疼就忍著，可千萬不要踹人……」當初她跟四老爺的新婚夜，她疼得差點把人給踹下去。

岑氏對著小女兒那雙水霧霧的大眼實在不好說得太明白，只匆匆塞了一本小冊子給她。「這個就是妳跟夫君成親後晚上要做的事情，妳看看就是了，別害羞，是個姑娘家的都會經歷過這些的。」

「太太、姑娘，吉時已經到了，蜀王府的迎親隊伍已經到了大門外。」外面又有小丫鬟提醒道。

岑氏這會兒心裡難受得厲害，忍著淚給榮寶珠戴上了鳳冠和紅蓋頭，再讓榮琤進屋把寶珠揹出房門。

榮寶珠自出了房門，腦子就嗡嗡作響，體內那名叫害怕的東西才冒出來——今後她再也不是被榮家人寵著的七姑娘，而是蜀王妃，她將要到那個如龍潭虎穴一樣的地方生活，今後就只能靠著她自己慢慢努力了。

五哥的背既寬闊又沈穩，可今後再也沒有這樣的背讓她依靠。

榮琤心裡的感覺不必說，當然是心酸疼痛得厲害，送著親愛的七妹上了花轎，看著大紅色的隊伍啟程，榮琤只覺眼中酸澀，再一摸眼睛竟是落淚了。

榮寶珠知道自己被人扶上花轎，穩穩當當地被抬起。

從國公府到蜀王府要走上一個半多的時辰，再加上後面的兩百四十抬嫁妝，幾乎要用到三個時辰才能把所有東西都搬進府裡。

路上的行人都快看呆了。「這榮家給蜀王妃準備了多少嫁妝啊？瞧著比榮家四姑娘、五姑娘的嫁妝還要多，天啊，這竟是一整套的紫檀木家具，還有紅木和金絲楠木……」

榮寶珠的嫁妝實在是太多了，兩旁行人看著都比自己家辦喜事還要激動。

有不識貨的人忍不住泛酸。「不是說榮家四房銀子多嗎？怎麼出嫁還把這些花草當成嫁妝抬去夫家？」

「噗哧，你這人識不識貨。看到那盆千葉黃花的沒有，還有它旁邊那盆千葉肉紅的，這兩種是姚黃和魏紫牡丹，京城裡都沒幾盆。還有那盆，那是素冠荷鼎，整個京城怕是就只有這麼一株了，價值千金，這些花草的總價值肯定不止萬兩銀子……」

旁邊泛酸的人目瞪口呆。

榮寶珠就這樣在行人的議論聲中被抬進蜀王府。

到了蜀王府大門口，有喜婆說了幾句吉祥話，榮寶珠就感覺有人掀起轎門，她看見一雙繡著金邊的紅色靴子。

那人伸出修長且骨骼分明的大掌，榮寶珠遲疑了下就把手伸過去，那人的大掌握住了她的小手，一路牽著她來到拜堂的地方，耳邊傳來喜婆的一拜天地，二拜高堂，夫妻對拜的話來。

太后為了彰顯母慈子孝，今兒還親自來了蜀王府，等著小倆口拜過堂後才笑道：「好了，如今看到你成親，哀家總算放心了，以後跟王妃好好過日子。這親事既是你選的，以後她就是你的妻子，你要好好待她，可懂？」

榮寶珠心裡冷笑，這太后實在讓人噁心，還真以為蜀王不知道妳的真面目。

「兒臣謹記。」耳畔傳來蜀王沈穩的聲音，太過平靜，有些聽不出喜樂。

隨後，趙宸把寶珠送進洞房，拉著她在床頭坐下，溫聲道：「我還要去前院應酬，妳若是餓了就吃些點心，桌上都有，別餓著肚子。若是不想吃這些，外面有拂冬，她是我身邊的大丫鬟，妳想吃什麼只管吩咐就是。」

這聲音就在耳畔，榮寶珠腦中立刻浮現蜀王微微俯身在她耳邊溫聲說話的模樣，心中竟覺得有些怪異。可不就是怪異，脾氣不好的蜀王竟對她這般溫聲細語，怎麼想怎麼怪。

「多謝殿下。」榮寶珠道。

趙宸聽見她輕柔的聲音，沒立刻起身，還保持原來的姿勢，微微俯身看著戴著鳳冠和紅蓋頭的她。

過了好一會兒，他才慢慢直起身子，朝著門外走去。外頭正站著一個鵝蛋臉、丹鳳眼、模樣俊俏，年紀看著有些大的丫鬟。

趙宸的腳步頓了下，跟那丫鬟道：「拂冬，好好照顧王妃。」

那叫拂冬的丫鬟點頭。「奴婢知道。」聲音卻不符她溫柔可人的外表，異常難聽，像是尖銳的東西劃在硬石之上，粗糙、沙啞。

趙宸這才大步離開，拂冬側身看了眼緊閉的新房，眼角帶了絲笑意。

榮寶珠沒打算麻煩她，只安靜地坐在床頭。不知在新房裡坐了多久，她推測外頭天色應該已經暗了，她只在早上梳妝打扮前吃了點東西，這會兒胃裡餓得火燎，也顧不上其他，微微挑開了一點紅蓋頭，便瞧見幾盤小巧的點心擺在桌上，還有一壺茶水。

起身來到桌前，榮寶珠吃了好幾塊糕點，又喝了點茶水，這才坐回床頭。

她沒拿下紅蓋頭，只抬眼打量著房中的情形。新房全佈置成大紅色，她身後鋪著紅色綢緞的喜被、紅色的九重紗帳，旁邊放著一張金絲楠木的大櫃子，另外一邊則是窗子，下頭擺著一張金絲楠木的桌子和幾把小杌子，她方才吃的糕點就擺在那。

床邊擺著一張貴妃榻，上面鋪著白虎皮，正對床鋪的是一座紫檀雕雲龍紋嵌玉石座屏風。屏風外就不曉得是什麼樣的擺設了。

打量了片刻，榮寶珠放下紅蓋頭被她捏起的一角，安靜地坐在喜床上，過沒多久，就聽見外面傳來拂冬的聲音。「殿下，您回來了，您該少喝些才是。」

「無礙。」外面傳來的蜀王聲音還很清醒，並不似酒醉之人。

榮寶珠知道蜀王的酒量不錯，從不會把自己灌醉。

拂冬的聲音又響了起來。「殿下，您可要先去淨身？您這一身的酒氣，怕會沖著王妃。」

榮寶珠聽了這話，嘴角揚了起來。

這拂冬她當然認識，上一世自己在王府中過得渾渾噩噩的，對這丫鬟瞭解不多，只知她自幼就在宮裡伺候蜀王，算是蜀王身邊最受寵的一個丫鬟。她記得這丫鬟對後院所有的妾室和王妃都一視同仁，不多親近她們，只照顧蜀王的起居飲食。

上輩子她只以為她是蜀王的大丫鬟，所以沒怎麼和她接觸。仔細想想，蜀王身邊有這麼多人，卻唯獨對這丫鬟另眼相待，且這丫鬟的聲音如此根本不可能進宮做宮女，只怕是進宮後才成了這樣。她猜測這宮女應該是對蜀王有恩，她的嗓子可能是因為蜀王才毀掉的。

這一世她腦子清明，如今聽拂冬說話的語氣全然不像個丫鬟，心裡有些明瞭，蜀王對這丫鬟是相當看重的。

她還在回想前世蜀王府的情況，在外面的蜀王已經說道：「不必，妳先下去休息吧，不用守在這裡了。」

「是，殿下。」然後是腳步輕輕離去的聲音。

榮寶珠聽見房門被推開，蜀王沈穩的腳步聲越來越近，她心裡忽然有點緊張害怕了起來，畢竟她還記得上輩子的事情，兩人成親後會如何她當然知道，可那實在太痛了，她光想起來就有些不自在。

不過——榮寶珠想著她的臉被毀了，一般人瞧見她臉上的疤痕肯定什麼興致都沒了吧？只盼著蜀王也是如此。

繡著金邊的紅色靴子出現在她眼前，很快眼前就亮堂了起來，蜀王已經拿了玉如意挑起她頭上的蓋頭。

榮寶珠抬頭，有些故意地把有傷疤的左臉朝著蜀王多一些，蜀王的神色很是陰沉。

就在榮寶珠以為蜀王要發飆的時候，他竟然緩和了表情，在她的左側床邊坐了下來，直直地看著她左邊的臉，溫聲道：「肚子還餓不餓？點心吃不飽，我讓人去給妳弄點熱食來。」

榮寶珠覺得自己有些受不住這人了，她現在實在沒食慾，而且這人對著她的臉怎麼不嫌棄？

「殿下，不必了，我不餓，不如早些休息了吧。」

趙宸挑了下眉頭，不多說什麼，站了起來，居高臨下地看著她。

榮寶珠抬頭，兩人對視了一會兒，寶珠被他看得莫名其妙。「殿下這是？」

趙宸道：「妳不給我脫衣，我如何去沐浴梳洗？」

榮寶珠這會兒已經不知該作何表情了，這人有潔癖，上輩子從不許自己碰他一下，平日裡就連梳洗也不讓丫鬟代勞，穿衣脫衣全是自個兒親力親為，偶爾才會讓拂冬幫忙。她可記得清楚，前世有次她不小心摔在他身上，結果他發了好大一頓脾氣，一甩袖就走了，接連一個月沒進她的房。

想了想，榮寶珠還是起身幫這人把衣裳給脫了，奈何頭上的鳳冠太重，蜀王的個子很高大，自己非要抬著頭才能替他寬衣解帶，她抬了一會兒脖子就感到痠疼了起來，只能先停住，跟蜀王道：「殿下，我先取了頭上的鳳冠再給您寬衣吧。」

趙宸沈著臉點了下頭。

榮寶珠取下鳳冠，卻不想這東西突然將頭髮給勾住了，她哎呀一聲，太用力，把頭髮扯掉了幾根，頭皮生疼。

趙宸不裝深沈了，一手接過寶珠手中的鳳冠。「怎麼這般不小心？笨手笨腳的。別動了，我來幫妳弄。」說著，已經幫她把纏在鳳冠上的髮給解開，免不了碰到她的髮絲，只覺入手的觸感順滑，竟有些留戀起來。

感覺頭皮被鬆開，榮寶珠溫聲道：「多謝殿下，殿下把它給我吧，我放到一邊去，好伺候殿下梳洗。」

趙宸掂了掂手中的鳳冠，還挺重的，他沒有出聲，直接跨了兩步，把東西放在一旁的榻上。

榮寶珠啞然，繼續幫他把身上的衣裳脫了。他身上的酒水味道濃，寶珠太過靈敏的鼻子有些不舒服，只覺那酒氣一股勁兒地往她鼻子裡鑽去，惹得她都有點想打噴嚏了。

到底接觸了他兩世，榮寶珠對他沒什麼懼意，很快就把外面的大紅衣裳脫下，只餘下紅色的裡衣，她不好再動手，哪曉得蜀王還低頭看著她。

「不脫了裡衣我怎麼過去淨身？」

榮寶珠有些搞不懂這人了，只能繼續幫他把上身的裡衣給脫了，餘下褻褲。

趙宸身材高大，又是個練家子，身材精瘦，身上不會太白，寬肩窄腰，手臂和腰腹看著很有力量，榮寶珠這會兒卻沒空去欣賞，只猶豫著要不要幫他把褻褲扯下來。

好在趙宸不等她想完，已經一腳蹬掉靴子，赤著腳朝著旁邊的淨房走去。

和宅子正房旁邊相通的就是淨房，榮寶珠看著蜀王一腳踹開淨房的門，大步跨了進去，隨後房門就被甩上了。

蜀王淨身梳洗的時候從不讓人伺候，這習慣沒變，榮寶珠十分慶幸自己不用伺候這男人淨身。

榮寶珠走到梳妝檯前坐下，梳妝檯上只有一面簡單的銅鏡，她的東西都還未搬進來，檯上連個首飾都沒有。她瞧著銅鏡裡一身紅嫁衣的自己，朝外喊道：「妙玉……」

妙玉和碧玉都已嫁人，夫家是榮家的家生子，全部陪嫁給榮寶珠。此外，也陪嫁了四個二等丫鬟，分別是木棉、春蘭、迎春、芙蓉。岑氏還將兩個管事嬤嬤陪嫁給她，王嬤嬤在寶珠身邊近身伺候，紀嬤嬤則是掌管著外頭那些鋪子、宅子和田產。

幾個丫鬟早就在外頭等著了，聽見榮寶珠的聲音立刻進了新房。

榮寶珠道：「端些熱水進來先伺候我潔面吧。」

都進入七月了，天氣已經熱了起來，身上穿著厚重的嫁衣她早就出了一身汗，因臉上的妝粉難洗，只能讓丫鬟們先端熱水來把臉洗淨，等蜀王出來後再去沐浴。

今兒是妙玉、木棉和春蘭值夜，妙玉很快端了熱水進來，替榮寶珠把臉上的妝容卸掉，露出她本就白嫩紅潤的臉蛋。

右臉絕美，左臉卻非常猙獰，妙玉心中顫了顫，真希望自己能代替主子受這份苦。

木棉把水端了出去，由春蘭伺候榮寶珠把一頭烏黑柔順的髮披在身後，春蘭笑道：「姑娘，把衣裳也脫下吧，待會兒就能去沐浴了。」

榮寶珠看了這不長記性的小丫鬟一眼，春蘭茫然地與她對視。

妙玉笑道：「怎還能叫姑娘？該改口叫王妃了，可不能再叫錯。這兒不是榮府，任何話都要在腦子裡轉上一圈才能說出口，可知？」

春蘭啊了一聲，懊惱地道：「王妃，奴婢錯了。」

「無礙，下次記著就好。」榮寶珠道。「好了，趕緊幫我把身上的衣裳脫了吧。」

春蘭剛把榮寶珠身上的嫁衣脫掉，淨房的門就被打開了，蜀王已經洗好走了進來。幾個丫鬟急忙蹲身行禮，趙宸擺了擺手。「趕緊進去把熱水放好，伺候王妃梳洗。」

木棉和春蘭這才進去淨房，把浴池裡的水換了，伺候榮寶珠梳洗。

榮寶珠沐浴後換上乾淨的裡衣，一頭黑髮濕漉漉的，她回房時趙宸已經不在，只餘下妙玉一人正在整理衣裳和首飾。

榮寶珠道：「殿下呢？」

「殿下去書房了，說是讓王妃先睡下。」妙玉一邊說著，一邊挑選明天王妃進宮時要穿的衣裳。「王妃，明日穿這身衣裳可好？」

妙玉挑選的是一套大紅色娟紗金絲繡花曲裾，榮寶珠看了一眼，點了點頭。妙玉又挑選了一套中規中矩的頭面首飾出來。接著幾個丫鬟伺候著幫她把頭髮擦乾。

因趙宸不喜有丫鬟在房裡守夜，榮寶珠讓她們全部下去休息了，剛閉上眼，房門就被打開，穿戴整齊的趙宸走了進來，這回他沒讓寶珠伺候，直接脫了衣裳，上了床。

蜀王房間的床挺大，並排容下四個人都不成問題，這時榮寶珠已經自覺地睡在最裡頭，還讓丫鬟替他另外準備了衾被。這男人睡覺時的毛病也很多，跟女人睡在一張床上他從不肯跟人蓋同一張衾被。

哪曉得趙宸直接把外面那張衾被捲起扔在貴妃榻上，把榮寶珠身上蓋著的衾被扯過去一半。榮寶珠今天被折騰得厲害，都不曉得自己到底是不是記錯了，其實這人根本沒潔癖吧。

還在胡思亂想著，趙宸已經道：「早些休息吧，明天還要去宮裡。」

榮寶珠點頭，心裡鬆了口氣，看樣子蜀王是不打算碰她了。

心情輕鬆，榮寶珠睡得就特別快，沒半刻鐘就進入了夢鄉。

趙宸這才側頭打量她，這時她有傷疤的半邊臉正對著他。那道傷疤看起來猙獰極了，自臉頰到下巴處，跟周圍白嫩的肌膚格格不入。他神色淡漠，看了半晌才伸手用大拇指輕輕磨蹭著那道疤，感受著它的凹凸不平。

半晌後，趙宸收回手，閉上眼睛睡下了。

翌日一早，他們要進宮去見太后，不到寅時拂冬就進了房間。

聽見推門聲，趙宸立刻醒來。

拂冬輕聲道：「殿下，已經寅時了，該起來了，奴婢已經把您今日要穿的衣裳都準備好了。」

趙宸嗯了一聲，直起身子，側頭看了眼還在睡的榮寶珠。

拂冬把趙宸要穿的衣物鞋襪都放在床頭的架子上，又讓其他兩個丫鬟端了熱水過去旁邊的紫檀木盆架上擱好，這才默默地站在一旁，等著讓趙宸自個兒穿衣。她的目光則是落在蜀王妃身上，瞧見她臉頰上的傷疤時怔了下，很快神色就平淡下來，移開了目光。

趙宸默不作聲地坐在那看著榮寶珠，拂冬忍不住提醒了句。「殿下？」

趙宸抬了下手，示意她不要說話，伸手去推睡得正香的榮寶珠。

榮寶珠先是不滿地嘟囔了一聲，慢騰騰地睜開雙眼，一雙水霧霧的大眼就這麼對上了蜀王看不出喜怒的眼睛。

榮寶珠心裡唔了一聲，神色立刻清明了，這才記起自己已經嫁人，這會兒是在蜀王府，她忙坐起身子，喊了聲殿下。又轉頭去看床外，挨著床頭站著的是拂冬，依次是兩個模樣清秀的丫鬟，一個圓臉大眼睛的丫鬟她記得是叫檀雲，另一個小臉的丫鬟名叫青雲，都是在蜀王身邊伺候的人。

榮寶珠想起身去搖床頭的鈴鐺，但要經過蜀王這邊，想了想，只能順著床尾爬下床。

趙宸就這麼看著她爬到床下。

盯著。

榮寶珠心裡不由得有點惱火了。這人看什麼看，下床有什麼好看的，他竟還目不轉睛地盯著。

榮寶珠下了床頭，不麻煩站著的幾個丫鬟，直接搖了床頭的鈴鐺，把今天當值的碧玉、迎春和芙蓉叫了進來，跟著進來的還有王嬤嬤。王嬤嬤領著三個丫鬟跟蜀王和王妃行了禮，才吩咐碧玉、迎春和芙蓉去端水進來。

哪曉得三個丫鬟剛捧了銅盆、梳洗器具進來，趙宸就出聲了，慢悠悠地道：「妳先過來伺候我穿了衣裳。」

拂冬有些驚訝地看向趙宸，就連其他兩個丫鬟也抬頭多看了榮寶珠一眼，瞧見她臉上的傷疤時，臉色都變了，忙又低下頭去。

趙宸已經赤腳下了床，只等著榮寶珠伺候他穿衣。

榮寶珠沒有多言，取了旁邊的衣裳過來替他穿好，又把鞋襪都穿上，再走到銅盆前弄濕布巾，絞乾，替他擦臉。趙宸舉起修長的手掌，示意她繼續，等她一下一下地把他的手掌擦拭乾淨，趙宸才大步地走出房，話也沒撂一句，留下一屋子丫鬟乾瞪眼。

拂冬有些受不住這氣氛，開口道：「王妃，奴婢伺候您梳洗吧。」

「不必了。」寶珠笑道。「妳們出去伺候殿下就是，我這裡有她們。」

拂冬遲疑了下，點了點頭，帶著檀雲和青雲離開了。

出了房門，檀雲有些沒忍住，問道：「拂冬姊姊，殿下不是不喜讓人近身的嗎？怎麼……」

「慎言！」拂冬道。「王妃與殿下本是夫妻，這些都是妻子該做的事情。」

青雲笑道：「那是自然，肯定是因為王妃是殿下的妻子，殿下才讓王妃近身的。」

房裡的榮寶珠把這話一字不漏地聽去，沒半分不好意思，誰叫她們說話聲音不小，才一出房門就議論了起來。

一直不敢大聲喘氣的迎春和芙蓉猛地吁了一口氣，拍了拍胸脯。「殿下也太嚇人了。」

王嬤嬤笑道：「好了，快伺候王妃梳洗吧，別耽誤了時辰。」

榮寶珠梳洗好出去，拂冬已經等在門外。

「王妃，殿下已經在外頭等著了，這就趕緊過去吧？」

榮寶珠跟著拂冬出了院子，走了一會兒就來到停放馬車的位置，拂冬攙扶著她上馬車。一進去，榮寶珠就瞧見趙宸穩當地坐在那了，瞧見她上來只點點頭，示意她在旁邊坐下。

拂冬也跟著上了馬車，跪在一旁的角落，從一張小方桌下面的暗格裡取了幾小碟的點心跟一壺茶水出來擺在桌上。

趙宸指了指那點心，側頭看榮寶珠。「吃點東西墊墊肚子，待會兒去宮裡可沒時間吃。」

榮寶珠點頭，取下臉上的面紗。他們要去宮裡見太后，她臉上有傷，怕衝撞了太后跟宮裡的貴人們，所以戴著面紗。

吃了幾塊點心，趙宸見她吃得香甜，也取了一塊放入口中，不一會兒就皺起眉硬生生地把口中的點心吞入腹中。

拂冬很體貼地倒了杯熱茶給趙宸，趙宸接過一口喝掉，跟榮寶珠道：「別乾巴巴地吃，喝點熱茶潤潤喉。」

拂冬立刻給榮寶珠倒了一杯，榮寶珠點頭接過，喝掉裡面的茶水。

吃飽喝足後，她把面紗戴上，卻不想趙宸滿臉不耐地扯掉她臉上的面紗。「天氣熱，在馬車裡就別戴了。」

榮寶珠乾巴巴地哦了一聲，越發不懂蜀王是怎麼回事，好像是在找她麻煩、看她不順眼似的。想來也是，被太后塞了一個毀了容貌的王妃，他會看她不順眼是正常的。

隨後，兩人一路無話到了宮中，其間趙宸稍微有個什麼動作，拂冬就立刻知道他要什麼，會把東西送到他手邊，連榮寶珠都不得不承認這丫鬟實在是貼心又會看人臉色。

一路上，只有趙宸跟拂冬說了幾句話。

很快就到了宮裡，他們在宮門處就下了馬車步行至太后的宮殿，一路上碰見不少小太監和小宮女，都是彎腰不敢打量趙宸和榮寶珠分毫。

走了小半個時辰才到太后的寢宮，小宮女進去通報，不一會兒出來說讓兩人進去。

趙宸跟榮寶珠進了大殿，太后正端坐在貴妃榻上，旁邊站著兩個搖扇的小宮女。

瞧見榮寶珠的模樣，太后皺了下眉頭。「蜀王妃進宮見哀家怎麼還戴著面紗？」

榮寶珠行了禮，慢聲細語地道：「臣妾臉上有傷，怕衝撞了太后。」

「無礙，妳摘下來就是了。」太后挑眉道。「總不能妳每次進宮見哀家都戴著面紗吧，像什麼樣子。」

榮寶珠聽話地摘下面紗，太后瞧見她臉上的傷疤心裡忍不住倒吸了一口氣，好半晌才道：「這……傷疤的確有些嚴重，要不妳還是把面紗戴上吧。」老是對著這般疤痕，胃都有些不舒服了，她可不想晚上作惡夢。

榮寶珠乖巧地戴上面紗，旁邊的趙宸眼中閃過一抹嘲諷，也不知是對誰。

等榮寶珠戴好面紗後，趙宸臉上的嘲諷早已消散，只餘下滿臉的笑意，溫聲道：「兒臣帶王妃給母后請安，母后可睡得安穩？兒臣以後不能常在宮中服侍母后，還望母后保重身子。」

太后笑道：「睡得挺好，就是有時會想起宸兒，不過你已成家，以後的生活重心就是在王府了。你可要早些讓王妃懷上，好替哀家生個孫兒來，替皇家開枝散葉。」

榮寶珠戴著面紗看不清表情，只呆呆地垂眸站在一旁。

太后暗暗嗤笑，可真是個蠢的，瞧這愚笨的樣。

趙宸聽了這話笑容就淡了兩分，只淡聲說了聲是。

太后挑眉看向兩人身後的拂冬，笑道：「蜀王妃是上了玉牒的，自然就是皇家的媳婦，身分尊貴，妳們可要好好伺候著。」

元帕呢。

這話說得隱晦，拂冬卻是聽懂了，王妃是上了玉牒的皇家媳婦，太后最重視的當然是新婚夜的元帕，這東西是要交給宮裡的嬤嬤檢查的，太后這是在向她這個做丫鬟的討要王妃的元帕呢。

大熱天的，拂冬就有些冒汗了，她自幼跟在蜀王身邊伺候，比蜀王大幾歲，是為數不多知道蜀王跟太后恩怨的人。蜀王小時候在宮裡過得艱辛，好幾次都差點死了，可想而知這太后是個什麼樣的狠心人。蜀王在宮裡的時候，身邊信任的人死了不少，活下來的只有她、風華大人、子騫大人、司嬤嬤跟英公公而已。

殿下對王妃很特別，她看得出來，卻不知殿下到底是不是喜歡王妃。若是不喜，為何會對王妃特別？若是喜歡，為何昨天夜裡沒有圓房？

顯然太后今天是沒打算輕易放過這件事，可殿下今兒一早沒說是怎麼回事，她也不好開口問，這時被太后一問，她什麼話都說不出來。

太后的臉色漸漸變了，正打算興師問罪，趙宸淡聲道：「母后，昨兒我跟王妃並未圓房，她身子自幼不好，前些日子被榮氏灩珠傷了臉，受了驚嚇，兒臣就想著讓宮裡的御醫幫著調理一段日子，等身子好些再做圓房的打算。」

榮寶珠一臉茫然地看著兩人。

太后冷著臉沒說話，又瞧寶珠一副什麼都不懂的模樣，心情竟好了些，想著蜀王怕是極不樂意這門親事才不肯圓房，顯然是討厭這榮七姑娘。可不是，對著這樣一張臉，恐怕誰都很難提起興致來。

太后很滿意自己賜下的婚事，心情一好，就不打算追究這事了。「罷了，既然她身子不好，哀家也不強求什麼，遣個御醫每日去王府替她調養身子吧。不過早點誕下皇家子嗣可是大事，你要是不跟她圓房她不可能懷上。我想著你府中只有她一個妃子，其他的都是上不得檯面的妾室，她們是不能越過正妻先懷上的，側妃的話先懷上倒是沒什麼大礙，哀家便賜兩個側妃給你。」

趙宸挑眉唔了一聲，神情懶散。「母后，若是醜的我可不要。」

這也不知是不是玩笑話，卻讓太后心中生出愉悅之情，越發覺得蜀王不待見寶珠。她笑咪咪地道：「怎麼會，絕對是兩個美人兒，一個是袁家的六姑娘，還有一個是董家的八姑娘。哀家想著如今正妃已經進門，你年紀大了，需要她們替你開枝散葉，三天後就讓兩個側妃進門吧。」

太后口中所說的那兩名側妃，榮寶珠當然認識，這兩人前世也是在她之後才進了王府。

袁家六姑娘就是五姊榮海珠嫁的那個袁家——家主是昭武將軍，握有實權，袁家也是京城中的世家大族，昭武將軍袁大人娶了一妻和幾個妾室。正妻替他生了二子一女，長女和長子早就娶妻生子，孩子都有好幾個了，過了好幾年才生下袁秈這個小兒子，他們都把他當寶貝一樣寵著，榮海珠嫁的就是這袁六少爺。

袁六姑娘袁姝瑤則是妾室所出，是袁家最小的一位姑娘，年紀不過十六，比榮寶珠長了一歲，模樣也就一般，只是清秀端正而已。榮寶珠跟袁秈熟悉，連帶著跟這袁姝瑤見過幾次面，她表面上是個性子綿軟的人。

董家八姑娘董媚卿是董家嫡出小女兒，人如其名，長相嬌媚可人，一雙桃花眼似秋水，顧盼生輝。董家雖有爵位在身，可董家不爭氣，男丁少又個個平庸，家族就慢慢衰退了，如今董家除了這個爵位，連個實質點的官職都沒有。平津伯只娶了一房正妻，身邊沒有妾室。這平津伯夫人在京城也是個傳說，她一口氣生了八個閨女，前幾年才終於生了個兒子出來。

一個家族有實權、相貌卻平庸的袁家庶出六姑娘，一個落敗三等爵、容貌出色的董家嫡出八姑娘，可見這太后的心思有多巧了。

榮寶珠一直絞盡腦汁地回想關於這兩位側妃的事情，她記得自己死的時候，這兩個側妃還活得好好的，自己到底是死在誰手中，連她自己都想不出個所以然來，畢竟除了這兩位側妃，蜀王府裡可還有不少厲害的妾室。

榮寶珠覺得待會兒回去後她有必要好好瞭解一下府中的情況，這一世她並不打算繼續憋屈地死在王府後院裡。

正說著話的兩位都發現榮寶珠有些走神了，太后心裡說不上是高興還是什麼，忍不住在心底嘆了口氣。

趙宸臉上的神色清淡，看不出什麼來，他只側頭望了榮寶珠一眼就收回了目光。

太后繼續道：「好了，這事就這麼定下吧，讓人端了茶水上來。等你們敬了茶水，你就領著新媳婦去看看皇上，你沒成親的時候他也操心不少，原先……」

太后看了榮寶珠一眼接著道：「原先他是不同意這門親事的，但還是倔不過你，你總要去跟他說兩句好話哄哄他，你們是親兄弟，他一直顧著你，你少惹他生氣。」

趙宸點頭。「兒臣謹記，待會兒就帶王妃過去見皇兄。」

很快有嬤嬤端了茶水過來，榮寶珠跟蜀王依次敬了茶，太后表面功夫做得不錯，賞賜了寶珠不少好東西，都由拂冬捧著出了太后寢宮。

離開太后寢宮，拂冬忍不住擦拭了下額頭上的汗水，每次一對上太后她就有些緊張。抬頭看了前面的王妃一眼，拂冬嘆了口氣，也不知這王妃是真傻還是假傻，對著這樣笑裡藏刀的太后她竟完全沒感覺，還歡歡喜喜地接了太后的東西，這時瞧她似乎連走路的步子都輕鬆得很，顯然方才在大殿裡沒受到影響。

趙宸領著寶珠來到皇上這邊，這會兒皇上還沒上早朝，剛起來正在用早膳，聽了太監的通報就讓兩人進來了。

趙宸領著榮寶珠進入大殿，皇上的桌前擺了滿滿當當的膳食。皇上看了兩人一眼，目光在榮寶珠戴著面紗的臉上掠過，他心中有些好奇這王妃到底被毀容成什麼模樣了，可他是九五之尊，終究做不出為難王妃的事來，只朝趙宸哼了一聲，讓旁邊的大太監把面前的膳食都撤了下去。

「臣參見皇上。」蜀王行了禮，蜀王妃也跟著行禮。

皇上沒有看蜀王妃，只跟他道：「剛才太后宮裡的宮女過來跟朕說，你三日後要迎娶兩位側妃進門，朕想著就給你半個月的休沐，待半個月後你再來早朝就是。」

「多謝皇上。」

皇上又道：「好了，這門親事是你願意的，朕就不多說什麼，可你眼下都快二十二了，卻連個子嗣都沒有，要加把勁才行。行了，就這樣，朕要早朝了，你先回去吧。」

趙宸領著榮寶珠離開皇上寢宮一路朝著宮門口走去。走了小半個時辰出了宮門，坐上馬車後，趙宸的面色已經陰冷到不行了。

拂冬再得寵都有些怕這樣的蜀王，只默默地跪坐在角落。榮寶珠也沈默地端坐在一旁，不打擾他。

趙宸這時拳頭攥得死緊，腦中想起太后跟皇上說的子嗣。子嗣，他的孩子？可他能有自己的孩子嗎？太后給他下藥的事情自己早就知道了，他曾讓薛神醫把過脈，薛神醫說他這毒難解，雖不會傷及性命，對生育子嗣卻有致命的影響，他根本不能讓女人懷上孩子。

薛神醫當初並沒有把話說死，說有幾味很難尋的藥材，要是能夠尋到，他身上的毒說不定可以解。這幾年他對此抱著一絲希望，可薛神醫尋了好幾年，都是無功而返。那老太婆明知他難有子嗣，卻還在他面前說這種話，真把他當傻子嗎？

趙宸腦中思緒萬千又異常憤怒，過了許久心中才漸漸平靜下來。他早就知道自己中毒了，太后也不是沒在他面前提過子嗣的事情，平日裡他不會有什麼感覺，不知為何這次他竟有些控制不住自己的脾氣。

拂冬瞧見蜀王的臉色變得和緩，忙倒了一杯安神茶遞給他。

趙宸接過一飲而盡，側頭去看寶珠，這丫頭居然睡著了！

他心中失笑，也就她還有心思睡覺了，一點都不畏懼那像龍潭虎穴一般的地方。他不知寶珠到底是心大還是缺心眼，若是別的姑娘在進宮的時候肯定會緊張到不行。就好比她被毀了容貌，別的姑娘只怕連想死的心都有了，她倒好，瞧著似乎安生極了。

趙宸的神色變得更加柔和，沒出聲打擾她，學著她閉目休息，竟也漸漸睡著了，等回到王府才醒過來。

榮寶珠醒來下了馬車後，直接跟趙宸回去墨陰院。

墨陰院是蜀王住的院子，也是整個王府裡最大的一處別院。由於太后不久前才賜給蜀王這座府邸，裡面的佈置和擺設很一般，雖有很大的前院和後院，有些花草假山，卻還是非常空蕩。

等兩人回了墨陰院的時候，整個庭院倒是有些變了樣子，榮寶珠陪嫁過來的花草已經被擺放在前院中。開得正豔的名貴花草，往前院一擺放就多了股精神氣。

趙宸看到沒說什麼，只看了寶珠一眼。

榮寶珠知道他不會在意這些方面的事，只要不碰、不動他寶貝的東西就沒問題了。進了房間後，寶珠的東西已擺放進來，整個房間有了些人氣。光是她的衣櫃就有好幾個，還有其他放東西的大箱子，首飾盒子也把梳妝檯擺得滿滿當當的。

兩人一早起來就進宮，這會兒都還沒用早膳，王府的下人們一瞧見他們回來，立刻把膳食擺上來。拂冬、檀雲和青雲在一旁伺候著用膳。

拂冬很是熟悉趙宸的口味，挾的菜都是他愛吃的，偏檀雲和青雲第一次服侍王妃，不知她愛吃些什麼，只能每樣菜都挾一點，榮寶珠全都吃了。

只吃了小半碗，榮寶珠就放下了碗筷。「臣妾已經吃飽了，殿下慢用。」

趙宸抬頭見她只吃了小半碗，向檀雲和青雲揮了揮手。「妳們退到一邊去，讓王妃身邊的丫鬟進來伺候。」又跟寶珠道：「餓了一上午了，多吃些。」

幾個丫鬟一驚，忍不住多看了王妃一眼，青雲在心底嘀咕，殿下是怎麼回事，平日裡不是最不喜外人進來伺候的嗎？自從王妃嫁進來後就屢次破了規矩，莫不是真喜歡這位王妃？可對著這樣一副破損的容貌如何喜歡得起來？

青雲站在榮寶珠的右側，剛好能瞧見她沒有受傷的右臉，這時她頓住了呼吸，突然驚覺原來她們的王妃竟這麼美，要是王妃沒有毀容，真不知會是什麼樣的絕色模樣。

檀雲已經去外面叫了迎春和芙蓉進來，兩個丫鬟進來後跟趙宸行了禮，這才默默站在榮寶珠旁邊替她布菜。

兩個丫鬟都是自幼就伺候榮寶珠的人，自然知道她的口味，有了這兩個丫鬟在，榮寶珠又多吃了半碗飯。

趙宸發話了。「日後王妃的起居飲食一律由她身邊的丫鬟伺候著就是，妳們就不必管了。」

用了膳，趙宸去了書房，他的書房並不在墨陰院，而是在另外一處名叫漪瀾院的院子。那裡是蜀王的書房和會客的地方，整個王府除了少數人能去，其他人都不被允許進入漪瀾院。榮寶珠記得整個王府裡的丫鬟就只有拂冬能夠進去伺候。

趙宸一去了漪瀾院，榮寶珠就問檀雲府中可有佛堂，得知有，她立刻讓檀雲帶她過去。王府的佛堂雖然沒人用，卻也打掃得乾乾淨淨，榮寶珠沐浴淨身後就進去上香，秉持著她榮府時的習慣，在佛堂裡唸誦一遍佛經、抄寫一遍經書，只求遠在西北的高陽公主能夠平安找回盛大哥的屍身。

盛大哥去世已經半年多了，這件事在榮寶珠心中是一道她過不去的坎，她只知自己這一輩子都對不起盛大哥，若有來世的話，她絕對不會再利用盛大哥來擺脫自己的命運。

唸誦抄寫完畢後已經過去一個多時辰，早過了用午膳的時間，榮寶珠回到墨陰院後，趙宸已經用了膳，正坐在房間裡等著她。

瞧見她回來，趙宸讓丫鬟擺了膳食上來，跟寶珠道：「府中的佛堂距離這裡有些遠，就在墨陰院裡找個房間收拾出來做小佛堂就是，省得每天都跑那麼遠。」

榮寶珠溫聲道：「多謝殿下。」

趙宸深沈地看著她，好半晌才道：「妳趕緊用膳吧，我過去書房，有什麼事情妳遣丫鬟來叫我便是。」說罷就起身離開了。

榮寶珠用了午膳後小歇片刻，之後在墨陰院的小書房裡看了一會兒醫書。小書房裡已經擺上她從榮府帶過來的書，還有硯臺筆墨，這小書房平日蜀王很少用的，榮寶珠也不客氣，讓丫鬟把裡面精心佈置了一下。

等到晚膳的時候，趙宸才回來，兩人沈默地用過晚膳，梳洗後就上床休息了。

這次兩人依舊還是蓋著一床衾被，榮寶珠身邊雖多睡了個男人，她卻沒什麼特別的感覺，只要蜀王不碰她，她就完全不怕，腦中這會兒正想著王府中的事情。

今兒因為要進宮見太后，所以府裡的妾室沒來跟她請安，明兒一早開始，府中的妾室就要每日過來墨陰院裡請安了。

她記得府中掌管後院的是個叫壽嬤嬤的人，上輩子成親後，蜀王就讓壽嬤嬤把管家的權力全部交給她，奈何自己做得一塌糊塗，最後她隱約記得蜀王說她不擅打理後宅，讓拂冬幫襯著。雖說是幫襯，可後宅的對牌都交給拂冬了，全是她在管理後宅的事。

榮寶珠想得入神，忍不住摸了摸下巴，上輩子嫁過來的第一件事她就辦得稀裡糊塗的，她覺得自己這輩子有必要搞清楚這些是怎麼回事。

「妳在想什麼？怎麼還不睡？」耳邊冷不防傳來趙宸的聲音，近在耳畔。

榮寶珠嚇了一跳，下意識就轉頭看向他，哪曉得他整張臉都湊了過來，寶珠沒注意到，軟軟的唇就這麼碰到他的臉頰。

榮寶珠急忙把腦袋往後移了下，遠離了趙宸的側臉，心中有點忐忑起來。這人從不親吻自己，也不讓自己親他，方才不小心碰了他，他該不會發飆吧？

誰曉得趙宸就跟沒注意到一樣，皺眉再問道：「沒聽到我的話？」

「聽到了。」榮寶珠老實回答。「沒什麼，我想爹娘了。」心中卻暗暗驚嘆，這人竟沒怪自己碰到他了。

趙宸唔了一聲。「後天回門，到時妳就能看見爹娘了，妳若是掛念他們，那日我們晚些回來也無妨。」

「多謝殿下。」

榮寶珠心想，可不是，後天回門，大後天你就要納側妃了，爹娘他們知道後還不知道要擔心成什麼樣子。雖然她一點都不在意。

「好了，早點休息吧，明兒一早起來大家要過來給妳請安，府中的下人妳也要見上一見，會有些累，養足了精神才有力氣去應付。」趙宸道。

榮寶珠忙道：「好，殿下也早些休息。」說罷已經閉上雙眼，很快進入夢裡。

趙宸的目光落在她的左臉上，又慢慢移到她柔軟的紅唇上看了好一會兒，聽見她均勻的呼吸聲，才慢慢閉上眼睛。

——未完，待續，請看文創風298《么女的逆襲》3

2015年4月出版

繡色可餐

文創風 287～290

今年最受矚目的勵志種田文！
一個圓滾滾小村姑如何拐到英俊忠犬弟，
甚至一步一步往上爬，為自己迎來美好人生？
其中辛酸淚，可說是「駭人聽聞、不忍卒睹」呀～～

字字珠璣 詼諧中見深情／花樣年華

一場大病如同噩夢，醒來後，什麼都變了，
李小芸不但從嬌俏小姑娘，淪為人見人憎大胖妞，
還變得爹不疼娘不愛，彷彿是家裡多出來的賠錢貨……
她只好加倍勤勞，小小年紀就包辦大小家事，
更日以繼夜練習刺繡，指尖扎成蜂窩也甘之如飴，
哪怕日後找不著婆家，也能不看他人眼色，自食其力！
本以為這等生活已夠艱辛，豈料好戲還在後頭——
她自林裡撿了個男娃回家，竟從此攤上小霸王！
除了管盡小不點的吃喝拉撒，還要充當丫鬟逗他開心，
真可謂「人衰偏逢屁孩欺」，這下可前途堪憂了……

＊文創風290《繡色可餐》4 收錄繁體版獨家番外篇喔！！

2015年4月出版

掌上明珠

文創風 283～286

前生被母親所誤，她仇恨父親，錯愛他人，
最終落得一切盡毀，如今她既然有機會再活一次，
她不但要當父親的乖女兒，更要那些人償還欠她的人生！

大氣磅礡、情意纏綿，千百滋味盡在筆下／月半彎

母親的恨意毀了她的前生，令她性格乖僻、痛恨父親，最終落得家破人亡，
但曾為相國的父親即便被她害得流落街頭，也不離不棄；
父女相依至死，她終於徹底醒悟——原來她的一生便是母親的報復！
萬幸上天憐惜，讓她重生回到母親臨終前，
曾讓她癡心一片的丈夫、被她視為親人的舅家、被她當作恩人的母親好友，
都將她玩弄於股掌，都是害她容霽雲與父親一生盡毀的奸人們，
這一生，她定要一個個討回來！
第一步便是搶先收服那個莫名恨她，而後又置她於死地的神祕黑衣男子，
但這一步才踏出，怎麼發展卻大大超出她預料？
莫非該發生已被她改變，一切便脫離掌握？她又該怎麼重新開始？

2015年3月出版

如意盈門

文創風 275～277

出身侯門，
別家的嫡女活似寶，自家的嫡女猶如草？
再不想辦法贏回自己的裡子和面子，
未免太愧對她「如意」之名了～～

宅門心計，鋒芒暗藏／暖日晴雲

身為侯府嫡女，雖名為「如意」，前世的她卻與此徹底絕緣，
貴為侯爺的老爹不疼也就罷了，
嫁作王妃竟還被側妃給扳倒，連自己的小命也賠上……
幸虧今生重來一回，讓她得以扭轉命運，
當初父親既以孝為由，將她們母女倆安置到莊子上冷待十年，
如今她也能讓母親以孝婦的美名風光地重回侯府！
不過，這侯門深似海還真所言不虛，
沈老夫人不知與長房結下什麼冤仇，一回府即給足下馬威，
平日更是處心積慮要她們母女倆難堪，
更別說在後頭窺伺家產爵位的嬸娘們了，各個都不省心。
可她沈如意也不是什麼省油的燈，
既然這宅門戰帖已下，
她也就摩拳擦掌，準備出招！

么女的逆襲 2

國家圖書館出版品預行編目資料

么女的逆襲 / 昭華著. --
初版. -- 臺北市 : 狗屋, 2015.05
冊 ; 公分. --（文創風）
ISBN 978-986-328-454-3（第2冊 : 平裝）. --

857.7　　104004817

著作者	昭華
編輯	黃鈺菁
校對	馮佳美　周貝桂
發行所	狗屋出版社有限公司
地址	台北市104中山區龍江路71巷15號1樓
電話	02-2776-5889～0
發行字號	局版台業字845號
法律顧問	蕭雄淋律師
總經銷	知遠文化事業有限公司
電話	02-2664-8800
初版	2015年5月
國際書碼	ISBN-13　978-986-328-454-3
原著書名	《古代幺女日常》，由北京晉江原創網絡科技有限公司授權出版

定價250元

狗屋劃撥帳號：19001626

網址：love.doghouse.com.tw　E-mail：love@doghouse.com.tw